Harlots,

Whores & Hackabouts

A History of Sex for Sale

［図説］

# 世界の性と売買の歴史

## バビロニアの神聖娼婦から江戸吉原、第二次大戦下まで

ケイト・リスター 著

By Kate Lister

風早さとみ 訳

原書房

目次

POL

# はじめに

## 風俗街から生まれた数々の物語

過去、現在、未来の世界中のセックスワーカーたちに捧ぐ

一八八八年秋、イギリス・ロンドンのホワイトチャペル地区で五人の女性が立てつづけに惨殺された。ロンドン警視庁の必死の捜査も虚しく、犯人はついぞ捕まらなかった。イギリスの報道機関が〝切り裂きジャック〟と呼んだこの連続殺人犯に殺害されたメアリー・アン・〝ポリー〟・ニコルズ、アニー・チャップマン、エリザベス・ストライド、キャサリン・エドウッズ、メアリー・ジェーン・ケリーは、いまでは彼の「正当な五人の被害者《カノニカル・ファイブ》」として名を知られている。一連の殺人事件は世界各国でも報道され、世界中の人々がその犯人像に取り憑かれた。生前のポリー、アニー、エリザベス、キャサリン、メアリーは、なんの変哲もない女性たちだった。ロンドンで極貧暮らしを余儀なくされた何千という市民たちの例にもれず、社会の片隅でかろうじて生き延びようとしていたにすぎない。しかし、無数の歴史家、作家、アマチュアの「切り裂きジャック研究家」たちが犯人の正体を暴こうとする中で、五人は死後、大衆史においてカルト的な地位を得るようになった。毎年、たくさんの観光客がホワイトチャペルに押し寄せ、かつて犯人が歩いた通りをめぐったり、事件をたどるツアーに参加したり、切り裂きジャック博物館を訪れたりしている。いまやイギリスの民間伝承ともなった切り裂きジャックは、仄暗い通り、立ち込める煙霧、謎の人影、そして彼の餌食

となった「売春婦」といった、お決まりのイメージを人々に想起させつづけている。

殺人犯もさることながら、ホワイトチャペルのスラム街で売春をしていた貧しい女性たちもまた、切り裂きジャック神話にとって欠かせない存在だ。被害者の五人はひどい風評被害を受けているが、人々にとって彼女たちが「リアルな」女性であったことはない。切り裂きジャックが伝説化するにつれ、その被害者たちは、犯人を描く物語におけるセンセーショナルな筋書きの道具にすぎなくなった。切り裂きジャックの正体を暴こうと何百もの書籍、ドキュメンタリー、ウェブサイトがつくられているものの、被害者については、いずれにおいても「売春婦」という大雑把なレッテルの範疇から出ていない。彼女たちもまた戯画化されるようになった。青白い顔を引き攣らせ、唇には紅を塗り、ぼろぼろのスカートをくるぶしまでたくし上げて安物のストッキングをちらつかせ、昔のロンドンの露骨な下町訛りで客引きをし、ジンの酒瓶一本分、あるいは安宿

左　カスティリオーネ伯爵夫人ヴィルジニア・オルドイーニ、1865年頃。
フランス皇帝ナポレオン3世の愛妾となったカスティリオーネ伯爵夫人。

右　「花魁」、臼井秀三郎撮影、1870年。
こうした女性が、東京・吉原の「遊廓」と呼ばれる花街で働いていた。

一泊分の値段でセックスをしないかと誘うのがお決まりだ。

切り裂きジャックの物語では、犯人がどこか謎めいた異常な人物でなければならないのと同じように、被害者の女性たちは「売春婦」でなければならないのだ。だが、ハリー・ルーベンホールドによる被害者の女性五人の生活に関する近年の研究では、売春で稼いでいたのはエリザベス・ストライドとメアリー・ジェーン・ケリーのみであったと指摘されている[1]。ほかの三人の女性たちは、ホワイトチャペルのスラム街に住む多くの人々と同じようにホームレスで、雑用や物乞い、なんとか手に入れたわずかな財産を借用しあったり質に入れたりしてお金を稼いでいた。ルーベンホールドの主張は、切り裂きジャックにまつわる物語の根幹を揺るがすこととなったため、被害者たちが貧困に耐えるべく売春をしていたと信じてやまない「切り裂きジャック研究家」たちから、ネット上でかなりの中傷を浴びた。こうした敵意からは、より好色な物語に合わせるために、被害者の女性たちをかたくなにステレオタイプ化し、戯画的な「売春婦」に仕立てあげようとする意図が当時もいまも変わらず続いていることが見て取れる。

セックスワークとそれに従事する女性たちを取り巻くこのような偏見のせいで、わたしたちは長らく被害者や似たような境遇の人々の現実を直視せずにいた。こんにちのセックスワークは多様化・複雑化しており、フルサービスのセックスワーカーから、ダンサー、シュガーベイビー〔経済的援助を受けるために、おもに裕福な年上男性と関係する若い女性のこと〕、ＢＤＳＭのサービス従事者〔ボンデージ（Bondage）、調教（Discipline）、ＳＭなど、嗜虐的性向サービスを行う人のこと〕、OnlyFans〔ロンドン拠点の成人向けＳＮＳサービス〕で写真を販売する人まで多岐にわたる。いずれも性的サービスを売りものにしているが、自ら「売春婦」を名乗る人はほとんどいない。反対に、ヴィクトリア朝時代には、性的サービスを売る人に限らず、婚姻関係外のパートナーと一緒に暮らす女性までもが、気軽に「売春婦」のレッテルを貼られていた。「売春婦」が指すところの意味は多種多様とはいえ、それがどのような用い方をされるにしろ、女性のモラルと価値に対する固定観念と深く絡みあっている。切り裂きジャック神話において被害者女性たちが売春婦でなければならないのも、そうレッテルを貼って彼女たちから人間性を奪い、彼女たち自身にも殺される要因があったとすることで、女性たちの体に加えられた暴力に人々が憚りなく興味を示せるようにするためなのだ。

わたしたちは被害者女性たちについてさまざまな憶測を繰り返してきたが、実はほとんど何も知らない。これこそがセックスワークの歴史だ。歴史の大半を通じて、固定観念、偏見、センセーショナリズムによって、性を売る人々の実生活が覆い隠されてきた。偏見がいまだに多くの人々を沈黙に追いやりつづけている。それはつまり、セックスワークにまつわる社会一般的な物語というものが、立法者、道徳推進者、医療従事者、マスコミによってつくりあげられ、広められてきたものだということだ。罪の意識のない蠱惑的な売春婦、あるいは救済を必要とする哀れな犠牲者といった固定観念のせいで、売春をする人々の声が長らく抑えつけられてきたのだ。

**左　「アスラン通り」、ウジェーヌ・アジェ撮影、1924～25年頃。**
アジェは1920年代に、『*La femme criminelle*（犯罪女たち）』という本を出す予定で売春宿を撮影していたが、結局その本が出版されることはなかった。

**右　インド人のセックスワーカーたち、マーガレット・バーク＝ホワイト撮影、1946年頃。**
パキスタン・パンジャーブ地方のラホールにある売春宿の戸口から顔をのぞかせる女性たち。

いつの時代も、セックスワークの本質はファンタジーを売ることである。たとえば、人はポルノを見るとき、念入りに演出された最終的な作品しか見ない。見るのは俳優やセット、セックスのまねごとで、周りでサンドイッチを頬張るカメラクルーや、何度も重ねるテイク、偽の精液、同意や限度についての話し合いなどのことは考えない。ファンタジーは作品として完成されているが、決してそれだけがすべてではない。

本書ではぜひ、セックスワークに関するニュース記事、センセーショナルな噂、固定観念を乗り越えて、性的サービスを売ってお金を稼ぐ実際の人々に出会ってほしい。忘れ去られた人々の顔や名前、陰で生きた人生と結びつけられるように、古今東西の「遊女、娼婦、売春宿」の歴史に名前、写真、史料などを添えておいた。セックスワークとは、いまも昔も非常に複雑なものであり、簡単には定義できない。バビロニアの神聖娼婦や古代ギリシャの伝説的な高級娼婦、ジョージ王朝時代のロンドンの男娼モリー・ボーイ、広州のロブロブ・ガール、中世ロンドンの風俗街《グロープカント・レーン》で商売をしていたウィンチェスターのガチョウたちまで、セックスワークの種類はひとつではない。むしろ、数えきれないほどある。売春で大金を手に入れて名を馳せた人もいれば、低賃金を補うためにときおりセックスワークに手を染めた人もいる。こうした副業は、かつて「ドリーモッピング」と呼ばれた。売春をする人々の大半は、いつの時代も極度の貧困の中で暮らしている。だから、モラルなどという空虚な言葉よりも腹を満たすことを選んできたのだ。そして、まったく選ばずにして性奴隷として生きた人もいる。その誰もがファンタジーと性的奉仕を売ることで、多かれ少なかれ虐げられ、社会の偏見に晒されてきた。

歴史的に見て、さまざまなセックスワークに従事する人々がそれぞれどれほどの偏見に晒されていたかは、富と階級に左右されてきた。つまり、顧客が裕福であればあるほど、偏見は少なかった。たとえば、ダイヤモンドをちりばめた艶やかな高級娼婦や、中世ルネサンス期のヨーロッパ貴族たちの職業愛人などは、尊敬を集めすらした。それればかりか、そうした女性たちの多くは、ぞっこんとなった顧客たちにかなりの政治的影響を及ぼした。王の愛妾ともなれば絶大な力を持ったため、「王位の影の権力者」と呼ばれることもしばしばだった。

一五世紀のフランス国王シャルル七世の愛妾、アニェス・ソレルもそんな女性のひとりだった。一四四四年、国王はソレルを王の愛妾として正式に指名し、富、城、土地を惜しみなく与えた。フランスでそのように公妾と認められた女性は、ソレルが初めてだった。一方で、シャルル国王は、国内の「いかがわしい婦女子」を検挙し、自治都市や国が認可した売春宿で働かせるか、さもなければ故郷の町から一斉追放することを義務づける法律を可決した[2]。こうした売春宿で働く女性たちが事実上の囚人として生活する一方で、国は彼女たちの稼ぎから相当の利益を得ていた。その収益が国王の金庫を潤していたのであり、それを国王は自分の「いかがわしい」女性に手渡していたのだ。

歴史を通じて、性の売買を望む人々にどう「対処」するのが最善かと、当局はつねに頭を悩ませてきた。弾圧、容認、合法化、規制、道徳的怒り、そして廃止へとさまざまな段階を踏んだあと、またふりだしに戻る。歴史の中には、セックスワークを廃止することで性的搾取を防ごうとする取り組みの事例がいくつも散見される。しかし、どの例もうまくいっていない。拷問、去勢、罰金、投獄、流刑、破門、さらには死刑までもが、さまざまな段階で用いられたが、どれも売春の廃絶にはいたらなかった。これらの懲罰的措置によって、性的虐待がなくなることもなかった。結局のところ、交渉に同意したセックスワーカーたちが危険な状況で働かざるをえなくなったうえ、さらなる偏見の的となり、性的虐待を受けても余計に発覚しにくくなっただけだった。

**次頁上　ニューヨークで悪名を轟かせた、アンナ・スウィフトが営む〈マッサージ研究所〉を強制捜査する警察官たち、1936年頃。**
1934年にマッサージ店の営業許可を申請したとき、彼女は「スウィフト博士」と名乗っていた。

**次頁下　警察の強制捜査に従うセックスワーカーたち、1943年頃。**
ニューヨークのミッドタウンにある高級アパートメントに警察が強制捜査に入り、セックスワーカーたちは警察車両に乗せられた。

POLICE

現代のセックスワーカーの権利運動における中心的スローガンのひとつに、「偏見が人を殺す」というのがある。これにはもっともな理由がある。カナダのジョン・ロウマン教授は、二〇〇〇年、政治家、警察、地域住民によるセックスワーク廃止の取り組みに関するメディアの記述を分析し、その中に「使い捨て論」を見いだした[3]。これをロウマンは、一九八〇年以降にカナダのブリティッシュコロンビア州で街娼の殺人事件が急増したことと関連づけた。「一九八〇年代初頭の売春に関する言説では、路上から売春婦を排除すべきとの論調が支配的だった。これによって、売春婦への暴力が横行する社会的環境がつくりだされたと考えられる」[4]と、ロウマンは主張している。これが偏見の仕組みだ。ひとたびセックスワーカーたちに「劣等」あるいは「使い捨てしてもよい存在」という烙印が押されると、モラルやセックスワーク廃止をめぐる議論において、あるメッセージが形成され、展開されていく。この言説が、セックスワーカーたちの扱いに影響を及ぼすのだ。歴史を見れば、このようなレトリックがつねに作用していることがわかるだろう。売春をする人々に対するきびしい法律や処罰は、暴力を横行させる社会的偏見を助長させるのだ。本書は、性を売買してきた人々の歴史を明らかにするものだが、セックスワークにまつわる現在進行形の偏見をなくすことは、すべての人の責任である。

セックスワークは世界最古の職業だとも言われているが、これは事実ではない。お金の存在しない文化では、そもそも職業というものがなく、よって売春が行われていた形跡もほとんどない。とはいえ、セックスが、どのような形にせよ、有用な商品であったことは間違いない。短編小説、『オン・ザ・シティ・ウォール』（一八九八年）の中で、「世界最古の職業」という言葉を初めて生みだしたのは、ラドヤード・キプリングだった。「ラランは世界最古の職業についている」という不朽の一節で、物語は幕を開ける。それ以来、この表現は歴史的事実として定着してきた。しかし、より深い洞察を得られるのは、少なくとも実際にとっても古くからある職業について、キプリングがこの言葉のあとに続けて書いたことのほうかもしれない。「西洋では、ラランの職業について人々が無礼千万なことを言い、道徳を守らんがために、それについての説教を書きしたためては若者たちにばら撒いている」[5]

重要なのは、セックスワークについてどう書くか、どう考えてどう話すかだ。たしかにセックスワークは「最古」ではないかもしれないが、本書やほかの多くの書籍が明らかにしているように、とても古いものである。それに従事する人々は、固定のイメージに当てはめられたり、黙らされたりするのではなく、権利を与えられ、敬意を表され、誠実に耳を傾けられ、目を向けられるに値する存在なのだ。

いまこそ、ファンタジーの域を超えよう。目を向け、耳を傾け、学ぶときがやってきたのだ。

第1章

# 神々への奉仕

## 古代世界のセックス

性交するとき、女は女神への宗教的義務を果たし、そして家へ帰る。性交後、女の気を引くために、いかなる金額も手渡してはならない。

――ヘロドトス、『歴史』（紀元前四二六～一五年頃）

イギリス国民は悪天候には慣れっこだが、その基準からしても、一八七二年はとりわけ雨の多い年だった。一七六六年に気象観測記録が始まって以来、これほど降雨量の多かった年は数えるほどしかない。河川では堤防が決壊し、ドーバーでは白亜の崖が崩れて下の家屋を次々と押しつぶし、リヴァプール、プリマス、スウォンジー、ポートランドの港では船が難破した。一一月中、ロンドンの空では激しい雷雨が鳴り響いていた。家の戸口や公共の建物の中に避難していた人々には、まるで第二の大洪水がやってきたように思えたに違いない。大英博物館の二階から、ラッセル・スクエアに降りしきる雨を眺めていた控えめな男も、まさしくそのひとりだった。

三二歳になるジョージ・スミスは、一八七二年の大半を屋内で過ごしていた。その二五年ほど前に考古学者たちがニネヴェ（現在のイラクに位置した）からロンドンに送ってきた、何千という粉々になった粘土板をかぶりつくように眺めていたのだ。粘土片には、紀元前一八〇〇年頃の楔形文字が刻まれている。スミス

女は紫と赤の衣を着て、金と宝石と真珠で身を飾り、いまわしいものや、自分の淫らな行いの汚れで満ちた金の杯を手に持っていた。

――ヨハネの黙示録（一七：四）

は、その意味を解読できる数少ない学者のひとりだった。古代の粘土片をつなぎあわせることで、既に彼は忘れ去られていたヘブライの君主や、古代の祈り、アッシリアの法律などを発見していた。しかし、雨が激しく打ちつける一一月、スミスはさらに大洪水の物語——山に取り残された舟や、乾いた地を探すために解き放たれた鳥の物語——を解読し、驚愕したのだった。スミスをはじめ多くの学者たちは、これは聖書の『創世記』に書かれている大洪水の独立した記述ではないかと考えた。

ふだんは控えめなスミスだったが、己の発見に興奮を抑えきれず、叫び声をあげながら部屋中を走り回りはじめた。のちの記述によると、我を忘れるあまりに、服まで脱ぎだしたらしい。このとき発見されたのは、のちに『ギルガメシュ叙事詩』（紀元前一八〇〇年頃）として知られるようになる、世界最古ともされる文学作品だった。もちろん、大英博物館の二階で踊り狂うスミスに、そんなことは知るよしもなかった。また、この大洪水についての粘土板が、ウルク〔古代メソポタミアの都市〕の王ギルガメシュの伝説を記した一二枚のうちの一枚にすぎないことも、彼は気づいていなかった。その後、スミスはばらばらになっていた伝説をすべてつなぎあわせ、新たな読者に向けて翻訳した——ただし、ある一部分を除いて。現存する世界最古の取引的性交の物語であるシャムハトの伝説を、彼はどうしても伝える気になれなかったのだ。一八七六年に「*The Chaldean Account of Genesis*（カルデア人の創世記）」という独創的な論文を発表したときも、彼はシャムハトと野生の男エンキドゥとの性的体験を描写した一九行の詩をさりげなく省いた[1]。

スミスがなかったことにしようとした物語では、女神アルルが、ギルガメシュ王と同等の力を持つエンキドゥを創造した話が語られる。エンキドゥは荒野で獣たちにまじって暮らしていた。長い毛に覆われた体をして、ガゼルと一緒に草を食んだ。泉で水を飲むときは、「獣と一緒になって水に心を弾ませた」という。「空から落ちてきた岩のように強い」男の存在を知ったギルガメシュは、泉にいるエンキドゥを探

**右　女神イシュタルを描いたレリーフ、紀元前1800～1750年頃。**
イラク南部で発見されたこのバビロニアのレリーフは、おそらく神殿の中にあったものと考えられる。像が戴いている角状の王冠はメソポタミア美術において神を象徴し、ライオンは女神イシュタルと深く結びついていた。

しだし、「衣を脱いで女の魅力をあらわにし」、「その男のために女の務めを果たせ！」と娼婦シャムハトに命じた[2]。それに従い、シャムハトは荒野の男に会いに行き、王が命じたとおりのことをする。

「シャムハトが腰巻きをゆるめ、奥処を開くと、彼は女の魅力をとらえた。彼女はためらわず、男の情熱を受け入れた。彼女が衣を脱ぐと、彼は女の上に横たわった。彼女は男のために女の務めを果たし、彼の激情は女を受け入れた。六日と七晩、男はいきり勃ちて女と交わった」[3]

一週間に及ぶ狂おしいセックスのあと、エンキドゥは自分がもはや野生の男ではなくなっていることに気づく。理性と理解を手にした一方で、いまや動物たちから怖がられ、力もめっきり失ってしまった。シャムハトは、セックスを通じてエンキドゥを文明化したのだった。ギルガメシュ叙事詩のこの部分は、一九一一年にドイツ人学者のアルトゥール・ウングナートが現代語に翻訳するまで、完全に訳されることはなかった。

**左　ストーン・リング、紀元前3〜2世紀後半頃。**
このインドのストーン・リングに描かれた女と実のなる木は、豊穣を示唆している。

**右　ストーン・リングの断片、紀元前2〜1世紀頃。**
このストーン・リングには女の姿が描かれている。こうしたストーン・リングは、宝石職人が鋳型として用いていたと考えられる。

古代メソポタミアの性的奉仕の売買について、シャムハトが提示しているものは何か。学者たちはこの問いを追求せずにはいられない。ジョージ・スミスや同時代の保守的な学者たちは、シャムハトに愕然としただろう。しかし、彼女はそのように読まれることを決して意図していなかったはずだ。シャムハトは力を持ち、崇拝され、魔術を使い、神聖な存在とすら考えられていたかもしれない。こうした可能性こそ、歴史研究においてとくに論争の多い分野、すなわち古代世界のいわゆる「神聖な売春」という慣習について解釈する糸口となる。

セックスワークが世界最古の職業のひとつであることは間違いない。古代メソポタミアで性売買が盛んであったことを示す充分な証拠もある。紀元前一七五四年頃にさかのぼる『ハンムラビ法典』には、セックスワーカーたちの規制と保護に関する法律が含まれている。

「妻が夫の子を産まず、街娼（カルキド）が子を産んだ場合、夫は街娼に穀物、油、衣服の配給を分け与えなければならない。娼婦が産んだ子は夫の跡継ぎとなる。ただし、妻が生きているかぎり、娼婦は第一夫人とともに同

**左　性交するカップルを描いた粘土板、紀元前2000年頃。**
このバビロニアのレリーフでは、ビールを飲みながらセックスをするカップルが描かれている。

**中央　性交するカップルを描いた粘土板、紀元前2000年頃。**
古代メソポタミアの遺跡を発掘したヴィクトリア朝時代の考古学者たちは、このような露骨な性描写に衝撃を受けた。

**右　カジュラーホー寺院群のエロティックな彫刻、インド、600〜800年頃。**
カジュラーホー寺院群を飾る彫刻には、日常生活や神話からの場面に加えて、性的行為が描かれている。

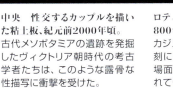

じ家で暮らすことはない」[4]

セックスワークの法的保護や国家による規制は、古代世界のいたるところに見られる。紀元前二世紀から紀元三世紀のあいだのどこかで書かれた『*Arthaśāstra of Kautilya*（カウティリヤ実利論）』（未訳）では、一章を割いて「高級娼婦の管理人《ガニカディヤクサ》」の務めについて論じられており、この職業につく女性の規則が詳述されている。セックスワークは国家によって規制されており、その従事者たちは毎月税金をおさめていた。「ガニカ」とは、王に奉仕するため国より任命される女性のことで、毎年一〇〇〇パナの給料を受け取っていた。また、売春宿で働く「バンダキ」、路上で働く「プムスカリ」がいた。『実利論』では、「ルプジヴァ」という語を用いて身体を売る女性が表現されている。これは、「己の美しさで生計を立てる」という意味に訳される[5]。当時のセックスワークも、現代と変わらず、極貧層から高級娼婦まで、複雑かつ密に階層化されたものであったことは間違いなさそうだ。とはいえ、性を売る人々が神聖とみなされたことはあったのだろうか？　シャムハトのような女性たちは、古代メソポタミアの神々に仕えるために本当に身体を売っていたのだろうか？

シャムハトのキャラクターは、こうした議論の的となった。叙事詩全体を通じて女神イシュタルと結びついていることから、シャムハトは聖娼（神殿巫女）だと主張する学者も多い。シャムハトとセックスをして一週間を過ごしたのち、エンキドゥは彼女に向かって言う。「さあ、シャムハトよ、わたしを聖なる神殿へ、アヌとイシュタルの住まう聖なる館へ、ギルガメシュの力の絶大なるところへ連れてゆけ」[6]。しかし、シャムハトや仲間の娼婦たちは、イシュタル神殿で何をしていたのだろうか？　この強大な女神をどう崇拝していたのだろうか？　祈りを捧げていたのだろうか？　イシュタルの献身的な信者たちに身体を売る神殿巫女だったのだろうか？　それとも、人のにぎわう神殿で、ただ客引きをしていただけだろうか？

イシュタル——シュメール語の資料ではイナンナ——は、戦い、豊穣、セックスを司る非常に力のある女神だった。これまで多くの学者が、イシュタルを神聖なセックスと結びつけてきた。それを裏づける証拠もいくつかある。叙事詩の原作では、シャムハトを表現するのに「ハリムトゥ」というアッカド語が用いられている。これはシュメール語の「カルキド」に相当し、どちらも「娼婦」「売春婦」と訳される。だが、これらは現代的なレッテルであって、古代メソポタミアの時代というより、むしろ現代の多層的な意味をもたらしているにすぎない。当時イシュタル神殿で礼拝していた人々にとって、「ハリムトゥ／カルキド」が正確に何を意味していたのかは、ほとんど明らかになっていない。ある古代の粘土板では、イシュタルは自らを「愛のハリムトゥ」と称している。また、古代都市ヌジより出土された現存する粘土板には、ウトゥバルティという女性が、神殿に仕え、イシュタルへの奉仕を誓わされたと記されている[7]。カルキドについては、かつて複数の学者が「ペニスを知る者」と訳していた[8]。しかし、ここからわかるのは、イシュタルとその信者たちがセックスと関係がある、ということだけだ。イシュタルのような女神が取引的性交を通じて崇拝されていたかどうかについては、今後も激しい論争が続いていくだろう。しかし、疑いなく言えるのは、歴史上の名だたる学者たちが、そのような崇拝の仕方が実際にあったと考え、その見解自体にかなりの衝撃を受けたということだ。

ジョージ・スミスが『ギルガメシュ叙事詩』からハリムトゥの存在を抹殺するより二三〇〇年以上前、大英博物館から二三三三マイル〔約三七五〇キロ〕離れたところで、また別の歴史家が、メソポタミアで神聖なセックスが行われていた可能性を知って恐れ慄いていた。紀元前四二六〜一五年にかけて、ヘロドトスは『歴史』という大著を記し、紀元前四八一〜七九年に起こったペルシア戦争の話を伝えようとした。彼が生みだした

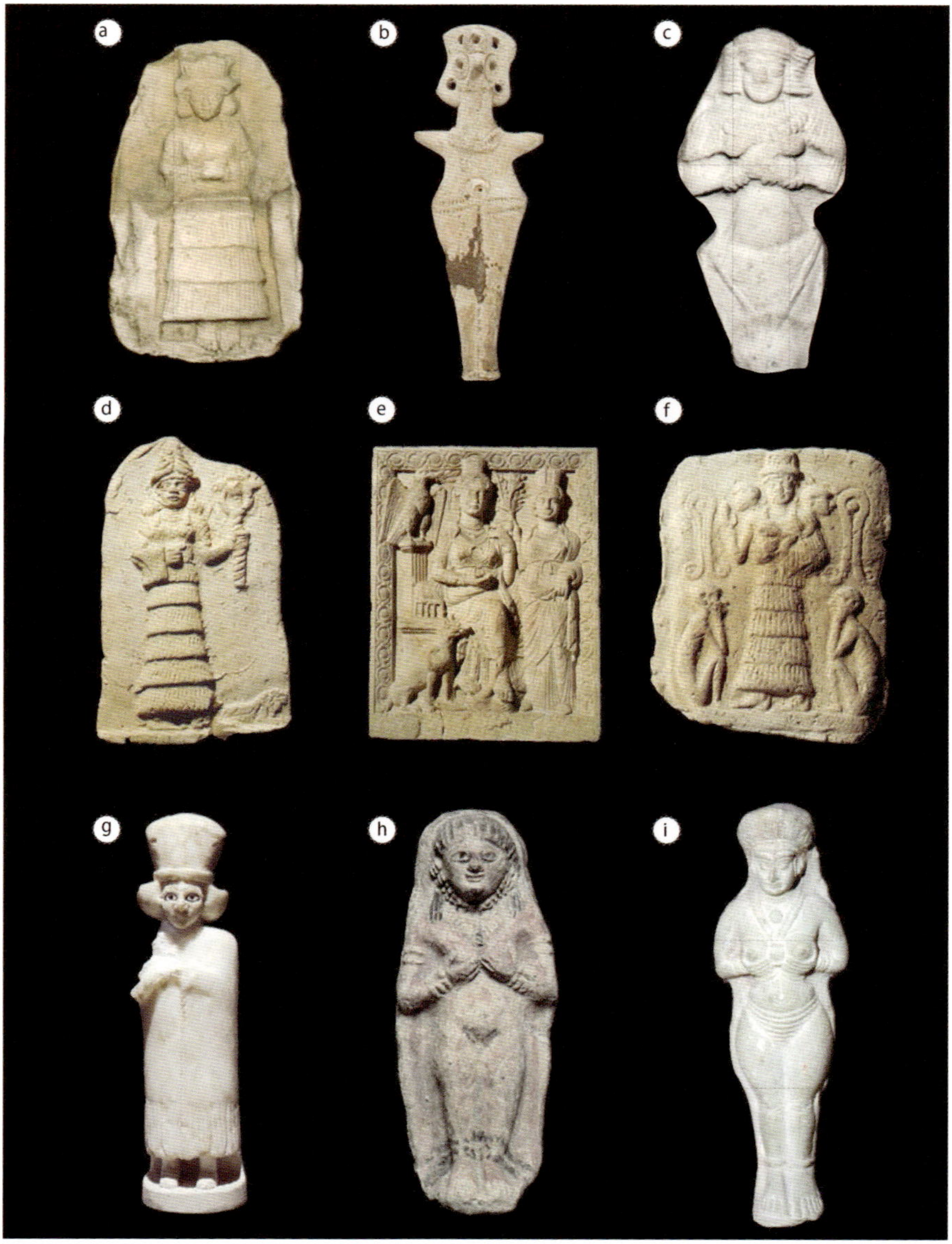


**女神イシュタルのレリーフ群、紀元前2000年頃〜紀元300年頃。**
これらの彫刻は、古バビロニア（a,b,c,f,i）とメソポタミア(d,e,g,h)でつくられた。ほとんどはテラコッタ製か粘土製だが、(g)は雪花石膏でできている。イシュタルは、豊穣、母性、戦いの偉大なる女神だった。断片的な資料によると、イシュタルは神殿でセックスを通じて崇められており、女神に仕える巫女たちは性行為を売っていた可能性がある。これが事実かどうかは、今後も引きつづき議論されるだろう。

のは、ペルシアの国民、慣習、娼婦など、ペルシアの全歴史を概観する、九巻にも及ぶ壮大な書物だった。共和政ローマ時代の弁論家キケロは、ヘロドトスを「歴史の父」と称した。だが、多くの父がそうであるように、ヘロドトスも偏った考えを持ち、物事を決めつけるきらいがあり、やや誇張する癖があった。

生涯を通じて広く世界を旅したヘロドトスは、実際に目で見たという説得力でもって『歴史』を書いた。事実、古代メソポタミアの文化的中心都市のバビロニアについての彼の記述には、そこに行ったことのある人物ならではの重みと確かさがある。だから、バビロニアの女性がアプロディテ神殿の礼拝者に性行為を売っていると主張したヘロドトスの言葉は、事実として受け入れられた。彼は次のように書いている。

「金持ちで気位が高く、他者にまじって行動することを嫌う女たちは、侍従の引く幌馬車で神殿へ向かうと、大勢の侍女を従えそこに立つ。だが、たいていの女たちは、アプロディテの神殿の中で、頭に紐製の冠を巻いて座って待つ……その女たちのあいだを線で仕切られた通路が

「アムピッサの女たち」、ローレンス・アルマ＝タデマ作、1887年。
この絵画には、ワインの神バッカスの信者たちが、献身的だが快楽に溺れた酒宴から一夜明け、ギリシャのアムピッサの市場で目を覚ますところが描かれている。

縦横に走っており、男たちはその通路をたどりながら品定めをする。女はいったんそこに座った以上、見知らぬ男から膝に銭を投げられ、神殿の外で交わるまで、家には帰らない。ただし、銭を投げる際、男は「ミリッタさま〔アプロディテのこと〕の御名にかけて、そなたを招き入れたい」と言わねばならない。金額はなんでもよい。女が拒むことはないからである。この行いによって金は神聖なものとなるので、突き返せば罪になるからである。こうして女は最初に銭を投げた男についていき、いかなる者も決して拒まない。性交を終えれば、女神への神聖なる務めを果たしたこととなり、女は家へ帰る」[9]

このヘロドトスの描写が、現存する最古のバビロニアの記述であるため、何世紀ものあいだ、彼の著作がバビロニアの歴史の権威とされてきた。ヘロドトスの記述が疑問視されるようになったのは、二〇世紀はじめ、ドイツ人考古学者のロベルト・コルデウェイの主導によってバビロニアの発掘調査が実施されてからである。事実、バビロニアに関するヘロド

**「バビロニアの結婚市場」、エドウィン・ロング作、1875年。**
イギリスの画家、エドウィン・ロングは、ヘロドトスの『歴史』(紀元前426～15年)に記されている、結婚のために競売にかけられる女性たちから着想を得て、神殿で売られるバビロニアの女性たちの姿を描いた。

トスの記述には目に余るほどの誤りがあったため、現代の多くの学者は、彼がバビロニアを訪れたことはなかったと結論づけている。たとえば、ヘロドトスは、バビロニアには一〇〇の青銅の門があり、高さ一〇〇メートル、厚さ二五メートルの壁がそびえていたと主張しているが、都市自体からそのような証拠はいっさい発見されなかった。同様に、バビロニアのアプロディテ神殿における神聖なセックスについての彼の主張も、考古学的発見によって裏づけられることはなかった。とはいえ、優れた物語であることに変わりはなく、愛の神への奉仕として、バビロニアの女性たちが性行為を売っていたというヘロドトスの描写に多大な影響力があったことはたしかだ。

ヘロドトスから四〇〇年後、歴史家のストラボンは、アルメニアのアシリセネで行われていた儀式的セックスについて記した。この都市では、市民たちがペルシアの女神アナイティスを崇めるのに、嫁入り前の娘に神殿で性行為を売らせていたという[10]。ギリシャの作家ルキアノスは、『シリアの女神について』（紀元二世紀）の中で、シリアで行われていた儀式について書いている。そこでは、女神アプロディテへの捧げ物として、若い娘が見知らぬ男と性行為をしていたという[11]。アウグストゥス帝ローマ時代の歴史家グナエウス・ポンペイウス・トログスは、「キプロス民のあいだでは、自分の処女の娘を嫁入り前のある一定期間、海辺に送る慣習があった。それは持参金を稼ぐための務めであると同時に、アプロディテに初物を奉納し、将来の徳を担保してもらうための務めだった」と記述している[12]。

古代のテキストには、バビロニアの神聖娼婦の話がたびたび登場する。彼女たちの存在の噂や気配はあちこちで感じられるものの、正体を突き止めたと思うやいなや、彼女たちは歴史家たちの手からひらひらと逃れていく。もしかしたら、わたしたちが探し求めてきたものは、そもそも最初から存在しなかったのかもしれない。ジョージ・スミスは、『ギルガメシュ叙事詩』に登場するシャムハトの口をつぐませた。なぜなら、彼の文化では、取引的性交は不道徳とみなされていたからだ。スミスが生きていたのは、売春を「巨大な社会悪」と揶揄するような時代だった。「売春婦」に対する彼の理解は、そのような女性を惨めに堕落した社会の除け者と決めつける社会的筋書きに依拠していたのだ。だとすれば、スミスがそんな哀れな人物を神聖かつ崇高な存在として受け入れられなかったのも無理はない。同じように、ヘロドトスが神殿でのセックスについて書くとき、それはただの事実の報告ではなく、文化的バイアスを示すものになる。取引的性交に対する偏見はいまも世論を形成しつづけ、セックスワークをめぐる現代の物語は、使い捨ての存在、被害者、救済、伝染病といった言説から抜けだせずにいる。このような物語が蔓延しているせいで、自ら選んで性を売る女性もいることを、多くの人々はどうしても信じられない。「売春」という言葉自体が、性を売る人々への理解

**「ユダとタマル」、オラース・ヴェルネ作、1840年。**
『創世記』のタマルの物語を再現したこの作品では、娼婦に扮したタマルから、義父のユダが性的奉仕を買おうとするところが描かれている。

を狭めるような偏見を重く背負い込んでいるのだ。性を売る人々に対する己の見方が偏見にまみれていては、イシュタル神殿でハリムトゥが行っていた宗教的・性的慣習をいつまで経っても理解できない。

神聖な売春があったことを示す最も明らかな痕跡として、インドで八〇〇年にわたって続いた「デーヴァダーシー」というヒンドゥー教の伝統がある。デーヴァダーシーとは「神の侍女」を意味し、南インドでは何百年ものあいだ、女神イエランマに身を捧げて仕えた女性たちを指す。「デーヴァダーシー」と呼ばれる寺院の踊り子たちについて書かれた最古の記録は、一二三〇〜四〇年、チョーラ朝ラージャラーヤ三世の時代までさかのぼる[13]。首都だったタンジャーヴールの寺院に残っている一〇〇〇年前の碑文には、デーヴァダーシーたちがタンジャーヴール寺院に四〇〇人、ブリハディーシュヴァラ寺院に四五〇人、ソームナート寺院に五〇〇人にいたことが一覧で記されている。デーヴァダーシーは寺院の手入れをしたり、神々への捧げものとして歌い踊ったりした。彼女たちは高級娼婦でもあり、神聖な女性としてデーヴァダーシーを求める裕福なパトロンたちから援助を受けていた。彼女たちは女神へ捧ぐ詩や音楽、その献身的な奉仕によってインド宮廷を魅了した。たしかに、セックスはデーヴァダーシーの生活の一部だった。だが、彼女たちが賛美したのは芸術、美、神々であって、セックスはその副次的なものにすぎない。やがてイギリスがインドを植民地化すると、イギリス人は自分たちの厳格な道徳観を持ち込んで、デーヴァダーシーを「売春婦」以外の何者でもないとみなした。嫌悪のあまり、彼らはデーヴァダーシーという制度を恥ずべきものに貶め、廃止することにした。

一八九二年、〈ヒンドゥー教社会改革協会〉は、「インド社会には、一般的にノーチ・ガール〔一九世紀に伝統舞踊から発展したセクシーなダンスを披露した宮廷の踊り子たち。デーヴァダーシーとともに売春婦化していった〕と呼ばれる女の階級が存在します。この女たちは例外なく売春婦です」[14]と、インド総督とマドラス知事にデーヴァダーシーの根絶を嘆願した。イギリス人宣教師たちは、「売春婦」と

は何か、なぜそれが恥ずべきものなのかをインドに説いた。デーヴァダーシーは支援されなくなった。彼女たちは社会から敬遠され、偏見を持たれるようになった。パトロンや寺院との縁故を失ったデーヴァダーシーたちは、個人の行事で踊ったり、性的奉仕を売ったりしてお金を稼ごうとした。最終的に、一九八八年、デーヴァダーシー制度はインド全土で法的に禁じられた。インド南部ではいまだに伝統が続いているものの、女性たちはもはや崇拝される存在ではない。法で禁じられ、偏見の的となり、保護もされなくなったいま、彼女たちへの虐待が横行している。それでも貧困にあえぐ多くの親たちは、いまだに若い娘を女神に奉仕させるために差しだしつづけている。

イシュタル神殿で巫女が礼拝者たちに性行為を売っていたかどうか、たしかなことはわからないが、もしもそのような慣習が実際にあったとすれば、それは「売春婦」というレッテルでは網羅しきれない、はるかに多くのニュアンスを含む行為だったに違いない。わずかな小銭で巫女が誰にでも性行為を売っていたとは考えにくい。おそらくだが、デーヴァダーシーと同じように、やはり性的関係を持つパトロンたちに支援されていたのだろう。シャムハトは、お金を稼ぐために性行為を売ったわけではない。彼女とセックスをすることは、明らかに神聖な行為だった。それは、王の命令に従って彼女が授けるものである。シャムハトや、ほかの巫女とのセックスは、じつに貴重な賜り物なのだ。結局のところ、神々と愛を交わしたくない人などいないだろうから。

**デーヴァダーシーとノーチ・ガールの写真、1860〜80年頃。**
南インドでは、女神イエランマに仕えるために奉納された女性たちをデーヴァダーシーと呼んだ。800年以上の歴史があり、かつてデーヴァダーシーたちは高級娼婦、芸術家、巫女として崇拝されていた。ノーチ・ガールは、ムガル帝国(1526〜1857)の宮廷で有名になった踊り子たちである。19世紀半ばにキリスト教宣教師やイギリスの植民地主義の影響を受け、ノーチ・ガールは軽蔑的な意味合いを持つようになった。パトロンから見放され、多くの女性たちは生きるために売春に手を染めざるをえなくなった。

# 第2章

# ヒキガエルと雌オオカミ

## 古代ギリシャ・ローマ世界における売春

女は買い手の言うとおりに裸で岸辺に立った。体のあらゆる部分を調べられ、さわられた。この競売がどうなったか聴きたいか？　海賊が女を売り、売春斡旋屋が買ったのだ。女を売春婦として雇うために。

――大セネカ、『論争問題』（一世紀頃）

紀元前四世紀、アテネの偉大な芸術家プラクシテレスは、コス島からの依頼でアプロディテの彫像をつくることになった。そのとき彼は、この愛の女神のモデルとなりうる女性はこの世にひとりしかいないと考えた。彼の愛人でミューズであった、伝説の高級娼婦プリュネである。真偽はわからないが、これは少なくとも、ギリシャの雄弁家アテナイオスが好んで語ったストーリーだ。もっともプリュネは、男たちが物語にしたくなるような女性だった。

プリュネにまつわる伝説は、何世紀にも渡り、詩人や芸術家たちを魅了しつづけてきた。しかし、彼女が本当はどんな人物だったかは、ほとんどわかっていない。わかっているのは、彼女が「ヘタイラ」であったということだけだ。この言葉は「高級娼婦」と訳されるが、ギリシャ語では、戦友、つまりは戦いへ一緒に赴く人を指すヘタイロスの女性形で、「男の連れ」を意味する。帝政ローマ時代の著述家プルタルコスが一

ヒュペレイデスはプリュネの弁護をしていたが、……彼女を法廷の中央に呼び込み、そのチュニックを引き裂いて胸をはだけさせ……裁判官たちに理性の及ばぬ畏怖の念を起こさせた。

――アテナイオス、『食卓の賢人たち』（三世紀頃）

世紀に書き記したところによると、彼女の本名はプリュネではなく、ムネサレテだったという。おそらく、これはプルタルコスの冗談だろう。なぜなら、ムネサレテは「美徳を偲ぶ」という意味だからだ。「ヒキガエル」という意味の「プリュネ」は、芸名か渾名、あるいはその両方で、彼女の「肌の黄色さ」のことを指していたと言われている[1]。これもまた冗談だろう。プリュネは世界有数の美女と名高かったのだから。

プラクシテレスによるプリュネをモデルにした像は、「クニドスのアプロディテ」と呼ばれるようになった。ギリシャ史で最古の等身大の裸婦像のひとつに数えられるこの作品は、センセーションを巻き起こした。二世紀の詩人ルキアノスは、この大理石像に恋をしたある男の話を残している。その男は「己の欲情を慰めんと」真夜中に神殿に忍び込んだという。翌朝、アプロディテの太腿に、「欲望にまかせた抱擁の跡」が発見された。女神を永久に汚してしまったと思った男は、恥ずかしさのあまり海に身を投げたそうだ[2]。

プリュネは並外れて美しいだけでなく、自分の価値をわかっている抜け目ないビジネスウーマンでもあった。詩人のマコンは、ベッドに誘う代金としてプリュネが愛人にいくら請求していたかについて語っている。

「モイリコスは、テスピアイのプリュネを寝床に誘おうとした。プリュネが一ミナ〔古代ギリシャで用いられていた通貨単位。一ミナ＝一〇〇ドラクマ〕を要求すると、モイリコスはこう言った。『ずいぶんと高いな。つい昨日、どこぞの外国人と四〇ドラクマで寝ていたではないか？』すると、プリュネはこう答えた。『じゃあ、あなたも待つことね。わたしがセックスしたくなるまで。そしたら、四〇ドラクマでお受けするわ』」[3]

**前頁　プラクシテレス作、「クニドスのアプロディテ」のローマ時代につくられた複製、イッポリート・ブッツィによる修復、17世紀。**
オリジナルの彫像は、世界一の美女、ギリシャの有名な高級娼婦フリュネをモデルにしたとされている。プラクシテレスによるオリジナルの像は現存していないが、多くの複製がつくられた。

紀元前四世紀の詩人のカリストラトス、ティモクレス、アンフィスはいずれも、プリュネの莫大な富について伝えている。大金を稼いだプリュネは、アレクサンドロス大王に破壊されたテーベの壁の再建を申しでた――ただし、「アレクサンドロスによって破壊された当壁を、娼婦プリュネが再建せし」と壁に刻むことを条件につけたため、市より拒否されたという[4]。

プリュネにまつわる逸話の中でもとりわけ有名なのは、裁判官に乳房を晒して無罪放免になったという話だ。具体的になんの罪だったかは不明だが、彼女がプラクシテレスのモデルとなって女神アプロディテのポーズを取ったのが発端だったのではないかと思われる。アテナイオスの記述によると、彼女の恋人のうちのひとりだった、著名な雄弁家ヒュペレイデスが弁護を担当したという。裁判は思わしくないほうへ進んでいたが、死刑判決もやむなしと思われたそのとき、ヒュペレイデスは奥の手を使った。

上　「アレオパゴス会議のプリュネ」、ジャン＝レオン・ジェローム作、1861年。
名高い高級娼婦のプリュネが不敬の罪に問われ、裁判にかけられた。彼女の弁護人は、プリュネがまとっていたローブを引き裂いたという。そうして裁判官を言いくるめ、死刑を免れようとしたのだ。この言い伝えによる一場面は、長らく芸術家たちのインスピレーションの源となってきた。

偽プルタルコスとされる著者はこう書いている。「判決が下されようとしたまさにそのとき、ヒュペレイデスはプリュネを法廷に引っ張りだすと、人々の面前で彼女の衣を引き裂き、乳房をあらわにしてみせた。それはこのうえなく白く、裁判官はその美しさによってプリュネを無罪放免にしたとされる」[5]以来、この場面は芸術家たちを魅了しつづけている。

とはいえ、これが事実でないことはほぼ間違いない。プリュネにまつわる話の大半がそうだが、真実は刺激的に面白おかしく脚色されている。ここで証明されるのは事実ではなく、男たちの想像力のたくましさだ。しかし、これがヘタイラ流の商売であり、プリュネはその第一人者だったのだ。

古代ギリシャのほとんどの地域で、セックスワークは完全に合法化されていた。それは規制と課税の対象とされ、国家の重要な収入源となっていた。ギリシャ語には、セックスワークのさまざまな種類を区別する二〇〇以上の単語が存在するが、ヘタイラはその頂点に君臨していた。一般的に、ヘタイラと

**左　「プリュネ」、ジャン＝ジャック・プラディエ作、1845年頃。**
法廷で胸をあらわにしたプリュネが表現されている。クロード＝マリー・フェリエ撮影、1881年。

**中央　「裁判官の前に立つプリュネ」、フランチェスコ・バルザーギ作、1868年。**
フランチェスコ・バルザーギ作の彫像の多色石版画、Cosack & Co.製作。

**右　「プリュネ」、1788年頃。**
哲学者アナカルシスの架空の旅行記を書いた、ジャン＝ジャック・バルテルミ著の『*Voyage du jeune Anacharsis en Grèce*（アナカルシス旅行記）』（1788年、未訳）からの一場面を版画にしたもの。

抱きあうふたりの男
アッティカのカップに描かれたトンド、
ブリセイスの画家作とされる、紀元前480年頃。

宴のヘタイラ
カップに描かれたトンド、
ブリュゴスの画家作とされる、紀元前490～80年頃。

宴で嘔吐する客を介抱するヘタイラ
アッティカのキュリクスに描かれたトンド、
ドウリス作、紀元前480年頃。

アッティカのカップに描かれたトンド、
ブリセイスの画家作とされる、
紀元前480～70年頃。

男とセックスをするヘタイラ
アッティカのカップに描かれたトンド、
紀元前5世紀頃。

男とセックスをするヘタイラ
カップに描かれたトンド、
紀元前490～80年頃。

**少年にセックスをせがむ男**
**アッティカのキュリクス*1に描かれたトンド*2、**
**紀元前5世紀頃。**

**スキュポス*3に放尿するヘタイラ**
**キュリクスに描かれたトンド、**
**紀元前480年頃。**

**男とセックスをするヘタイラ**
**カップに描かれたトンド、**
**紀元前480年頃。**

**宴のヘタイラ**
**カップに描かれたトンド、**
**マクロン作とされる、紀元前490年頃。**

**衣を閉じるヘタイラ**
**アッティカのカップに描かれたトンド、**
**紀元前490年頃。**

**酒合戦をするヘタイラ**
**カップに描かれたトンド、**
**紀元前500年頃。**

*1　ワイン用の浅めの酒杯
*2　円形画
*3　取っ手がついたワイン用の深めの酒杯

なるのは教養のある女性で、個人事業主として働き、裕福なパトロンがいた。しかし、言葉というのは移ろいやすいもので、古代ギリシャにおけるセックスワークの分類については、さまざまな議論がなされている。性行為を売る人という意味でより一般的に使われていたのは、ポルネーという語だ。これは、単純に「売る」を意味する動詞のペルナナイから来ている。

当時も、いまと同じように、セックスワークについて用いられる言葉には多重の意味が含まれていた。用語の区別によって、階級の違いを示唆することもあった。ポルネーに最も近い意味の現代語は「売春婦」だろう。ポルネーも、「売春婦」と同じように、性行為を売る人全般に用いることもできたが、一般的には売春宿の従業員、街娼、踊り子、奴隷など、経済的末端にいるセックスワーカーたちを指すことが多かった。アテネの政治家、アカルナイのアポロドロスにとって、性的サービスの格の違いはきわめて明らかなものだったようだ。紀元前三四三〜四〇年のあいだに、彼はかつてヘタイラとして働いていたネアイラという女性に対してこう発言した。「悦楽のために高級娼婦が、日々の慰めのために妾が、嫡子を産ませ、忠実に家を守らせるために妻がいる」[6]

ネアイラの逸話からは、古代ギリシャのセックスワーカーの波乱万丈で、ときに苛酷な人生への貴重な洞察が得られる。彼女の人生は、ヘタイラの華やかさだけにとどまらない、さらに先の物語を見せてくれる。ネアイラはプリュネと同時代を生きた女性だった。彼女もまた、男たちの法廷で裁かれることとなった。ステパノスというアテネ市民の妻として、不法にアテネで暮らしていた罪で告発されたのだ。アテネ市民はアテネ市民同士での結婚しか許されていなかったが、ネアイラはコリント出身の元奴隷だった。この裁判は、ステパノスと政治家のアポロドロスとのあいだの長年の確執の末に起こった。アポロドロスの起訴内容は、デモステネスの弁論集の中に記録されている。ネアイラが外国人であることを証明し、その夫ステパノスの評判をこれでもかというほどに傷つけんと、性奴隷からやがてヘタイラとなったネアイラの経歴が生々しく詳述されている。アポロドロスの弁論によると、ネアイラはギリシャ南部のエーリスで売春宿を営んでいたニカレテという女主人に買われた七人の「幼い子どもたち」のうちのひとりだった。ニカレテは、「少女たちを養育し、思うように躾ける」ことを「生業としていた」。ネアイラが何歳から働かされていたかはわからないが、ニカレテは「それぞれの若い盛りから利益を得つくすと、七人全員を売り飛ばした」。ニカレテの売春宿で奴隷をしていた頃、ネアイラは詩人のクセノクレイデスや俳優のヒッパルコスといった有力な顧客に斡旋されていた。奴隷の身でありながら、ネアイラは「コリントで公然と商売をしており、かなりの有名人だった」という。有名人であろうとなかろうと、どの客も高額を請求してくるニカレテを通さなければならなか

左　祝祭用の衣服を着たふたりの女を描いたオイノコエ(ワイン差し)、紀元前420～10年頃。

中央　婚礼の行列を描いたレキュトス(油壺)、アマシスの画家作とされる、紀元前550～30年頃。
アテネの妻たちにとって、結婚生活とは家庭を切り盛りすることと子を産むことを意味し、ヘタイラの生活とはまるで異なるものだった。

右　水飲み場で語らう女たちを描いたヒュドリア(水瓶)、紀元前510～500年頃。
アテネでは、妻は家事以外の用事で家を空けないことが理想とされ、血縁関係のない男性との交流は許されていなかった。

った。やがて、コリントのティマノリダスとレウカス島のエウクラテスが、自分たちの奴隷としてネアイラを売春宿から買い取り、「気のすむまで彼女をこき使った」。ネアイラは別の顧客だったペアニアのプリュニオンの助けを借りてなんとか費用を工面すると、ティマノリダスとエウクラテスから自由を買った。ようやく自由になれたと思いきや、今度はプリュニオンの言いなりとなった。彼のネアイラの扱いはひどいもので、友人たちのあいだで彼女を回して楽しんでいたとも言われている。結局、ネアイラはふたりの小間使いとともに、持てるかぎりの宝石を抱えて逃げた。プリュニオンが居場所を突き止めたとき、彼女はステパノスとアテネで暮らしていた。プリュニオンは力ずくで彼女を連れ戻すことに失敗したものの、そのあと示談が成立し、ネアイラはプリュニオンに盗んだものを返して、ふたりの男性と交互に暮らすこととなった7。

性奴隷となって売春宿で働き、最終的には、囲われの身とはいえ、自由な愛人になったネアイラの人

左　女性の小像、紀元前3世紀。
ヒマティオン（薄い外衣）を優美にまとった女性が表現されている。

中央　女性の小像、紀元前4世紀後半～3世紀前半頃。
このような像が個人宅からたくさん発見されている。おそらく、祈禱用だったと考えられる。宗教行事は、アテネの女性たちが市民生活において最も自由に参加できる場だった。

右　少女の小像、紀元前300年頃。
子どもらしいプロポーションや特徴から、この小像が幼い少女であることが見て取れる。古代ギリシャでは、多くの女性が14歳で結婚した。

生が、古代ギリシャのセックスワークの典型的なあり方だったとは言えない。ただネアイラの物語からは、当時のセックスワークの不安定さと複雑さが見えてくる。お金で自由を買ったはずなのに、彼女は依然として裕福なパトロンの影響下にあった。しかし同時に、彼女は自由な女性であり、「セレブリティ」でもあったのだ。ネアイラやプリュネのような女性たちは、家から出ることもなく、浮気性の夫のために恭しく子を産むものとされた多くの妻たちには望むべくもない財産と自立を手に入れた。古代ギリシャのセックスワークは男性支配のきわめて搾取的な世界の中にあるものだったが、本質的に悪いこととは考えられていなかった。おもに偏見があったのは階級に対してで、セックスそのものではなかった。一方、古代ローマでは、セックスワークは恥ずべきものとみなされており、セックスワーカーたちは「無価値な人」を意味する「インファーメ」に法で分類されていた。

ローマの法制度は、恥と名誉という考えに根ざしたものだった。「インファミア」という法的身分を設けることによって、特定の「不名誉な」職業を、完全な市民の身分とそれに伴う法的権利から除外した。セックスワーカーは、俳優、剣闘士、数種の音楽家、ポン引き、売春斡旋屋と同じく、インファーメとみなされた。自分の体を使って人々を楽しませる職業に従事する者は、みなインファーメとされた。そのため、彼らは投票したり裁判で証言したりすることはできず、罪を犯せば公共の場で殴打されることもあった。当然、不名誉はすべてセックスワーカー側になすりつけられた。客が男性であるかぎり、代金を支払ってセックスすることは恥でもなんでもなかった。ローマの社会階層では、インファーメは、既に奴隷である場合を除いて、奴隷の一階層上に位置した。

とはいえ、セックスワークに対するローマ人の感情はきわめて相反するものだった。性行為を売る人々は社会的偏見に晒されていたが、だからといって社会的に追放されていたわけではない。セックスワーカーた

**「ローマの奴隷市場」、ジャン=レオン・ジェローム作、1884年。**
ジェロームは、古代ローマや19世紀のイスタンブールを舞台に、奴隷市場の場面を何度も描いた。

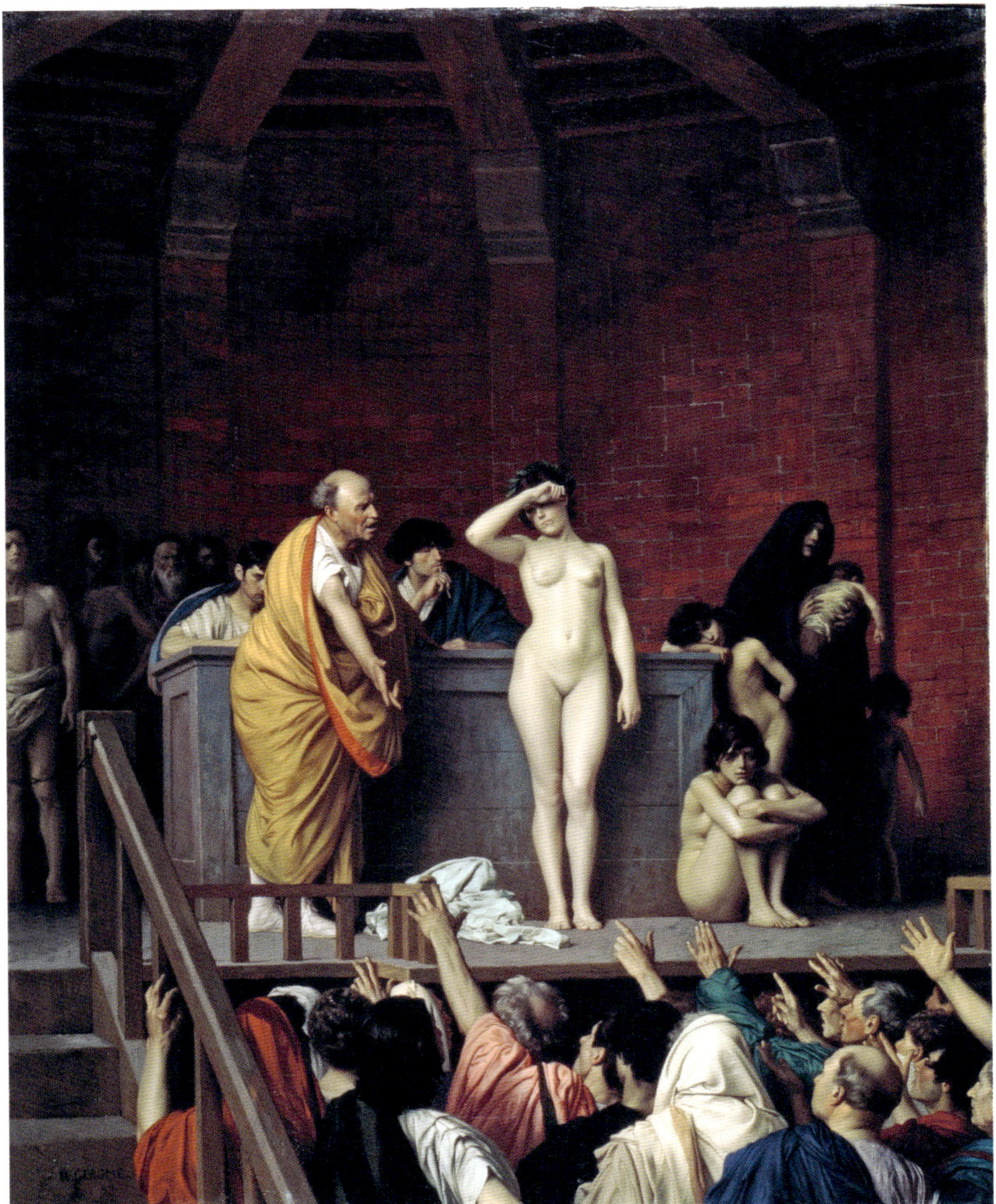

**「ローマの奴隷市場」、ジャン＝レオン・ジェローム作、1884年。**
ジェロームの作品は、官能的な女性のヌードを愛でるとともに、奴隷売買への嫌悪を抱かせる。

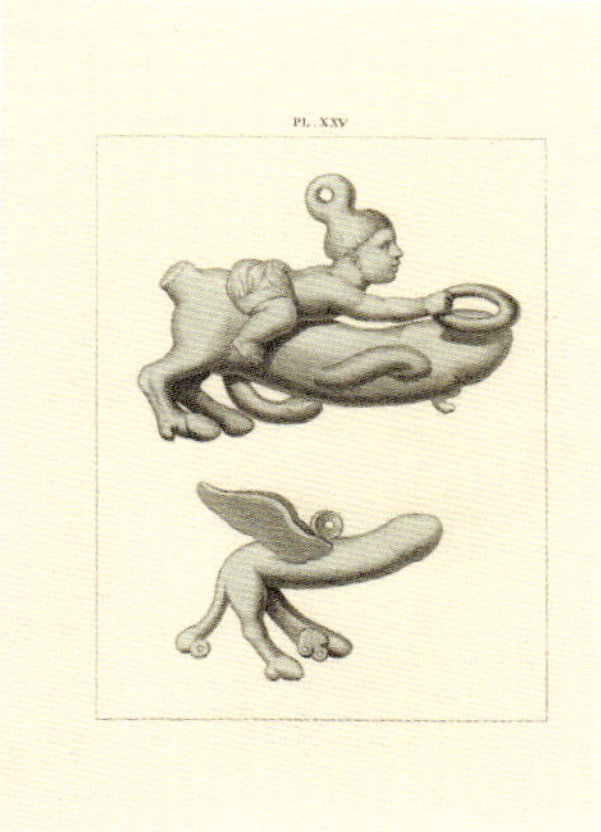
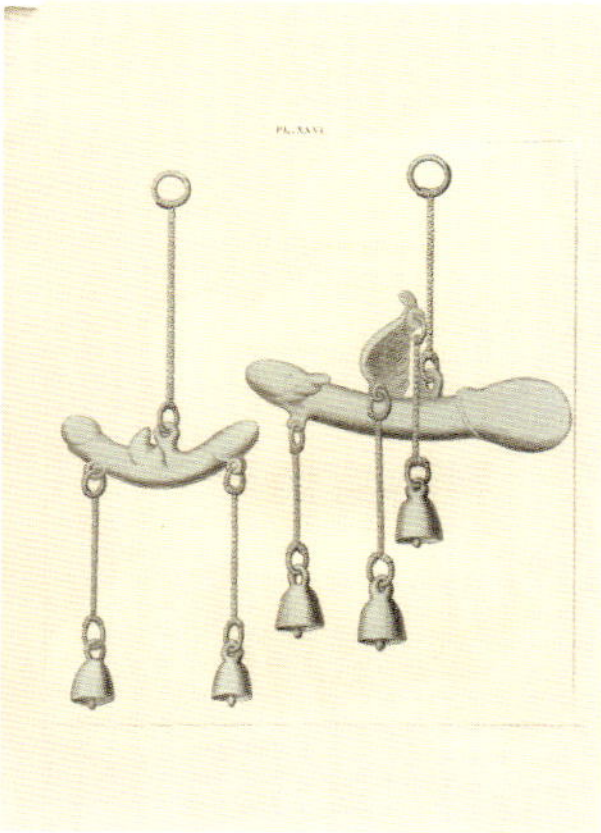
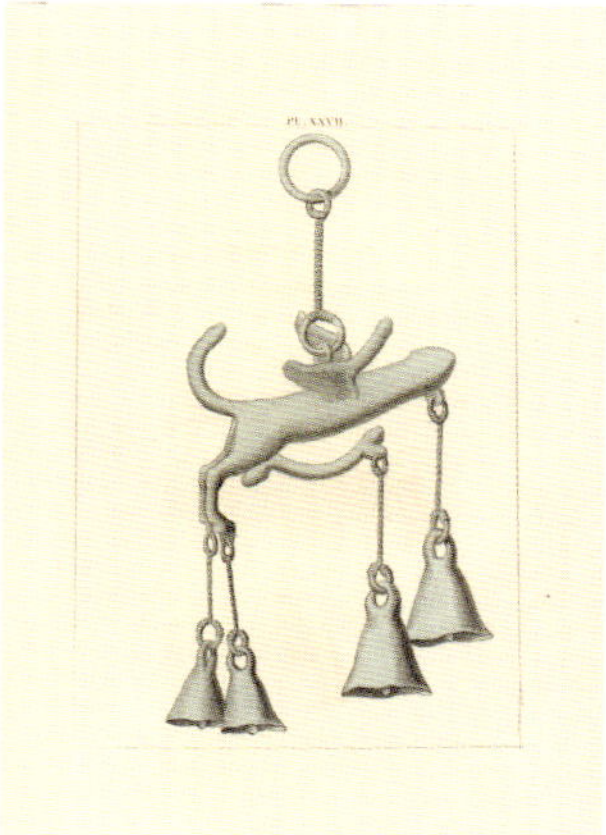
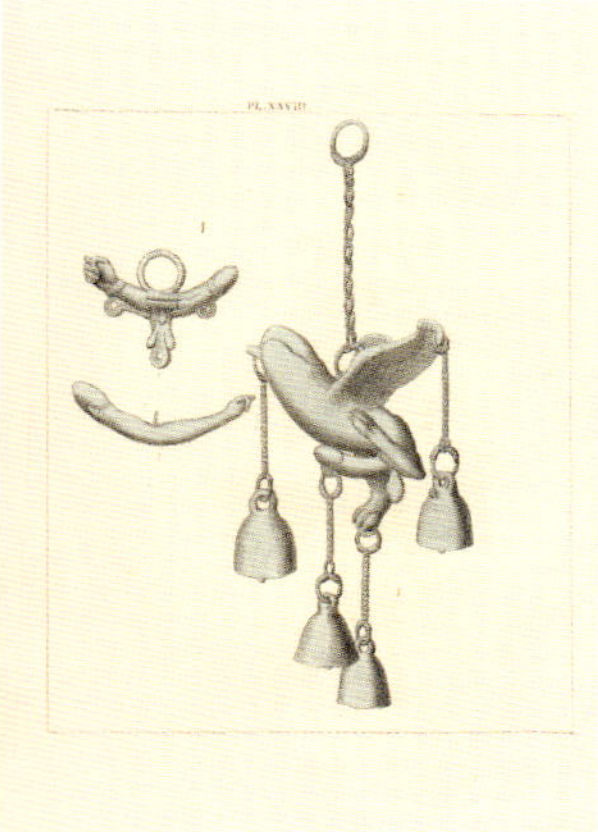
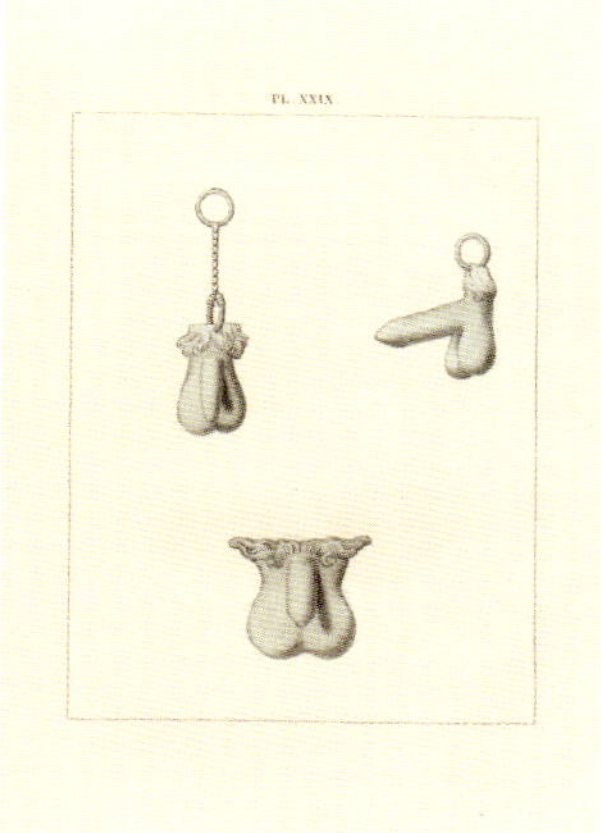
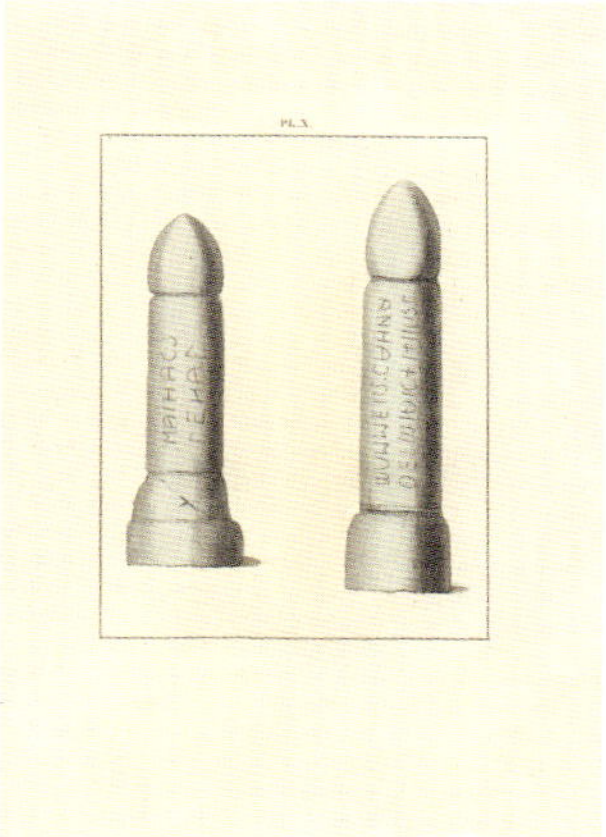

ちは、恥であると同時に必要不可欠な存在だった。インファミアの身分は完全な市民として認められていなかったものの、多くのインファーメがローマ市民から敬愛されていた。彼女たちは下等とみなされる一方で、絶大な権力と影響力を誇った。たとえば、六世紀、皇帝ユスティニアヌス一世の妻となったテオドラは、この世を去るまで夫のかたわらで東ローマ帝国を統治した。しかし、そんな彼女も、もともとは売春宿で働き、舞台で裸体を披露していた。長い道のりを経て、ようやくユスティニアヌスの目に留まることとなったが、そこからさらに皇帝とインファーメが結婚できるように法律が改定されるのを待たなければならなかった。敵からすると、テオドラはいつまで経っても「売春宿出身のテオドラ」だった。

露骨な偏見があったにもかかわらず、ローマ世界にとって、セックスワークは道路やワインと並んで欠かせない要素だった。それは、ローマ建国神話にも登場するほどだ。ローマの都市は、「ルパ」と呼ばれる雌オオカミの乳を飲んで育ったロムルスとレムスという双子の兄弟によって建設された、というのは有名な話である。しかし、この双子がアッカ・ラレンティアという女性の養子になった話はあまり知られていない。アッカ・ラレンティアはファウストゥルスという羊飼いの妻だったという説もあれば、半神ヘラクレスの恋人のひとりだったという説もあるが、プルタルコスをはじめとする複数の著述家によると、アッカはセックスワーカーだったという。ギリシャ語のヘタイラに相当するラテン語に「メレトリーチェ」という語があるが、「ルパ」にはローマの俗語で性行為を売る女性という意味があった。ルパに込められた二重の意味を考えれば、伝説の雌オオカミとアッカ・ラレンティアが同一人物であった可能性は充分にあるだろう。四世紀にウェルギリウスの作品に注釈をつけたマウルス・セルウィウス・ホノラトゥスは、真実

**前頁 『ナポリ王立博物館——秘密のキャビネット所収の絵画、ブロンズ像、エロティックな彫像』、セザール・ファミン著、1836年。**
これらのイラストは、ナポリの国立考古学博物館の「秘密のキャビネット」と呼ばれる部屋に所収されている品々を示している。この部屋には、啓蒙時代にポンペイやヘルクラネウムから集められたエロティックな美術品がおさめられている。1821年に一般公開するには猥褻すぎると判断され、鑑賞不可となっていた。

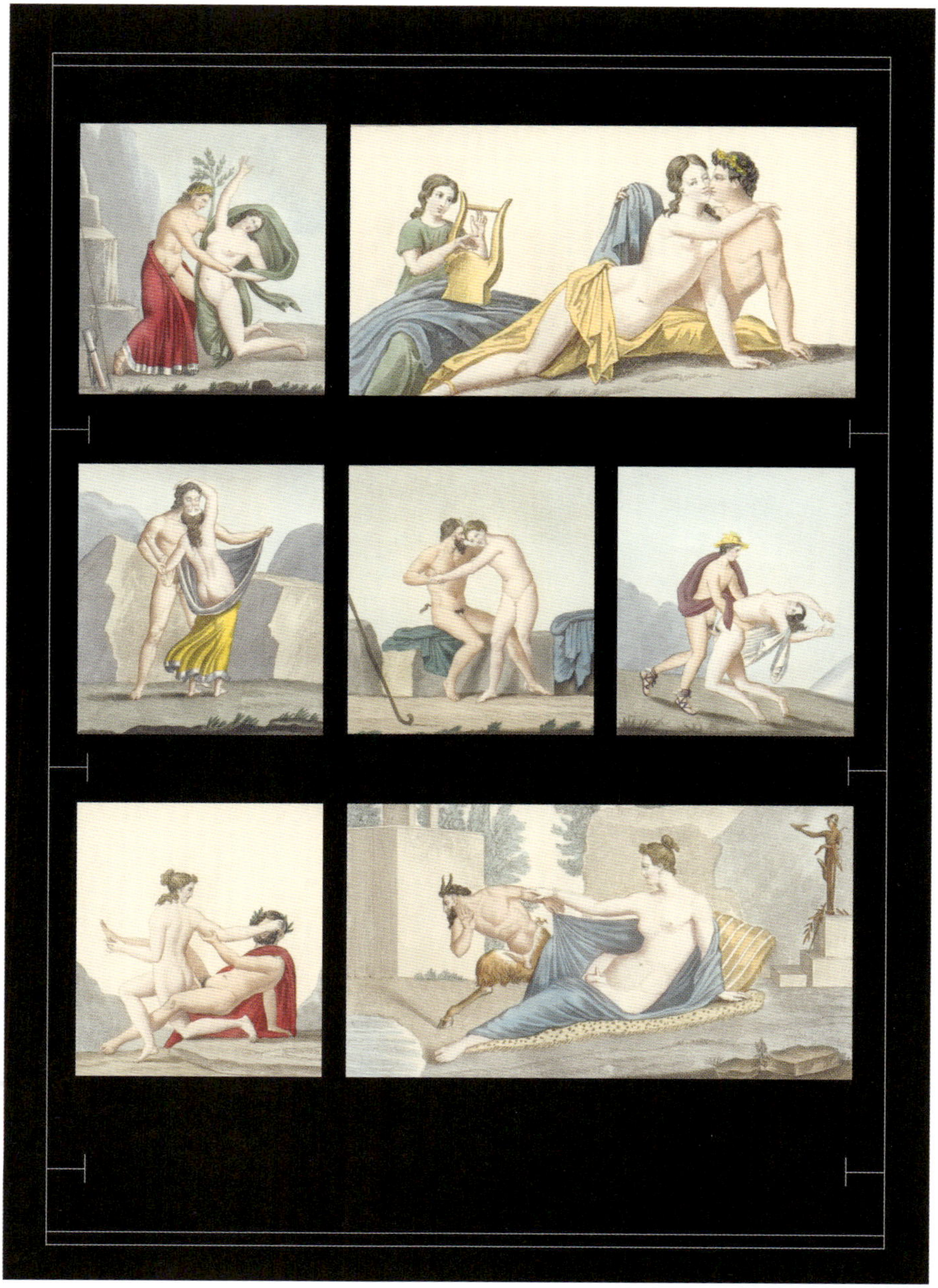

ポンペイのエロティックなフレスコ画のイラスト
『ナポリ王立博物館──秘密のキャビネット所収の絵画、ブロンズ像、エロティックな彫像』（セザール・ファミン著、1836年）より。

ポンペイのエロティックなフレスコ画のイラスト
**『ナポリ王立博物館——秘密のキャビネット所収の絵画、ブロンズ像、エロティックな彫像』（セザール・ファミン著、1836年）より。**

を覆い隠すために、このローマ建国神話は意図的に誤った解釈がなされていると述べている。

「双子が雌オオカミ(ルパ)に育てられたという話は、ローマ建国者の恥を隠すためのつくり話である。これがじつによくできている。というのも、われわれはメレトリーチェのことを〝オオカミ(ルパ)〟とも呼び、それゆえ、売春宿を指すのにルパナリアという語を用いているからだ」[8]

セックスワークに直接関わる法律はほぼ皆無だった。セックスワークに関する法律の大半は、インファーメ全般に関する法律の一部として扱われているにすぎなかった。紀元前一八~一七年、皇帝アウグストゥスが結婚の改革を行い、セックスワーカーたちは結婚できないとする法律を成立させたことで、ようやく売春が具体的に取り沙汰されるようになった。それまでセックスワークがとくに規制されていなかったのは、労働法の対象になっていたからだ。このことは、セックスワークがいかに日常的なものだったか

**〈ハウス・オブ・センテナリー〉のエロティックなフレスコ画、ポンペイ、1世紀。**
〈ハウス・オブ・センテナリー(100周年の家)〉とは、ヴェスヴィオ山の噴火から18回目の100周年にあたる1879年に発見された、古代都市ポンペイの裕福な居住者の家につけられた名前。

**集団セックスを描いた、ポンペイのルパナル(売春宿)のエロティックなフレスコ画、1世紀**
これらの絵は、客へのサービス一覧の役割を果たしていたとされているが、単に客を興奮させるために描かれていた可能性もある。。

を物語っているだろう。

　セックスやセックスワークに対するローマ人のおおらかな態度は、一七四八年にポンペイやヘルクラネウムなどの埋もれた都市の発掘に取りかかった考古学者たちに衝撃をもたらした。発掘されたエロティックなフレスコ画や彫像、モザイク画、彫刻は、古代ローマを文明の頂点と持ち上げていた多くの偉大な学者たちをおおいに狼狽させた。一八一九年、ナポリ王フランチェスコ一世は、家族と連れ立って国立考古学博物館に展示されたこれらの品々を見に行った。そこで憤慨した王は、コレクションを門外不出とし、「道徳のある成人」以外は閲覧不可とするよう命じた[9]。しかし、当時ポンペイで暮らしていた市民たちにとって、セックスとはまさしく展示されるものだったのだ。

　セックスは町のいたるところで売られていた。公衆浴場にはエロティックなフレスコ画が描かれており、歴史家たちはそこで追加サービスが提供されていたのではないかと指摘している。酒場の壁には、「奴隷フェリクラ」の料金が「二アス」、「アクリアが四アス」、「エパフラが一〇アス」、「フィルマが三アス」[10]といったような落書きが刻ま

**ポンペイのスブルバーネ浴場のエロティックなフレスコ画、1世紀。**
公衆浴場にこうした絵が描かれていたことから、ローマの人々はこれらを不快なものというよりむしろユーモラスなものとして見ていたと考えられる。

**ポンペイのスブルバーネ浴場のエロティックなフレスコ画、1世紀。**
このフレスコ画には、うしろにもたれた女性に男性がクンニリングスをしている様子が描かれている。一部の歴史家たちの見解では、こうした描写は浴場で性的サービスが購入できたことを示唆しているという。

れており、街中で性売買があった記録が残されている。裕福な人々はこうした奴隷と性的関係を持つことができたが、さほど裕福でない人や通りすがりの旅人などは売春宿を利用した。

一九九五年、歴史家のアンドリュー・ウォレス＝ハドリルは、ある建物がおもに売春に使われていたかどうかを判断するために、考古学者に向けて次のような基準を提案した。

一　誰もが簡単に出入りできる小部屋に石造りのベッドがある。
二　壁に露骨に性的なフレスコ画が描かれている。
三　性的能力を誇示するような、露骨に性的な落書きがある[11]。

多くの酒場、浴場、劇場、個人宅が売春宿としても営業されていたことは間違いなく、いずれもウォレス＝ハドリルの基準ポイントのひとつかふたつを満たしていた。しかし、三つのポイントすべてを満たす建物は、ポンペイで一軒しか知られていない。スタビアーネ浴場のすぐ裏手に、ポンペイの有名な売春宿、通称ルパナル（「オオカミの住処」という意味）がある。

五つある部屋は暗く、それぞれ細い石造りのベッドがかろうじて置けるくらいの広さしかない。戸口にはカーテンがかけられていたはずだが、とうの昔に失われている。かつては白く塗られていたであろう壁には、さまざまな性行為を描写したエロティックな色あせた絵や、客や売春婦たちが彫った卑猥な落書きがいまも残っている。ルパナルでおそらく最も驚きなのは、そこで働いていたのは奴隷だけではなかったということだろう。

壁に残っている一五〇の落書きの中には、これらの部屋で働いていた人々の名前が見られる。壁に書かれた名前の五人にひとりは、ジェンティリーシア——奴隷には与えられないローマ市民の姓——である[12]。モーラが「ファックトレス（セックス狂いの女）」と書かれれば、ムルティスは「フェラトリス（フェラ狂いの女）」と書かれている。ヴィクトリアと同じくらい何度も登場するのがフィーバスという名で、彼女は「セックス上手」と書かれている。客の自慢話もたくさんある。たとえば、「家に帰る前にここで一発」とか、「ここでやった娘は数知れず」など。セックスワーカーたちは互いにジョークまで残している。ある落書きには、「スコルドポルドニクスがここで望みの相手とうまいことセックスをした」とある。スコルドポルドニクスは、おおまかに訳せば、「ミスター・ニンニク臭い屁」という意味だ[13]。

パーリスとカストレンシスいう名もある。彼らはかつてそこで働いていた男娼たちで、壁には「美しい」と評されている。女性客を相手にしていたとも考えられるが、男性客を相手にしていた可能性のほうが高いだろう。男が男に代金を支払ってセックスすることは、キリスト教以前のローマではごく一般的なことだった。しかし、教会が非生殖的なセックスを非難したことから、同性愛への迫害が広まった。三九〇年、皇帝テオドシウス一世の勅令により、男性に売春を強要したり、男娼として売り飛ばしたりすることは死罪とされた。だが、この勅命により、男性のセックスワーカーたちはわかりやすく標的となってしまった。男娼たちは大勢の人々に罵られながら売春宿から引きずりだされると、路上で焼かれた。それでも、こうしたやり方では、男性たちにセックスの売買をやめさせることはできなかった。コンスタンティヌス一世の治世には、男性に売春をやめさせるために税が課された。国はこのやり方をひどく恥じていたが、エヴァグリオス・スコラスティコスの『*Ecclesiastical History*（教会史）』（五九三年、未訳）には、どの皇帝も必ずその税を徴収したと記されている。

セックスの売買は、ギリシャ・ローマの社会構造そのものに織り込まれていた。そこは奴隷制と搾取に基

**自分のペニスの重さを計量するプリアーポス神のエロティックなフレスコ画、1世紀。**
このフレスコ画は、ポンペイの〈ヴェッティの家〉より発見されたもの。

づいた、男性支配の根深い文化だった。性行為を売る人々の生き方には、そのことが明らかに反映されている。しかし、複雑なセックスワークのさまざまな糸のもつれを解きほぐそうとしていくと、奴隷と高級娼婦という二項のアイデンティティでは、その仕事の微妙なニュアンスをまったくとらえきれないことがわかってくる。プリュネやパーリスやカストレンシスのような人々の物語は、セックスワークというものにはたくさんの語り口がありうることを示している。高級娼婦たちの華やかな伝説の裏には、社会の片隅で生きた無数の人生がある。セックスワークは評判のよいものではなかったかもしれないが、古代文明のまさしく中心にあったのだ。

第3章

# 金の卵を産んだガチョウ

## 中世ロンドンのセックスワーク

社会における公共の女とは、航海中に汚水の溜まる船底《ビルジ》のようなもの、宮殿における下水溝のようなものである。この下水溝を取り除いてしまえば、宮殿全体が汚染される。

——聖アウグスティヌス、『秩序論』(三八六年、未訳)

一三八五年七月二七日、ヘンリー・モリングの妻のエリザベス・モリングは、「公共娼婦および売春斡旋人」の容疑で裁判にかけられるため、独房からロンドンの市庁舎《ギルドホール》に連行された。記録によると、エリザベスの運命を司るために集められたのは、「市長の勲爵士ニコラス・ブレンブル、参事会員、ロンドンの長官《シェリフ》」[1]といった面々だった。社会的地位の低い貧しい女性からしてみれば、彼ら有力者たちはさぞ立派に見えたことだろう。自由を求めて裁判を受ける囚人からしてみれば、さぞ恐ろしい存在だったことだろう。通常、売春や淫行に対する告訴が市長の法廷で審理されることはなかった。それゆえ、エリザベスが感じた恐怖は、おそらく彼女が審理者たちに与えた恐怖の比ではなかっただろうが、彼らもエリザベスと対峙して少なからず驚いたはずだ。もっとも、エリザベスがいかに経験豊富な娼婦であったかを考えれば、彼女が告訴人たちと既に会っていた可能性もなくはないのだが。

近頃、ロンドン近郊のシチューと呼ばれる場所に住むことを余儀なくされた、惨めでふしだらな者たちが急増している。これが市民のあいだにも腐敗を引き起こし、公共の福祉にとって耐えがたい頭痛の種となっている。

――シチュー弾圧、一五四六年

ロンドンで性風俗産業が盛んになったのは、エリザベス・モリングが被告席に座らされるよりもずっと前のことだった。その歴史とはすなわち、規制と弾圧、そして廃止への無駄な努力の歴史だった。性風俗産業がいかに打たれ強いかは、一〇〇〇年以上ものあいだ、その根絶が試みられてきたにもかかわらず、いまだにロンドン当局が何ひとつ方法を見つけられずにいることからも明らかだ。中世のロンドンでは、売春は違法ではなかったものの、非常にきびしく規制されていた。そこで採られたのが、偏見とゾーニングという手段だった。

一二七七年、早くもロンドンの裁判所は「売春宿で働く娼婦」が市壁の内側に住むことを禁止する法律を可決した。同様の条例が、ヨーク、コヴェントリー、レスター、ブリストルといった中世都市でも可決されたが、効果はなく、施行も困難だった。市が性売買を封じ込められなかったことは、そのような行為ができたことを示す露骨な名前のついた通りがあちこちに残っていることからも明らかだ。歴史家のエフライム・J・バーフォードは、『*The Orrible Synne: A Look at London Lechery from Roman to Cromwellian Times*（恐ろしき罪：ローマ時代からクロムウェル時代におけるロンドンの淫行について）』（一九七三年、未訳）という著書の中で、こう述べている。

「ロンドンがまだ幾分か田舎だった頃、公衆衛生はもっと単純なものだった。人々は庭で排便・排尿をしていたが、それはごくふつうのことだった。しかし、ノルマン人による征服後、町が大きく発展しはじめると、以前にはなかった衛生問題が浮上した。言うまでもなく、古い慣習を打破するのは難しい。一方で庭はどんどん減っていくので、人々は道路や小路で排泄するようになった。その結果、道には悪臭や障害物が生じ、ピッシング・レーン（小便通り）、スティンキング・アレー（悪

**前頁　若い女を撫でる老人、1500～20年頃。**
このドイツの版画には、老齢の男性が若い女性の胸を撫でている隙に、女性が男性の財布から小銭をくすねて別の男性に渡すところが描かれている。うしろの老女は売春斡旋人を表していると考えられる。

臭横丁）、シットバーン・レーン（糞焼却通り）、ファウル・レーン（不潔通り）などと巷で呼ばれるようになった。またその通りが姦淫にも使われていたならば、グロープカント・レーン（女性器弄り通り）――アングロ・サクソンの時代を思いださずにはいられない――、コッドピース・アレー（股袋横丁）、さらにはホワ・ライ・ダウン（娼婦の寝そべる通り）などのそれらしい名称がつけられることもあった。これらの道々は、察しがつくと思うが、やがてグレープ・レーン（葡萄通り）、コピス・アレー（雑木林横丁）、ホースレーダウン（馬の脚休め通り）など、汚臭の漂わない名称に変わっていった。娼館が立ち並ぶ通りには、ホワズ・ネスト（娼婦の巣窟）、スラット・ホール（淫売女の穴）、メイデン・レーン（乙女通り）――乙女などひとりもいないが――、ローズ・アレー（バラ横丁）――処女のバラを摘むことから――、ゴールデン・レーン（黄金通り）――大金を稼げることから――などの名称がつけられた」[2]

一三九三年までに、ロンドン当局は売春宿の営業を、市の管轄外のサザークにあったウィンチェスター司教区と、市壁内のコック・レーンという一本の通りだけに限定した[3]。性行為を売る女性たちを特定・管理するために、娼婦が「良家の貴婦人や乙女」と同じような格好をすることを防ぐ法案が可決された[4]。一三五一年の「奢侈禁止令」では、「公共の淫らな女」が毛皮や「そのほかの高級裏地」を身につけることが禁じられた。代わりに、「地元の者にも、よその者にも、すべての者に女たちの身分がわかるように、縞模様の布の頭巾を一枚のみかぶり、毛皮の縁取りや裏地のない衣服を着ること」とされた[5]。このように縞模様の頭巾をかぶって自ら「公共の女」の身分を明らかにすることを義務づけた奢侈禁止令は、ブリストル、グレート・ヤーマス、エクセター、グロスターでも可決された[6]。こうした法令は、女性たちに烙印を押して恥辱を与えるための策定だったが、それと同時に市と「淫らな女」とのあいだに危うい休戦状態をもたらした。女性たちがこのルールに従っているかぎり、ロンドン市側は性風俗産業を容認する意向であったということだ。しかし、エリザベス・モリングの行く末がまもなく明らかにしようとしていたように、従わない者に下される罰はじつにきびしいものだった。

『リーベル・アルブス（白書）』という書がある。これは一四一九年に編纂されたロンドンの法律書で、中世時代のロンドン司法に関する情報の宝庫である。この白書には、売春や売春斡旋、「不道徳な生活をしている女」を匿うといった行為に対するさまざまな刑罰がかなり仔細まで記されている。売春斡旋（ポン引き）の罪に問われた男性は、頭髪と髭を剃られ、裁判所で決定された一定の期間、晒し台の刑に処された。晒し台の一種であるピロリーでは、立った姿勢で前屈みになり、木枠に頭と両手を固定された。このような刑は公共の場で執行されていたようである。太鼓が打ち鳴らされ、吟遊詩人《ミンストレル》が歌う中、野次馬たちに向かって罪が高らかに宣告された。

初犯として、「公共の場での売春」あるいは売春斡旋（ポン引き）をした罪に問われた女性は、頭を剃られたあと、白い杖を持

**左　『テイマス時祷書』（セーラム典礼）、14世紀頃。**
この写本の挿絵には、晒し台で晒し者にされる修道士と女性が示されている。このような晒し台によって、体罰のみならず公衆の面前で恥をかかされるという屈辱が与えられた。

**中央　ラバヌス・マウルス著の『宇宙論』の写本、1023年。**
「ピロリー（晒し台）の刑」と題された細密画。晒し台は、「売春斡旋（ポン引き）」の罪に問われた男女に処される一般的な刑罰だった。

**右　『トゥールーズの風習』、1295〜97年。**
この細密画には、ピロリー（晒し台）に晒された人物が描かれている。このような公開の刑は、中世のヨーロッパ全土で行われていた。

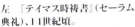

たされ、縞模様の頭巾をかぶり、町の中心部を歩かされた。そのあいだ、ミンストレルが調べを奏で、彼女たちの罪が読み上げられた。最終的に、彼女たちはコック・レーンに連れていかれ、そこでテーウィと呼ばれる女性用のピロリーに座らせられた。刑罰がすむと、彼女たちはコック・レーンに残され、「そこから出ない」ことを義務づけられた。娼婦が懲りずに再犯した場合は、同じ刑罰に処されたうえで、最長で一〇日間、牢屋に収容された。三度めに逮捕された場合は、公共の場で辱めを受けるのみならず、シティ・オブ・ロンドンから追放された。と、ここでエリザベス・モリングの話に戻る[7]。

エリザベスは「公共娼婦および売春斡旋人」の罪で告訴されていたが、その罪の尋常ならざる重さは、市長自ら審問を行ったことからも見て取れる。エリザベスは、自分はオール・ハロウズ教区で刺繍師をしており、定期的に若い女見習いを募って訓練させていただけだ、と主張した。少なくとも、エリザベスは将来の見習いたちにそう話していたようだ。ジョアンナもそうした新米のひとりだったが、エリザベスの支配から解放されると、ま

**左　ジョヴァンニ・ボッカッチョ著の『名婦列伝』のフランス語訳、『デ・クレール・エ・ノーブル・ファム』の挿絵、訳者不明、15世紀。**
エピクロス派の哲学者で高級娼婦でもあったとされるレオンティオンを描いた挿絵。

**中央　ジョヴァンニ・ボッカッチョ著の『名婦列伝』のフランス語訳、『デ・クレール・エ・ノーブル・ファム』の挿絵、訳者不明、15世紀。**
古代ローマのフローラリア祭で、セックスワーカーが客と一緒にいるところが描かれている。女神フローラを祝って催されたフローラリア祭では、売春婦たちによるパフォーマンスも披露されたと言われている。

**右　『国王シャルル7世を悼む祈り』、マルシャル・ドーヴェルニュ著、1484年頃。**
この挿絵では、ジャンヌ・ダルクが軍の陣営からセックスワーカーたちを追いだす様子が描かれている。

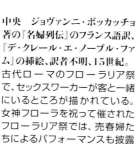

ったく異なる話をするようになった。

　ジョアンナは、一三八五年五月四日、夜になったら、ある牧師に付き添って家まで行き、「ランタンを持って彼の部屋まで先に行きなさい」とエリザベスに指示されたと証言した。彼女が「そこで一夜を明かす」よう、知らないうちにエリザベスと牧師のあいだで画策されていたのだ。翌朝、ジョアンナが女主人のところへ戻ると、「駄賃に何か持って帰ってきたか」と訊かれた。彼女が持ってこなかったと答えると、立腹したエリザベスはジョアンナを叱りつけ、その晩、彼女を牧師の家にもう一度行かせ、価値のあるものをなんでもいいから盗んで帰らせた。「かようにエリザベスは、同ジョアンナや、そのほかの使用人の女たちから同様の卑しい利益を受け取り、己で使うために貯め込んでいた。かようないまわしき生活を己で送りながら、ほかの女たちにも同じような生活を強要した。したがって、この女は己自身が公共娼婦であるとともに、売春斡旋人である」と、法廷記録に残されている[8]。エリザベスに不利な証言をしたのはジョアンナひとりだけだったが、ほかにも同じようにエリザベスに強要されたり、騙されたりして売春をさせられた被害者が多くいたことは間違いなさそうだ。

　無実の訴えも虚しく、エリザベスは牢屋に収容された。翌日、「一二人の善良な市民」により、問われていた罪のすべてに有罪判決が下された。エリザベスが犯した罪の大きさと性質を見るかぎり、裁判所は情けをかけるつもりはなかったようだ。


「判決は以下のとおりである。エリザベスは前述の市庁舎《ギルドホール》よりコーンハルへ連行されたのち、そこでテーウィに載せられ、一時間そこに晒される。その理由については公衆に周知される。その後、いずれかの市門に連行され、ロンドン市とそこにおける自由を捨て、二度と同市に足を踏み入れぬ旨を誓わ

**16世紀に描かれた売春婦や高級娼婦。**
16世紀に描かれたセックスワーカーたちの絵には、彼女たちの暮らしぶりをいましめとして描いたもの、聖書に登場する放蕩息子のたとえ話に着想を得た作品、愚弄される老人を描いた版画など、しばしば道徳的な教訓が重ねられた。

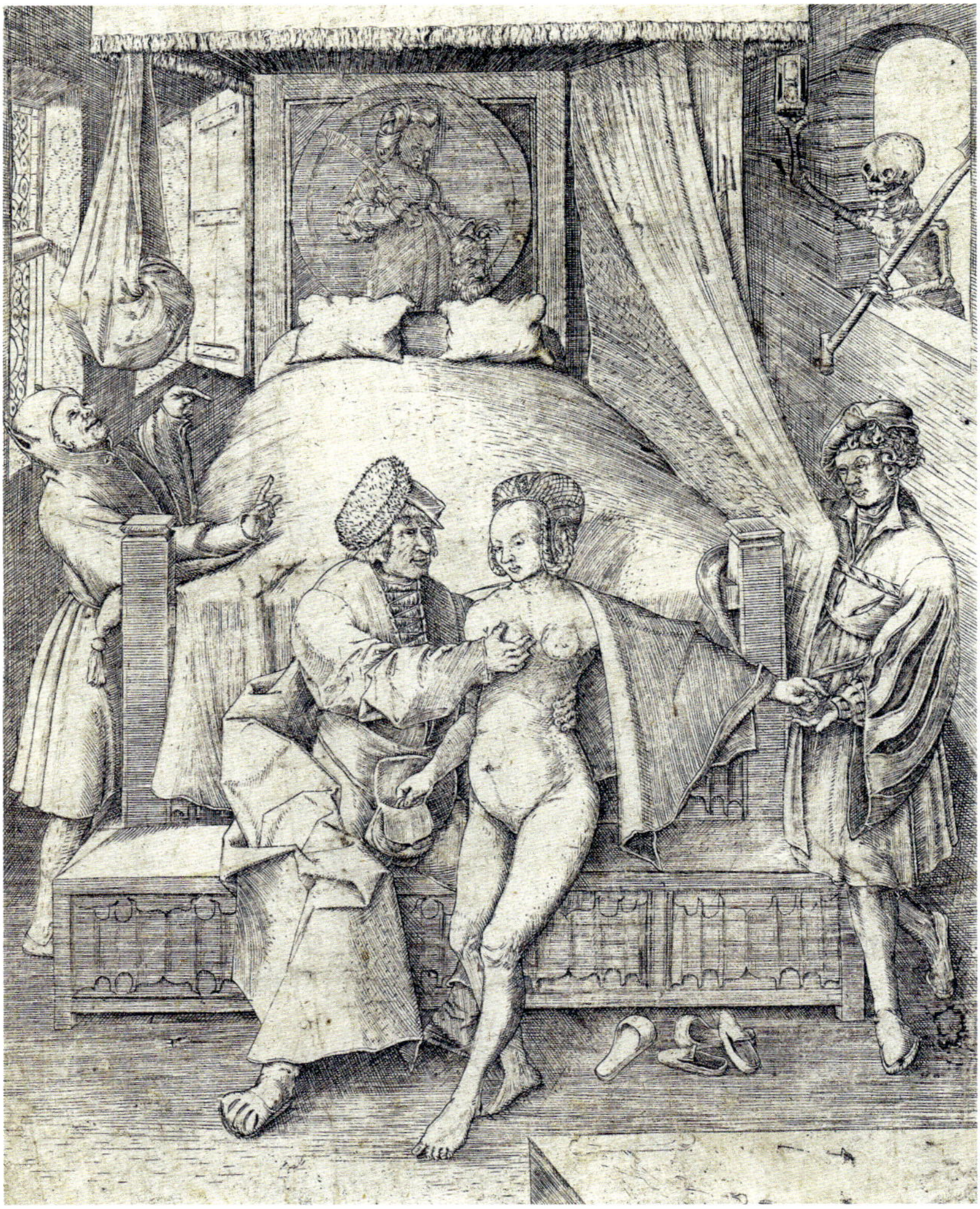

上　「老人と高級娼婦」、作者不明、1520～50年頃。

(前頁上)「死を前にして、酒と賭博に興じる高級娼婦」、ウルス・グラフ作、1511年頃。(前頁下左)「娼婦と放蕩息子」、作者不明、1512～83年頃。(前頁下右)「遺産を浪費する放蕩息子」、コルネリス・アントニス作、1535～45年頃。

される。違反すれば、市長と参事会員の裁量により、三年の投獄およびテーウィの刑が満足のゆくまで繰り返される」[9]

その後のエリザベスの痕跡はいっさい記録に残っていない。おそらく、別の町に移り住んで人生をやり直したのかもしれないし、女子修道院に入って多くの罪を償いながら日々を過ごしたのかもしれない。ひょっとすると、渡し舟でテムズ川を渡ってサザークへ行き、「ウィンチェスターのガチョウ（売春婦）たち」の群れに合流したのかもしれない。実のところ、ウィンチェスターの教会のベッドを豪華に飾り立てていたのは、こうしたガチョウたちの稼ぎだったのだ。

一一〇七年、ウィンチェスター司教ウィリアム・ギファードは、荘園領主の館を建てるためにバーモンドジー修道院からサザークの土地を借り上げた。一三二九年までに、ウィンチェスター司教は、「リバティ・オブ・クリンク」として知られた九〇エーカーの土地を所有し、そこに居住するすべての人々に対する精神的責任を担い、その賃料

**浴場が描かれた写本の挿絵、15世紀。**
シチューハウスと呼ばれた中世の浴場は、セックスワーカーたちが客引きをする場所として知られていた。1400年代初頭には、ロンドン市ですべてのシチューハウスが禁止された。

と、自治区の裁判所と条例を管理するようになった。ロンドン市壁の外側に位置し、市の司法権の及ばなかったサザークは、その入り組んだ道々に安住の地を見つけたあらゆる追放者や悪人たちの住処となっていた。テムズ川岸には売春宿が立ち並び、市壁の外に追放された売春婦たちが大勢逃げてきていた。歴史家のジョン・ストウは、一五九八年の著書『*A Survey of London*（ロンドン探訪）』（未訳）の中で、かつてテムズ川沿いにあった一八軒の「浴場《シチューハウス》」について、「これら認可を受けたシチューハウスの正面――テムズ川のほうを向いていた――には、〈ボアーズヘッド亭〉、〈クロスキーズ亭〉、〈ガン亭〉、〈キャッスル亭〉、〈クレーン亭〉、〈カーディナルズハット亭〉、〈ベル亭〉、〈スワン亭〉といった店の名が、看板ではなく、壁に絵で描かれていた」[10]と述べている。西岸には、ふたつのベアーガーデンがあった。そこで人々は料金を支払い、熊、雄牛、マスティフという大型犬が互いに引き裂きあう姿を見て楽しんだ。またサザークには、川沿いの悪名高い〈クリンク〉のほか、〈ホワイトライオン〉、〈キングスベンチ〉といったいくつかの監獄があった。酒場、タウンハウス、

**浴場や売春宿が描かれた写本の挿絵、15世紀。**
これらの挿絵では、浴場は社交や飲食の場として描かれているが、性交の場でもあったことが見て取れる。

売春宿、ベアーガーデン。これらすべての所有者だったのが、ウィンチェスター司教だ。中世の教会裁判所がロンドン市内で性的奉仕を売る人々を処罰しつづけていた一方で、リバティ・オブ・クリンクは代わりにそれで儲けることにしたのだ。

一五世紀に、注目すべきある文書が作成された。そのおかげでサザークの浴場街《シチュー》での暮らしについて、かなりの証拠が残されている。その文書には、ウィンチェスター司教に対し、教区内でのセックスワークを許可し、それから利益を得ることを認める旨が書かれている。この文書、すなわち「ウィンチェスター司教下における、サザークでのシチューハウス経営者の管理に関する条例」では、シチューハウスで働く人々に対する三六の規則と、それぞれに違反した場合に科される罰金が定められている[11]。

この条例には、「未婚女性」の服装から寝室のしつらえまで、宗教的な祝祭日に働くことから、売上促進のために食料を売ることまで、あらゆる内容が網羅されている。こうした規則の多くは、エリザベス・モリングのような非道な未婚のシチューハウス経営者によってセックスワーカーたちが搾取されないようにすることを目的としていた。たとえば、条例（A3）の項目には、シチューハウス経営者は「女従業員たちを、その者たちの意に反し

**左　「売春宿」、ヨアヒム・ブーケラール作、1562年。**
この売春宿の描写には、酔っ払いが逆立ちをする様子などが描かれている。ここには、行きすぎた不品行は愚かさにつながるという道徳的なメッセージが込められている。

**右　「農民の踊り」、ピーテル・ブリューゲル（父）作、1568年。**
この陽気なシーンの背景にある赤い旗は、その建物が売春宿であることを示している。

て店にとどめおくことはできない。違反した場合は、一〇〇シリングの罰金が科される」と明記されている。また（B10）項には、いかなるシチューハウス経営者も、「己の体で生計を立てる女に下宿を強要させることはできないが、女たちは別の好きなところへ行って下宿することができる。この条例に違反するたび、二〇シリングの罰金が科される」と書かれている。（B4）項には、「信仰を持つ女、および夫を持つ女を、シチューハウスに受け入れてはならない……違反した場合は、一二ペンスの罰金が科される」と定められている。中でも、愛人に貢いでいるような女性には、とくにきびしい罰が課された。これは売春斡旋を防ぐためだった。「己の体で生計を立てる女が、荘園の慣習に反して愛人を持った場合、三週間の禁固刑および六シリング八ペンスの罰金を科されたうえ、懲罰椅子に座らされ、二度と違反しないことを領主に誓わされる」

狡猾な売春婦たちのカモ《ガチョウ》にされないように客を守る規則もあった。たとえば、条例（B2）項は、売春宿の経営者が「借金を抱えた男を、その者の意に反して自宅に監禁すること」を禁止するとしている。また、「熱の症状」のある女はシチューで働くことを許されず、（B7）項では、女が男を力ずくで路上から引き入

左　「陽気な仲間たち」、ブラウンシュヴァイク・モノグラミスト作、1537年。
ここには、抱きあうカップルや喧嘩する女たちなど、騒々しい売春宿のワンシーンが描かれている。

右　「売春宿の風景」、ブラウンシュヴァイク・モノグラミスト作、1540年。
同じように風紀の乱れたこちらの場面には、寝室へと階段を上がっていくカップルや、下階で酒を飲んで大騒ぎをする人々が描かれている。

れることが禁じられている。強制捜査のときに公共娼婦に尋ねるべき尋問リストも掲載されており、そこには次のような質問が並んでいる。「男の意に反して、衣服を引っ張って連れ込んでいないか？　警官の正当な捜査を妨害していないか？　祝祭日に仕事をしていないか？　条例に反して愛人を囲っていないか？　シチューハウスの経営者に嘘偽りを言っていないか？　身元は明らかになっているか？　いかなる者とも諍いを起こしていないか？　議会や審議会のときは姿を消しているか？　実際に性交せずに金銭だけ受け取っていることはないか？　未婚でシチューハウスを経営しているか？」[12]

もどかしいことに、現存する記録にセックスワーカーたち自身の声や体験は残されておらず、この条例について、あるいは自分の収入の分け前を教会に渡さなければならないことについて、売春婦《ガチョウ》たちがどう感じていたのかを知るすべはない。ただ、中世ロンドンでセックスワーカーという職業を存在させるため、そして、それを人々が受け入れるために、彼女たちに適用された法律があったということしかわからない。シチューでの生活について定めた広範な規制は、性風俗産業を管理するためにあったのであって、その根絶を目的としていたわけではなかった。こうした規制からは、中世ロンドン社会が売春を純粋に道徳的な問題としてではなく、社会的な問題としてとらえていたことが見えてくる。その一方で、ガチョウたちについてはほとんど何も見えてこない。

一五三三年、ヘンリー八世がカトリック教会と決別したのをきっかけに、それまで教会が所有していた土地と財産はすべて王室に引き継がれた。その中には、あのウィンチェスター司教の土地も含まれていた。一五四六年、バンクサイド〔サザークのテムズ川南岸の地域〕のシチューを閉鎖せよとのヘンリー八世の命が、ラッパ兵と伝令官を伴い王室より布告された。シチューで己の体を酷使していた「ふしだらで惨めな者たち」は、一一日間のうちに退去を余儀なくされた[13]。いまやサザークはロンドン市の管轄下となり、その法律に従わなければならなくなった。教会はもはや売春宿を認可しなくなり、またプロテスタント教会の台頭によって、市から罪をなくそうとする新たな熱気が生まれた。もちろん、これで性風俗産業がなくなったわけではない。ガチョウたちはただ荷物をまとめて、コック・レーンやペチコート・レーン、チープサイドのグロープカント・レーンなど、市の新しい地域に移っただけだった。王室は、サザークの売春宿を取り締まることでは性風俗産業を廃止できなかった。この失敗を、エドワード六世づきの牧師だったヒュー・ラティマーは見逃さなかった。ラティマーは、一五四九年、この試みは失敗だったと、国王を前に説教を始めた。「いやはや、シチューをお取りつぶしになされましたが、それでいかによくなりましたでしょう？　どんな効果がありましたでしょう？　ただ場所をお移しになっただけで、売春を一掃したわけではございませぬ……聞けば、いまやロンドンには、かつて川岸にあった以上の売春宿があるというではありませんか」[14]

# 第4章

# 真っ当な娼婦

## ルネサンス・ヨーロッパにおける売春

ヴェネツィアにはとある風習があります……高級娼婦には六、七人の愛人がいて、それぞれと週の決まった曜日に夕食と床をともにするというのです。日中は気分次第で自由に相手を選んで接待しているから、彼女の挽き臼は休み知らずで、穀物を挽く機会がなくて錆びるなどということはありません。

――マッテオ・バンデッロ、『短編小説集』（一五五四～七三年）

ヴェネツィアの象徴的な運河に架かるいくつもの小さな橋のうちのひとつに、テッテ橋がある。サン・カンチアーノ教会の影に隠れて、サン・カンチアーノ運河にひっそりと架かるテッテ橋の光景は、あまり印象に残らない。低いアーチ型のテッテ橋に、リアルト橋やアッカデーミア橋のような壮麗さはなく、ため息橋やゲンコツ橋のようなミステリーもない。それにもかかわらず、毎年多くの観光客がこの橋を見るために集まってくる。この橋の魅力は、そのデザインよりも、その名前にある。テッテ橋とは、訳せば「乳房橋」という意味になるが、「おっぱい橋」と訳したほうがより正確かもしれない。

言い伝えによると、一六世紀、ヴェネツィアの「公共娼婦（メレトリーチェ）」たちは、この橋の上で乳

この法令は、フィレンツェの町のいたるところに広がっている売春婦の不品行によって、町に流入する恐れのある悪と罪を根絶やしにするためのものである。
――行政長官の法令、一三五五年

房を露出して客引きをしていたが、それがこの町から同性愛をなくす手助けにもなっていたという。テッテ橋という象徴的な名称はここから来ている。どこまでが真実で、どこからを民間伝承とすべきかは定かではないが、この橋そのものが、ルネサンス期のイタリアでセックスワークがどのように理解されていたかを見事に象徴している。つまり、醜いけれど、なくてはならない存在ということだ。

ローマ帝国時代の教父の聖アウグスティヌスは、キリスト教に改宗した直後に著した『*De ordine*（秩序論）』（三八六年、未訳）の中で、社会的・道徳的秩序の乱れについて取り上げた。彼はセックスワークを不道徳としながらも、売春は男の欲情のはけ口として欠かせないものであり、それがなければ、男たちはもっと悪い行為に耽溺しかねないと主張している。彼はこう書いている。

「商売女や売春斡旋人、そのような罪深きあらゆる者たちほど、卑しく、名誉を奪われ、不道徳に満ちたものがあるだろうか。この売春婦たちを取り締まるならば、情欲が社会を揺るがすことになるであろう。だからといって、この者たちに真っ当な妻の座を与えるならば、すべてのものが汚れ、不名誉に堕落する。したがって、その道徳によって地の底まで不純に堕落させるこの種の人間は、一般的な秩序の法則により、たしかに最も卑しい場所ではあるが、社会の中心の一定の場所を占有しているのである」[1]

聖トマス・アクィナスは、一三世紀の著書『神学大全』（一二六五〜七四年）の中で、アウグスティヌスの言葉を検討し、そのような罪深き人々は、「その結果として何かしらの善が生じる、あるいは、何かしらの悪が避けられるという理由で、容認されてもよい」と同意を示している[2]。このような相反

**前頁　「緑のドレスを着た婦人の肖像」、バロトロメオ・ヴェネト作、1530年。**
この肖像画では、女性がサフランイエローのボディス（胴衣）を着ている。これは、この女性がおそらく高級娼婦であることを示している。ヴェネツィアでは、黄色は性風俗と結びつきのある色だった。なぜなら、奢侈禁止令によって、売春婦は黄色のマントを着用することが定められていたからだ。

する道徳的感情をもとに、近代初期のキリスト教世界の大半で、国家によるセックスワークの規制が行われた。多くの国で売春をしかたなく容認する心づもりはあったものの、それを喜んで許そうとする国はなかった。また、政府がレッセフェール〔「なすにまかせよ」の意のフランス語。自由放任主義〕の政策を採ることも、黙認することもなかった。こうした不安定な力が働いた結果、一五、一六世紀のヨーロッパ全土に国営の売春宿が出現した。その先駆けとなったのがイタリアだ。

ルネサンス期のイタリアの主要都市で性行為を売ろうとする者は、国に登録して許可を得なければならなかった。そして課税され、行動を公的区域内に制限され、その中の国営の売春宿で働き、服装や、行ってよい場所、住んでよい場所について規定した法律に従うことが求められた。

売春から利益を得ることを正当化するために、イタリア当局は聖アウグスティヌスからヒントを得て、売春はさらに悪質な性犯罪を防ぐための必要不可欠な緩衝材であるという考えを広めた。一三〇六年、ドミニコ会の神

左 「ローマの高級娼婦」、ピエトロ・ベルテッリ作、1580年頃。
ルネサンス期のローマでは、セックスワーカーたちは公娼制度の中で商売をしていた。

中央 「ローマの高級娼婦」、ピエトロ・ベルテッリ作、1594～96年。
ベルテッリは、ヨーロッパ各地のさまざまな人々の服装を図解した書物の中で、この高級娼婦を描いた。

右 「ヴェネツィアの高級娼婦」、クリストフ・クリーガー作、1598年。
サーコート〔足先が隠れる長さのワンピース型のコート〕に身を包み、頭にファッツォーラと呼ばれるヴェールをかぶったヴェネツィアのセックスワーカー。

学者ジョルダーノ・ダ・ピサはフィレンチェでこう説いた。「都市で売春婦が容認されていることは知っておるだろう。これは大いなる悪だが、これをもしも排除すれば、大いなる善も失われる。なぜならば、さらなる不義や男色が増え、はるかにひどい事態となるからである」[3]

これはジョルダーノの個人的な意見にとどまらず、デイゾネスタ（「真っ当ではない暮らしをする女」を意味する）を利用することで同性愛の罪を抑制できるという考えは、ルネサンス期のイタリアに定着し、さらには公共政策を形づくるまでになった。イタリアが一五世紀に性風俗産業を合法化するようになったのも、同性愛嫌悪が大きな動機になっていたと、多くの歴史家は指摘している[4]。実際、ヴェネツィアの「おっぱい橋」の言い伝えには、「そのように誘惑することによって、自然に反する罪から男たちの気をそらすために」、女性たちが身を挺したのだという説もある[5]。このような理屈を、教会はとうの昔に捨て去ったはずだと思うかもしれないが、そんなことはない。二〇〇〇年、ヴィチェンツァ司

左　「ふたりの売春婦と年老いた売春斡旋人」、バルトロメオ・グラッシ作、1580年頃。
売春斡旋人――通常、若くて美しい売春婦と並べて、不機嫌な老女として描かれた――は、近世初期の美術によく登場する人物像だった。

右　「ヴェネツィアの高級娼婦」、ピエトロ・ベルテッリ作、1594～96年。
この図版には、スカートをたくし上げて、チョピンとブリーチズ〔半ズボン〕をあらわにする高級娼婦が描かれている。

教のピエトロ・ノニスは、「悪をまだましなものにするために」売春の合法化を支持する記事を、『ガゼッティーノ・ディ・ヴェネツィア』紙に掲載している[6]。

中世ヨーロッパの多くの国々でそうだったように、イタリアでも性風俗産業を規制するために、ときに容認する動きもあったものの、やはり弾圧と刑罰という手段が好まれた。イタリアのさまざまな都市国家が、自分たちの町からディゾネスタを追放しようとしたが、どの都市もそれは不可能であると気づかされて終わった。

ボローニャ当局は、一二五九年、すべてのセックスワーカーを都市から追放する法令を可決した。売春した罪で逮捕された女性は鼻を切り落とされた[7]。一二八七年、フィレンツェでは、売春宿を市壁の外に移転させる法律が制定された。一三一三年、オルヴィエートでも娼婦は市外追放となり、市内全域で売春は違法とされた。ディゾネスタに家を貸していた場合、家主は逮捕されて罰金が科された。また娼婦たちを売春宿に匿っていたことが発覚した場合、その女将は公共の場で打ち据えられた[8]。悪名高い「おっぱい橋」のあるヴェネツィアでは、一二六六年および一三一四年に、「邪悪な暮らしをする女」がすべて追放された[9]。

一四世紀半ばになると、イタリア国内で売春を根絶しようと高まっていた熱気は、これではうまくいかないと認めざるをえない空気に変わっていた。廃止しても意味がないことをまざまざと知らしめられた結果、売春を合法化して自治体によって規制する政策がイタリア全土に導入された。とはいえ、合法化したといっても受け入れたわけではなく、ディゾネスタたちを管理するために定められた規則は、制限も罰則もとてもきびしいものだった。

一三八四年、フィレンツェでは奢侈禁止令が制定され、公共娼婦《メレトリーチェ》は頭に鈴をつけ、手袋をはめ、そびえ立

**「ゴンドラ乗船」**、ニクラウス・キッペル作、1588年。
この遊び心のあるイラストでは、ゴンドラの客室にめくれる紙がつけられており、その中に恋人たちが隠されている。

**『イタリアの衣装本』、ニクラウス・キッペル作、1588年。**
右上のイラストでは、紙をめくると高級娼婦のスカートの下のチョピンとブリーチズが見える仕組みになっている。

つような高さの靴（「チョピン」と呼ばれた）を履くことが義務づけられた[10]。マントヴァとパルマでは、セックスワーカーたちは公共の場では白のマントを着用することが命じられた。マントの色は、ミラノでは黒、フェラーラとベルガモとヴェネツィアでは黄色だった[11]。こうした法令に従わずに捕まった場合、罰金を科されたり、ひと晩牢屋に入れられたりといったものから、野次馬たちから罵声を浴びせられ、腐った食べものを投げつけられながら、全裸で街中を歩かされるといったものまで、さまざまな刑罰に処された。

真っ当な女性《ドンナ・オネスタ》との見分けはつくようになったものの、売春が行われる場所の規制はほとんど進んでいなかった。そこで多くの都市は、取引的性交を行ってもよい場所を制限するために、きびしいゾーニング政策と国営の売春宿を導入した。その場所の選定には、つねに問題がつきまとった。市民たちは売春には目をつぶるにしても、その近隣には住みたくなかったのだ。一三五五年、売春を規制する「行政長官の法令」がフィレンツェで発布された。このとき要となったのが、隔離政策だ[12]。

このような区域は、たいてい市の貧困地域に設けられた。ローマ、ミラノ、パヴィーア、ヴェネツィアは、真っ当な市民を守るためにさらに踏み込んで、指定された売春宿エリアを壁で囲うように命じた[13]。ローマでは、この地区はオルタッチョと呼ばれた。ヴェネツィアでは、カストレット（「小さな城」という意味）と呼ばれ、「おっぱい橋」を渡ってアクセスした。そこへ行くのに、客はカナル・グランデを渡って、トラゲット・デル・ブッソ（「女性器への渡し場」という意味）と呼ばれる小舟の発着場まで行かなければならなかった[14]。

これらの地区内で働く女性たちは、酒場、宿屋、教会に入ることを禁じる、さらなる法律に従わなければならなかった。彼女たちは外出を禁じられたり、日中は自分の部屋から出られなかったり、脇道しか歩くことを許されなかったりした。フェラーラでは、きびしい法律によって、メレトリーチェは一般市民から部屋を借りたり、土曜日以外に市場へ行ったりすることが禁じられた[15]。売春宿とそこで働く女性たちは、認可を受けることで規制の対象となり、課税された。その代わりに、国はさまざまな管轄区域内で働く女性たちを保護し、法的手段を提供する義務を負った。こうしたことから、フィレンツェでは、一四〇三年に〈品位局《オネスタ》〉が設立された。〈品位局《オネスタ》〉は、フィレンツェ市民の男性八名からなる、六カ月ごとの交代制の委員会により構成された。そのほか、公証人、会計係、秘書がひとりずつと、違反者の逮捕、通告、出廷の付き添いなどを行う使者が六人いた[16]。〈オネスタ〉は、法律の施行、メレトリーチェの登録と認可の促進、税の徴収、既存の売春宿の維持、新たな宿の建設などを行った。また、虐待を受けた女性に法的手段を与えたり、フィレンツェ国外の債権者から保護したりといったことも行った[17]。

〈オネスタ〉に登録して売春の認可を受けることを自ら希望する場合は、そのための手数料を支払

**「チョピン」、1600年頃。**
厚底のチョピンは、近世初期のヴェネツィアの高級娼婦のあいだで大流行した。チョピンを履くことによって、通りで泥を避けられたり、社会的地位の高さを示したりすることができた。イタリアのチョピンは、質素な素材でできたものもあれば、ここで紹介しているような、シルクやベルベットなど、とても高価な素材でできたものもあった。

わなければならず、その後すぐに認可された売春宿まで案内された。認可証を持った女性に警察は手だしをすることができなかったため、少なくとも理屈のうえでは、メレトリーチェたちはある程度の保護下にあった。未登録の女性が売春をしたとして訴えられた場合、その者の運命は市の判事たちの投票によって決められた。有罪となれば、認可証を発行され、売春宿に連れていかれた[18]。

一四三六年までに、〈オネスタ〉には七六人のセックスワーカーが登録されていた。その中にフィレンツェ出身者がひとりしかいなかったことは興味深い。残りの七五人のうち、一六人はドイツ出身、あとはネーデルラントと北イタリアの出身だった[19]。こんにちのセックスワーカーたちは収入を増やすために定期的に出稼ぎに行くものだが、これは一五世紀のイタリアでも経済的に理にかなっていたようだ。こうした制限があったとはいえ、メレトリーチェたちはほかのフィレンツェの一般女性たちよりも多くの権利を有していた。彼女たちは〈オネスタ〉の裁判所に提訴することができた。実際に、顧客や雇い主、ほかのメレトリーチェを相手取って訴訟を起こすこともあった。一六世紀のルッカでは、〈売春婦の保護者《プロテットーリ・デッレ・メレトリーチ》〉が市のメレトリーチェたちが抱えるあらゆる問題に対処していた。一五六四〜七一年までのあいだに、〈プロテットーリ・デッレ・メレトリーチ〉に申し立てられた苦情は四〇件以上にのぼる。そのうちの大半は、徒党を組んで売春宿区域をうろつく、ドアを叩く、罵声を浴びせる、じろじろと見てくるなど、広く迷惑行為に関するものだった[20]。

ヴェネツィアのような都市では、男性が売春宿を経営することは禁じられ、代わりに花車《かしゃ》と呼ばれる年配の女性がその仕事についた。優れた花車は店の娘たちの面倒を見るのみならず、客たちをつねに満足させるすべも心得ていた。事実、イタリアの代表的なデザートであるティラミスは、萎えた精力を回復させるために売春宿で考案されたと言われている[21]。また、パスタに和える風味豊かなソースのプッタネスカは、直訳

「ふたりのヴェネツィアの女性」、ヴィットーレ・カルパッチョ作、1490年頃。
原画の4分の1のサイズであるとされるこの絵画には、素性の不明なふたりの女性が描かれている。一部の歴史家たちのあいだでは、彼女たちは高級娼婦だと考えられている。左側にチョピンが描かれている点に注目してほしい。

すると「娼婦風に調理された」という意味で、売春宿で女性たちが接客の合間に食べていたと言われている[22]。セックスワークは道徳的にいろいろと批判はされるものの、そのおかげで女性たちは自分で収入を稼いだり、自分の店を営んだりすることができたのだ。さらには、国際的セレブリティにまでなる者も少なくなかった。

こんにち、セックスワークには多くの働き方があり、それぞれ属する社会的階層も違うものだが、ルネサンス期のイタリアでも状況は同じだった。最も貧しい人々は、コルティジャーネ・ディ・カンデーラ（キャンドルの娼婦）やコルティジャーネ・ダ・ジェロジーア・エ・ダ・インパナータ（嫉妬と布張り窓の娼婦）と呼ばれた。それから、たまにしか働かないコルティジャーネ・ドメニカーリ（日曜娼婦）がいた。彼女たちの頂点にいたのが、コルティジャーネ・オネステ（真っ当な娼婦）だ。彼女たちは高度な教育を受け、教養があり、裕福で有力なパトロンから資金を援助されていた。トゥリア・ダラゴーナやガスパラ・スタンパは、当時きわめて優れた詩人かつ哲学者と評されていたが、同時にパトロンと性的関係を持っていたとされる。

イタリアで最初にセレブリティとなった高級娼婦は、インペリア・コニャーティ——別名インペリア・ラ・ディヴィーナ（「神なるインペリア」という意味）、または「娼婦の女王」——だった。その立派な称号とは裏腹に、インペリアの生涯についてはあまり知られていない。ディアナ・ディ・ピエトロ・コニャーティ——彼女自身は「真っ当ではない女」だった——の娘で、父親はローマ教皇ユリウス二世の式次第を執り行っていたパリス・デ・グラッシスだと言われているが、あくまで噂にすぎない。出自がどうであれ、彼女は二〇歳になる頃までに、シエナの銀行家でイタリア随一の富を誇ったアゴスティーノ・キージというパトロンを得ていた。キージはインペリアに富を惜しみなく与えた。そのおかげでインペリアは、ローマの宮殿や田舎の別荘を所有することができた。彼はまた、インペリアのふたりの娘、ルクレツィアとマルゲリータの父親だと考えられている。抜け目ないビジネスウーマンであったインペリアは、自分の収入源を複数に分散させていた。彼女にはほかにも、銀行家のアンジェロ・ディ・ブッファロ、ローマ教皇の秘書官のアンジェロ・コロッチ、画家のラファエロなどの顧客がついていた。ラファエロにいたっては、何度も彼女の絵を描いている。出自と同様、インペリアの最期についてもあまりはっきりとしていない。一五一二年八月一五日に、彼女は中毒の疑いにより、わずか二六歳でこの世を去った。自ら命を絶ったのか、殺されたのかは定かではないが、アゴスティーノ・キージが費用を負担したインペリアの葬儀はとても盛大なものだった。娼婦の女王は、ローマのサン・グレゴリオ・アル・チェリオ聖堂に安置された。

ルネサンス期のイタリアで最初に名を知られ

**左　「女の肖像」または「高級娼婦の肖像」、パルマ・イル・ヴェッキオ作、1520年。**
ヴェッキオは、ヴェネツィアの有名な高級娼婦の魅惑的な上半身像を何枚も描いた。

**中央　「一角獣を抱く貴婦人」、ラファエロ作、1505年頃。**
一部の歴史家のあいだでは、この絵のモデルはローマ教皇アレクサンデル6世の愛妾のジュリア・ファルネーゼではないかと考えられている。

**右　「貴婦人の肖像」、ティントレット作、1574年頃。**
この肖像画は、伝説的な高級娼婦で詩人のヴェロニカ・フランコを描いたものとされている。絵の裏に、フランコの名前がブロック体で書かれている。

た高級娼婦はインペリアだが、いちばんの有名人となったのはヴェロニカ・フランコだった。当時、彼女はヴェネツィアの最高級娼婦のうちのひとりに数えられ、一五六五年には、『*Catalogo de tutte le principal et più honorate cortigiane di Venetia*（ヴェネツィアの最も名誉ある高級娼婦一覧）』にも掲載された。優れた作家で詩人でもあったフランコには、たくさんの愛人がいた。フランス国王もそのうちのひとりだ。彼女の著作はきわめてエロティックで、高級娼婦である己の身を恥じる様子もない。たとえば、『Terze rime（三韻句法）』（一五七五年、未訳）という詩集の中の「Capitoli（詩の手紙）」の章で、彼女はこう書いている。

「わたしは甘く美味しくなるの
男とベッドにいるときには
わたしを愛し、味わっている、
そう思える男と

**左　「サロメに扮したトゥリア・ダラゴーナの肖像」、モレット・ダ・ブレシア作、1537年。**
トゥリアはイタリアの高級娼婦で、作家・知識人でもあった。当時の彼女は、賞賛の的でもあり、非難の的でもあった。

**中央　「金持ちとラザロのたとえ話」、ボニファーツィオ・ヴェロネーゼに倣った作品、1540年頃。**
この絵のモデルは、詩人で音楽家のガスパラ・スタンパではないかと考えられている。彼女が高級娼婦でもあったかどうかについては、学者のあいだで議論が続いている。

**右　「ウルビーノのヴィーナス」、ティツィアーノ・ヴェチェッリオ作、1534年。**
この絵にこのタイトルをつけたのは、ティツィアーノの伝記作家のジョルジョ・ヴァザーリであり、ティツィアーノ自身はただ「ラ・ドンナ・ヌーダ（裸婦）」と呼んでいた。モデルは高級娼婦のアンジェラ・デル・モーロではないかと考えられている。

その悦楽は、どんな喜びにも勝る
だから、愛の結び目は、いままでよりも
さらにもっときつく結ばれるの」[23]

フランコはたしかに富と名声を手にしたかもしれないが、その一方で高級娼婦の生活がどんなものかを包み隠さず伝えている。『Lettere familiari（家族の手紙）』（一五八〇年、未訳）の中で、彼女は母親と娘に宛てて、男性のせいで自分が強いられている苦痛や惨めさについて、こう書いている。

「人間の理性に反して、考えるだけでも身の毛がよだつほど自分の体を酷使して働いて、これほど惨めなことはないわ。身ぐるみ剥がされ、強奪され、果ては殺されるかもしれない危険まで冒して、多くの男の餌食にならなければならないなんて。そこまでしても、長い年月をかけていろんな男から得てきたすべてを、ある日、怪我とか恐ろしい伝染病とか、さらなる危険を伴って、ひとりの男に根こそぎ奪われてしまうかもしれないなんて。……これに勝る富って、ぜいたくって、喜びって何かしら？」[24]

男性に頼る身の不安定さを危惧したフランコは正しかった。一五八〇年一〇月、彼女は異端審問所より告発され、魔女裁判にかけられた。パトロンのドメニコ・ヴェニエルのとりなしにより訴えは取り下げられたものの、彼女の名声や財産が回復することはなかった。ヴェニエルが一五八二年に他界すると、フランコの財産はますます減っていった。一年後、彼女はサン・サミュエレ教会区に住んでいた。「おっぱい橋」と、

**次頁　『当世の美しい高級娼婦たちの鏡』、1630〜32年頃。**
この本には、イングランド、フランス、オランダ共和国、南ネーデルラント、デンマーク、ドイツ諸州、ボヘミア、ポーランド、スペイン、イタリア出身の高級娼婦の肖像画が多数掲載されている。

カストレットの売春宿で働く彼女の貧しい姉妹たちのいるところから歩いてすぐの距離だった。一五九一年までに、フランコはこの世を去った。まだ四五歳だった。

プロテスタントが台頭すると、ヨーロッパ全土でセックスワークに対する見方が劇的に変わりはじめた。プロテスタントの人々は、売春によってはるかに悪質な性犯罪を抑制できるというアウグスティヌスの考えをいっさい受けつけなかった。マルティン・ルターは、セックスワーカーたちを「人殺し」と呼び、「車裂きの刑に処されるべし」と述べた[25]。プロテスタントの牧師たちは、ほんの少しの容認もあってはならないとして、国営の売春宿を閉鎖し、売春そのものをなくすよう求めた。まもなく、売春に対するカトリックの態度は、より広範な道徳的腐敗の証拠とみなされるようになった。これに応えて、ローマ教皇は性的弾圧の新たな時代の到来を告げた。一五六六年、教皇ピウス五世は、すべての娼婦に対し、六日以内にローマ市から、一二日以内に教皇領から退去するよう命じた。イタリア政府は、国家公認の売春宿を正当化するために、道徳的な理由を挙げてなんとか抵抗しようとしたかもしれない。しかし、この公娼制度がいかに儲けのよいものだったかを否定することはできない。ピウス五世は、セックスワーカーたちがローマ経済にとってどれほど不可欠な存在かを甘く見ていた。多くの高級娼婦の生活は信用で成り立っていた。彼女たちがいることでローマ市内に商売が生まれ、彼女たちはそれに自由にお金を使った。何千というセックスワーカーたちがいっせいに退去するということは、収益が大幅に減るということだった。実際に収入の減ってしまったローマ市民たちは、教皇に請願して補償を求めた。この騒動があまりにも大きくなったため、八月一七日、ピウス五世は命令を撤回し、セックスワーカーたちに市の特定の地域に住むことを許可した[26]。

セックスワークという罪をこの世からなくそうとする改革意欲の高まりは、階級的な偏見にどっぷり染まったものだった。そのため、代償を支払うのはいつも貧しい女性たちだった。一方で、ヨーロッパの貴族階級に性行為を売る高級娼婦たちは庇護され、権力も与えられた。フランス国王フランソワ一世は、自分の愛人に公妾《メトレ・ザン・ティートル》の称号を与え、妾という役割を宮廷の公的地位にした最初の国王だった。それから二〇〇年以上、ヨーロッパの宮廷では公妾の役割がしっかりと根づき、妾を持たない王族はひどく奇異な目で見られるようになった。妾を持たなければならないプレッシャーは相当なもので、妻を深く愛していたプロイセン国王フリードリヒ一世は、妾の役目にカタリーナ・フォン・ヴァルテンベルクを選任したものの、実際に彼女とセックスをすることはなかった。

王室の妾の多くは政治に口を出すなど、国王に絶大な影響力を振るった。たとえば、フランス国王アンリ二世の愛妾ディアーヌ・ド・ポワティエは、フランス評議会の議員となっただけでなく、法律を可決したり、国王とともに公式の勅命に署名をしたり――その際、彼らは「アンリディアーヌ」と共同の署名を用いた――する権限を持っていた。イングランドでは、国王チャールズ二世がたくさんの妾たちとまさにハーレム状態を築いていた。中でも大衆人気のいちばん高かった妾は、女優でかつてオレンジ売りをしていたネル・グウィンだろう。だが、最も権力を有していたのはカースルメイン伯爵夫人バーバラ・ヴィリアーズだった。彼女は自分の友人や家族を枢密院の役職につかせ、国王に多大な影響を及ぼしたため、「無冠の女王」と呼ばれた。

しかし、ヴィリアーズやほかの高級娼婦たちがぜいたくな生活を送っていた一方で、ロンドンのセックスワーカーたちには暴力の波が押し寄せていた。いわゆる「売春宿暴動」は、一六六八年の懺悔の火曜日〔キリスト教で四旬節が始まる灰の水曜日の前日〕に始まった。人々がロンドンのイースト・エンドにあった売春宿に片っ端から火をつけ、略奪を行ったのだ。セックスワーカーたちは暴行を受け、金品を奪われた。高級娼婦と、売春宿や路上で働く女性たちとのあいだのあからさまな社会的格差は、「貧しい娼婦たちの陳情書」（一六六八年）と呼ばれる風刺的な手紙を読むと非常にわかりやすい。これは、ロンドンの「困窮した娼婦たち」からカースルメイン伯爵夫人バーバラ・ヴィリアーズに宛てたものとされている。手紙は、娼婦業は「奥さまもたいへんよくご存じの商売」だから、「わたしたちのような下等な貧しい娼婦」をきっとお救いくださるはずという理由で、暴動後の支援をカースルメイン伯爵夫人に請い願う内容になっている。カースルメイン伯爵夫人は、この手紙に、そして自分がロンドンの貧しい娼婦たちと「同類」であるかのように書かれたことに激怒した。また陳情書には、「ローマやヴェネツィアの同志たちが教皇さまの庇護のもとにご奉仕しているように」、セックスワーカーたちが法に守られながら仕事をできるようにしてほしいと書かれている[27]。これはカトリック教会の明らかな腐敗に対する痛烈な皮肉であるだけでなく、合法化されたイタリアのセックスワークのあり方が広く知られていたことを示唆

**次頁**

**上段左**　「入浴する貴婦人」、フランソワ・クルーエ作、1571年。
モデルの素性は明らかではないが、スコットランド女王メアリーを描いたものではないかと言われている。

**上段中央**　「オリンピア・マンチーニの肖像」、ピエール・ミニャール作、17世紀。
オリンピア・マンチーニは、サヴォイア公子ウジェーヌ（プリンツ・オイゲン）の母親でフランス国王ルイ14世の愛妾だった。

**上段右**　「モンテスパン侯爵夫人フランソワーズ・ドゥ・ロシュシュアールの肖像」、1651～1700年頃。
モンテスパン侯爵夫人は、フランス国王ルイ14世の公妾の中でとりわけ大きな名声と権力を誇った。

**中段左**　「聖母子に扮したチャールズ・フィッツロイとされる息子とクリーヴランド公爵夫人バーバラ・パーマー（旧姓ヴィリアーズ）」、ピーター・レリー作、1664年頃。
イングランド国王チャールズ2世の愛妾だったバーバラ・ヴィリアーズは、王とのあいだに5人の子をもうけた。

**中段中央**　「ポーツマス公爵夫人ルイーズ・ドゥ・ケルアイユの肖像」、ピーター・レリー作、1671～74年頃。
イングランド国王チャールズ2世の愛妾だったルイーズ・ドゥ・ケルアイユは、フランスのスパイではないかという疑惑を持たれ、大衆から不人気だった。

**中段右**　「メアリー・デイヴィス」、ピーター・レリー作、1665～70年頃。
女優のメアリー・〝モル〟・デイヴィスは、イングランド国王チャールズ2世の多くの愛妾のうちのひとりだった。

**下段左**　「高級娼婦の肖像」、ピーター・レリー作、1670年代頃。
イングランド国王チャールズ2世の宮廷画家によって描かれた、ネル・グウィンとされる高級娼婦。

**下段中央**　「ポンパドゥール夫人」、フランソワ・ブーシェ作、1756年。
ポンパドゥール夫人は、フランス国王ルイ15世の公妾だった。

**下段右**　「デュ・バリー夫人の肖像」、エリザベート＝ルイーズ・ヴィジェ＝ルブラン作、1781年。
フランス国王ルイ15世の最後の公妾となったデュ・バリー夫人。最期はフランス革命で処刑された。

Beby Ch—r
a Treat & a Peace
Fresh Cull.
Flo. A—w
a Gui a time
Luci M—n
Gold a little
Bitt p Nt
Phy J—n
1 Crown
Mag W—r
a Framper
a Pint & a Hog
Elia F—k
10 Gui a time
Sop B—m
5 Gui p Nigt

している。
ヨーロッパ全土に道徳改革が着々と広まるにつれ、売春は国家による規制から廃止へと向かっていった。だが、イタリアだけは全面禁止に反対しつづけ、規制するほうを好んだ。イタリアの公娼館《カーセ・キウーゼ》の制度が廃止されたのは、ようやく一九五八年、最初の署名者となったリナ・メルリン上院議員にちなんで名づけられたメルリン法が成立してからのことだった。一五六六年に教皇ピウス五世も痛感させられたように、イタリアの人々はメレトリーチェたちの立ち退きをすんなりとは受け入れなかった。メルリン法は激しく反対され、評判はすこぶる悪かった。売春宿（いわゆる「寛容の家」）の経営者たちは、〈公娼館経営者協会〉（APCA）を結成してメルリン法と闘ったが、失敗に終わった。こうして、数百年のあいだ続いてきた公娼制度は消滅したのだった。当然ながら、この法はセックスワークを廃止できなかった。ただ人目に触れない法の外に追いやっただけだ。しかし、イタリアの真っ当ではない女性たちの遺産は、はっきりと目に見える形で残されている。ヴェロニカ・フランコの著作に、伝説的高級娼婦の肖像画に、プッタネスカやティラミスに、そしてヴェネツィアの目立たぬ「おっぱい橋」に。

**前頁　有名なセックスワーカーたちの名前とサービス料金を示した版画、19世紀。**
これらの挿絵のうちのいくつかは、17世紀にイングランドで活躍したボヘミアの版画家、ヴェンツェスラウス・ホラーの銅版画を複写したものと思われる。

第5章

# 月夜の愉しみ

## 江戸日本の浮世

吉野ゝ川の帯を解て妹背の縁をむすひ、筑波の山の裾を顕て男女のかたちをなす。霞の屏風立籠て、花の蒲団を敷妙の枕絵を、爰に鳥がなく吾妻の錦に摺て、都ぞ春のもて遊びとす。

——喜多川歌麿、『歌まくら』(一七八八年)

浄閑寺は、東京の三ノ輪駅から歩いてすぐのところにひっそりと佇む仏教寺だ。その長い歴史は一七世紀半ば、江戸時代(一六〇三～一八六八)までさかのぼり、周囲に立ち並ぶコンクリートの高層ビルやファーストフード店、さびれた商店からはどことなく浮いて見える。この寺は、「投込寺」とも呼ばれる。都会化した周囲をじっくり見渡せば、その理由もわからなくはない。その地はかつて江戸の遊廓、吉原の中心地だった。投込寺という名称の由来は、そのユニークな立地というよりも、葬儀をあげる費用を捻出できなかった何千というセックスワーカーたちが、この寺にひっそりと埋められたことにある。言い伝えによると、彼女たちの遺体は、妓楼(遊女屋)の主人によって藁の敷物に包まれ、寺の裏手に捨てられ処分されたという。これもまんざら嘘ではないが、一八五五年の安政の大地震で亡くなった何百という吉原の女性たちがここに集団埋葬されたことから、この名称がついた。こんにち、人々はそこで線香を焚き、髪櫛や花などを墓

**前頁　「遊女」、喜多川歌麿作、18世紀。**
喜多川歌麿は、木版画と肉筆画の浮世絵師として大きな影響を残した。美人大首絵で最もよく知られる。

尾上松緑
扇屋内
花扇
江川
傾城見立八景
扇屋内
花扇

に供えて、見捨てられた死者たちを偲んでいる。寺の外に置かれた銘板には、この墓地に「投げ捨てられた」人々と吉原遊廓についての簡単な歴史が記されている。また、川柳作家の花又花酔が詠んだ句碑が置かれている。「生まれては苦界、死しては浄閑寺」

一五八九年、日本で絶大な権力を持った統治者のひとり豊臣秀吉は、寵臣の原三郎左衛門に京都市内に遊廓を開く許可を与えた。主君から認可を得た三郎左衛門は、天皇の御所よりほど近い地区に数軒の妓楼と茶屋を開いた。その地区は壁で囲まれ、出入り口となる門がひとつだけ設けられた。彼は美しく教養を備え、訓練の行き届いた遊女たちを店に置くと、その地区を柳町と名づけた。これが日本初の公許の遊廓となり、大きな成功をおさめた。一二世紀前半、柳町は治安の悪化が懸念されるようになったため、御所のそばから西郊外の朱雀野へ移転せざるをえなくなり、その急な移転がまるで島原の乱のような騒動であったことから島原と改名されたと言われている。それから島原遊廓は、一八五一年に火事で焼失するまで続いた。江戸の吉原が、安政の大地震で大被害を受ける一年前のことだった。

国に認可された遊廓は柳町が初めてだったが、売春はそれより何千年も前から日本に存在した。驚くほど裕福な高級遊女から、収入を補わんとする貧しい洗濯婦まで、日本の文学と歴史には、取引的性交についての記述があふれている。漢文学者の大江匡房は、一二世紀前半に『遊女記』という短い随筆を著した。そこには、江口（大阪）や神崎（兵庫）の川岸や港で船乗りや船客たちを相手にする遊女たちのことや、百太夫神〔遊女たちの守り神〕を祀る廣田神社を詣で、絹や米と引き換えに性行為を行う女性たちのことが書かれている。

**前頁　遊女や芝居役者の浮世絵、19世紀。**
浮世絵は、17世紀後半から19世紀にかけて日本で流行した絵画・木版画のジャンル。歌舞伎役者、芸者、遊女など、浮世の人物たちが描かれ、人気を博した。
（上段左）「『娘道成寺』で白拍子花子の幽霊を演じる初代尾上松緑」、初代歌川豊国作、1810年頃。（上段中央）「白拍子　建久頃婦人」、水野年方作、1891年。（上段右）「白拍子図」、葛飾北斎作、1820年頃。（中段左）「玉屋の遊女　花紫」、歌川国富作、1830年頃。（中段中央）「団扇を持つ玉屋花紫」、渓斎英泉作、1830年頃。（中段右）「傘下遊女」、渓斎英泉作、1820～30年頃。（下段左）「扇屋の遊女　花扇」、渓斎英泉作、1825～35年頃。（下段中央）「丸海老屋内・江川」、歌川国安作、1820年代頃。（下段右）「桜道中　扇屋の遊女　花扇」、渓斎英泉作、1830年頃。

「よく人の心を虜にする。これ、古くからの習俗である」と大江匡房は書いている[1]。性を売るのが日常的であったことは、騒ぎ立てるでもなく、嫌悪するでもない匡房の口調によく表されている。この世界では、軍を指揮するような者から、田を耕すような者まで、あらゆる社会的身分の男性たちが性的奉仕に代金を支払っていた[2]。

歴史、とくにセックスワークの歴史を研究していると、「金がものを言う」という表現がぴたりとくる。なぜなら、歴史に保存されるのは、おもに金持ちや権力者の声だからだ。匡房は、あらゆる身分と生い立ちの人々が性行為を売買していたと書いている。それは紛れもない事実なのだが、わたしたちがより多くを知ることができるのは、貧しい生活を送っていた人々よりも貴族階級の高級遊女たちのことなのだ。たとえば、平安時代（七九四～一一八五）の一流の遊女たちは貴族の出身で、天皇や朝廷のために詩や音楽をつくった。九～一〇世紀の歌人の白女は、丹後守という要職につく貴族の大江玉淵の娘とされ、平安期の遊女の中でもとくに大きな名声と力を誇った。彼女は天皇の御前で和歌を披露していた。九〇五年頃に醍醐天皇の勅命によりつくられた勅撰和歌集の『古今和歌集』には、白女の歌もおさめられている。

鎌倉時代（一一八五～一三三三）になる頃までには、白拍子が高級遊女として台頭するようになっていた。彼女たちは、さまざまな祝賀行事で男装をして貴族の前で歌舞を披露した。白拍子たちはパトロンと性的関係を結ぶこともあったが、彼女たちはあくまでも芸人であったため、セックスは副次的なものだった。白拍子で最も名が知られているのは静御前だろう。彼女は武将・源義経の妾だった。静御前の物語はいくつもの戯曲や歌で語られているため、事実とフィクションを区別するのが難しい。一説によると、舞で雨を降らせることができたという。彼女は義経と敵対していた異母兄の源頼朝に捕らわれたとき、義経の子を身ごもっていた。頼朝は、もしもそれが男子ならば命を奪うと誓いを立てた。静御前は男子を産んだ。ここからもとより傾城は、身をつくろひ姿をかざり、情《なさけ》の色をふくめるものなれば、心をかたぶけて思ひしむはことわりなり。

——浅井了意、『浮世物語』（一六六六年頃）

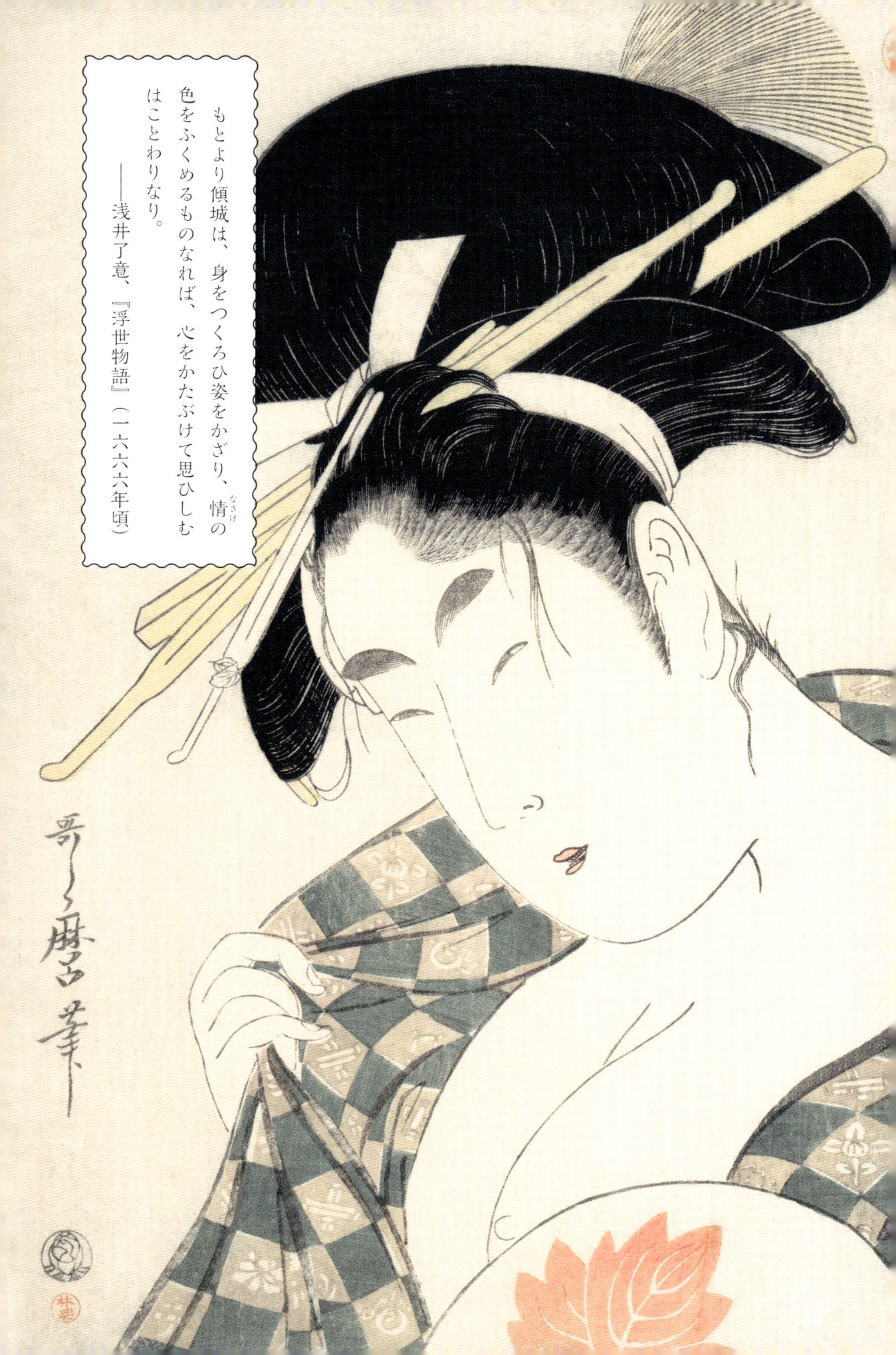

**上下『枕辺深閨梅』、歌川国芳の挿絵、1839年。**
『枕辺深閨梅』は、3巻からなる春画集。春画とは日本のエロティック・アートの一種。

**上下『枕辺深閨梅』、歌川国芳の挿絵、1839年。**
これらの春画からは、江戸時代の妓楼の内部を垣間見ることができる。

はどの史料を読むかによって異なるが、その子はすぐさま殺されたか、一度は祖母のもとへ送られたものの、のちに頼朝の命令で探しだされて殺されたという。静御前は尼になったという説もあれば、悲しみのあまり川に身を投げたという説もある。こんにちもなお、静御前は日本中で愛されており、彼女が逃れついた地、命果てた地、埋葬された地などを主張するさまざまな町で、毎年祭りが行われている。

静御前の物語が日本の伝説となった一方で、彼女と同じ時代に性行為を売っていた何千という男女の名前は歴史から失われてしまっている。法的文書から、彼らがいた文化がどんなものであったか、セックスワークがどれだけ広まっていたかについて、多少は知ることができるものの、彼ら自身がどんな人々だったかはほとんどわからない。たとえば、一一九三年、鎌倉幕府はセックスワーカーたちを取り締まるために、「遊君別当」と呼ばれる官職を鎌倉に設置した。化粧坂という名称は、この地に遊女がいた名残であるともいう[3]。

一五二一年から四六年まで、足利義晴が将軍となり、日本を統治した。義晴のもと、室町幕府は国家資金を調達せんと、傾城局《けいせいのつぼね》を設置してセックスワーカーたちに課税した。このと

**「吉原大門の花魁と禿図」、鳥文斎栄之作、1794年頃。**
江戸（現在の東京）の花街だった吉原遊廓。遊廓ではセックスワークが合法化されていたが、その地区は壁と堀によって町のほかの地域から隔絶されていた。

き、セックスワークがビジネスとして公認されたと言える[4]。

とはいえ、セックスワークが日本文化に広く受け入れられるようになったのは、江戸時代に公許の風俗街（花街）が普及してからだった。しかし、このように受け入れられるようになったからといって、セックスワーカーたちが権利を有し、自分たちの生活を自由にできたわけではなかった。

性的快楽を地理的に区分けすることには、江戸幕府（一六〇三～一八六八）の思想的な主軸として一七世紀はじめに取り入れられた朱子学の教えが色濃く反映されていた。古い儒教思想の原理から発展した朱子学では、社会の調和は、厳格な秩序と、上の身分の者への尊敬と服従によってのみ達成されうると説かれる。その代わりに、上の身分の者は下の身分の者に慈悲深くあることが求められる。このような厳格な階級区分は、法律にも正式に記されていた。人々がどこに住み、何を着て、何を食べ、誰と結婚し、どんな仕事をしてよいか、法によって定められていた。朱子学では、女性の役目は「三つの服従」によって定義されると考えられている。若いうちは父に従い、妻となってからは夫に従い、母となってからは生まれてくる息子に従わなければならない[5]。妻は忠実で従順でなければならず、

「吉原仲の町花魁道中」、初代歌川豊国作、1795年頃。
仲の町は吉原にあった中心通り。ここで暮らすセックスワーカーたちは美しく着飾り、高い教育を受けていた。

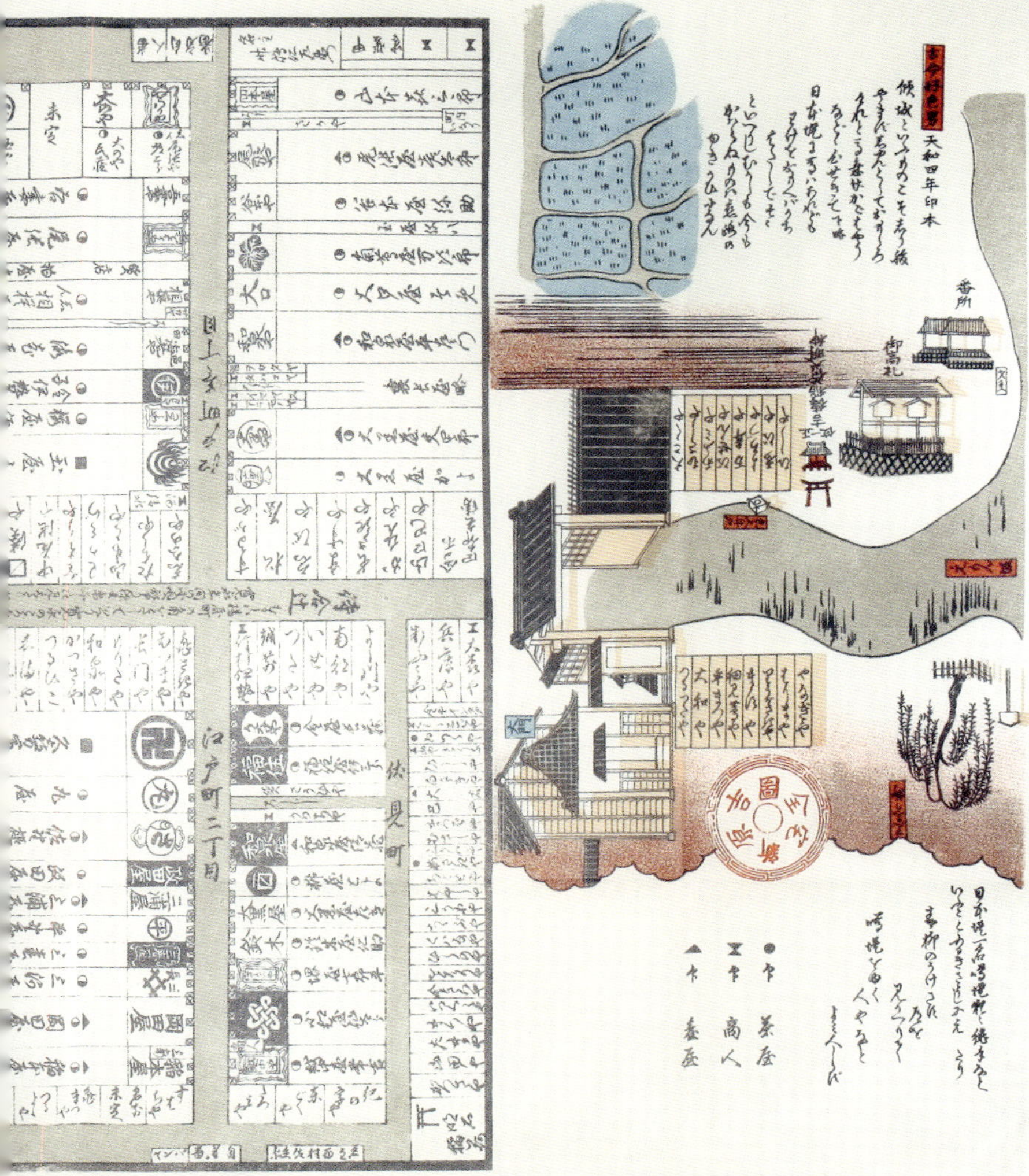
天和四年印本
番所
御高札
江戸町二丁目
伏見町

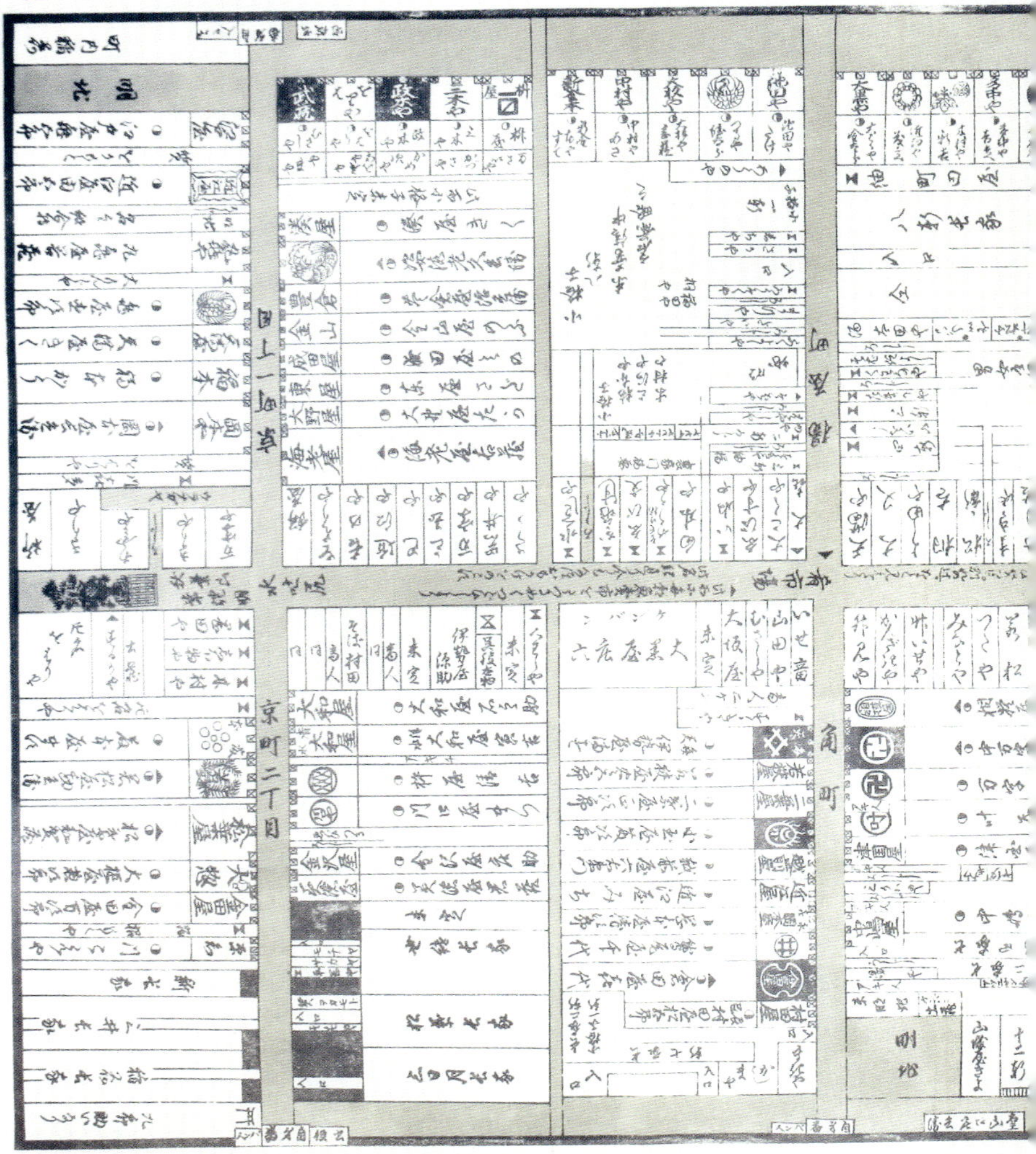


**東京吉原の地図、1846年。**
デ・ベッカー著の『不夜城、すなわち吉原遊廓の歴史』(1899年)に掲載の地図。右側に吉原に通ずる大門がある。中へ入ると、そこにはたくさんの妓楼が立ち並んでいた。

家から出ないものとされた。一方で、夫は妾を持つものとされた。妻子をつつがなく養っているかぎり、男は罪にならず性癖に耽ることができたのだ。このような二重規範には、一七世紀のフランス系の亡命ユグノー教徒、フランソワ・カロンも気づいていたようだ。彼は商人かつ通訳として二〇年以上にわたり日本で暮らしていた。

フランソワ・カロンはこう書いている。

「一夫一妻が本則なれど、男は妾を好きなだけ抱えることができる。妻に満足いかぬならば、夫は妻を追いだしてもよい。ただし、社会のしきたりに従い、面目を保ったやり方でなければならない。夫は結婚後も罪にならずに遊女、すなわち公娼と交わることができる。しかし、妻はほかの男とふたりで話しただけでも死罪となりうる」[6]

セックスワークは、この儒教的な秩序を乱しかねない。貞淑なわけでも、おとなしいわけでもないセックスワーカーたちは、家庭という統制された世界の外で生き

「吉原妓楼扇屋の元日」、葛飾北斎作、1804年頃。
北斎は自然や風景を描いた作品でよく知られるが、遊女や遊廓妓楼など、伝統的な浮世絵の主題を扱った版画や肉筆画も制作した。

ていたからだ。売春は異なる身分が交じりあう要因ともなった。そして性的欲求は自制という儒教の教えに真っ向から反するものと考えられた。このことを脅威とともえた江戸幕府は、セックスワークを囲われた遊廓内に制限することで管理しようとした。こうして遊廓は社会の中の社会となった。その中では、高い料金と引き換えに、ほんの束の間、秩序と統制から解放されることができたのだ。

江戸時代の日本で有名な遊廓といえば、江戸の吉原と、京都の島原だった。一六六一年の著書で、仮名草子作家の浅井了意は、遊廓のことを「浮世」と呼んだ。中国では、「花船」という有名な売春宿が文字どおり珠江のデルタ地帯に浮いていたが、了意がここで述べている「浮く」はもっと比喩的なものだ。「浮世」とは、刹那の楽しみ、その瞬間を生きること、日常生活のしがらみから解き放たれることを意味する。了意は、浮世がもたらす儚い快楽についてこう表現している。

「当座当座にやらして、月・雪・花・紅葉にうちむ

「吉原秋道中」、鳥文斎栄之作、1793年頃。
吉原では、このような道中(パレード)や行事が年中行われていた。

**「木灯籠側の遊女」、魚屋北渓作、1820年頃。**
高級遊女たちは、この絵に示されているような精緻な着物を身にまとった。遊女になるために売られてきた貧しい娘たちには手の届かないぜいたく品だった。

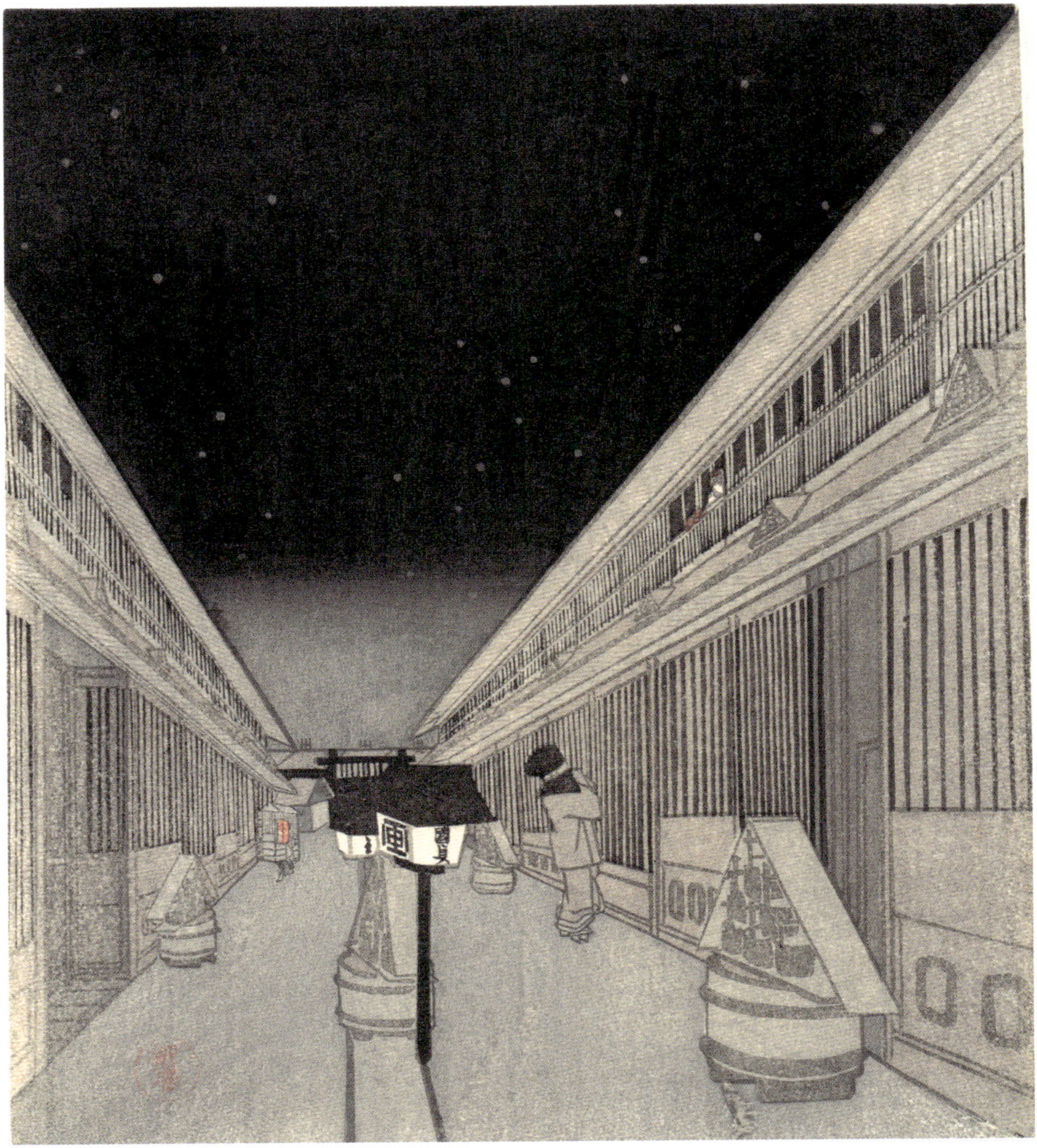

「星夜の吉原大通り」、2代歌川国貞作、1852〜64年頃。
この木版画の夜空には直樹園順馬と喜翁焉馬による2つの愛の唄が隠されており、遊廓にさらにロマンティックな雰囲気を添えている。

かひ、歌をうたひ酒のみ、浮きに浮いてなぐさみ、手前のすり切りも苦にならず、沈みいらぬこころだての、水に流るる瓢箪のごとくなる、これを浮世と名づくるなり」（浅井了意、「浮世物語」『新編日本古典文学全集64・仮名草子集』、小学館、一九九九年）[7]

まもなく浮世は、「浮世絵」という新しい日本美術のジャンルを生みだした。浮世絵には、遊女、その客、のちに浮世で活躍した芸者など、花街での暮らしが描かれた。「芸者」とは「アーティスト」という意味であり、いまでこそ芸者はセックスワークではないとする向きが強いものの、その歴史が重なることは否定できない。アーティストであろうとなかろうと、芸者は江戸期の日本の花街で誕生したのである。

鎌倉時代に栄えた白拍子の伝統は、一四世紀の室町時代の初期にはほとんど姿を消した。しかし、女性たちは踊り子や歌唄いとして舞台に上がりつづけ、性的関係のあるパトロンがいることも珍しくなかった。安土桃山時

**左　「春のたわむれ」、宮川一笑作、1750年。**
男色関係が描かれている版画。女役を演じる若い歌舞伎役者は女形や陰間と呼ばれ、しばしば性的奉仕を売っていた。

**右　「春のたわむれ」、宮川一笑作、1750年。**
侍が少年と挿入性交をしている様子。このような関係は社会的に認められていただけでなく、憧れの的でもあった。

代から江戸時代前期の日本でとくに名を馳せたのが、出雲阿国という女芸能者だった。彼女は幼い頃に出雲大社の巫女となった。巫女は、歌や踊り、性的奉仕を通じて神社の資金を集める存在だった。阿国はさらなる勧進のために出雲大社から京都へと送られ、そこでユーモラスでエロティックな踊りを披露した。一六〇三年になると、阿国の一座が披露した踊りが評判を呼ぶ。彼女が創始した踊りのスタイルは、騒々しく挑発的で色華やか、そして非常にエロティックなものだった。これが「かぶき踊り」として知られ、広く人気を博するようになり、やがて花街中で模倣されるようになった。この踊りが原点となった歌舞伎はいまもなお、日本の演劇の中でもとくに人気の高い伝統芸能のひとつである。

歌舞伎の女役者たちは一躍スーパースターとなり、男性たちは彼女たちの気を引くために互いに争うようになった。こうして歌舞伎は大混乱を引き起こし、一六二九年、幕府は女性が歌舞伎を演じることを禁止した。これにより、事実上、女性が舞台に上がることは違法となった。演じることを禁じられた踊り子たちは、ほかの仕事

**左 「春のたわむれ」、宮川一笑作、1750年。**
浮世絵師の宮川一笑は、歌舞伎役者、セックスワーカー、相撲取りなどの浮世の人々を描いた。この絵のような男色の絵もいくつか描いた。

**右 「春のたわむれ」、宮川一笑作、1750年。**
「男色」とは、日本で同性愛を指すために使われていた用語。ここでは、年配の武士が陰間を抱きしめている。

を探すしかなくなった。ある者は妓楼で働き、ある者は踊りや音楽を教え、またある者は裕福なパトロンの個人役者となって身を立てた。ここに芸者が出現したのである。たしかに、彼女たちは妓楼や路上で働くことはなかった。芸者たちは踊り、音楽、芸能の高い教育と訓練を受けていたが、それまでの高級遊女と同じように、やはりパトロンと性的関係を結ぶことを求められた。

女性に歌舞伎を演じさせないことで秩序を保とうとした幕府の試みは、計画どおりにはいかなかった。すぐに美しい少年が女性の明け渡した役どころを埋めたうえ、新たに曲技や力技を歌舞伎に取り入れた。そして、彼らもまた性行為を売った。男性のセックスワーカーたちは「陰間」と呼ばれ、しばしば歌舞伎役者になりすました。江戸時代の日本では、同性愛に対する偏見はいっさいなかった。事実、経験豊かな年上男性と年若い弟子とのセックスは名誉なことだと、武士のあいだでは考えられていた。やがて、若い男性も舞台で演じることを禁じられ、歌舞伎役者として出演できるのは年配男性だけになった。

浮世で「月夜の愉しみ」に興じようとやってきた男性客たちが、その美と目眩く官能に夢中になったのは疑いようもない。だが、そこで働く大半の人々にとっての現実はまるで異なるものだった。遊女も役者も陰間も、きっと息を呑むほど美しかっただろう。しかし、彼らのうちで、自分の人生を自由に生きられた者はほとんどいなかった。

遊郭の遊女は階級に区分されていた。最高位が「太夫」、次が「格子」、一番下が「端女郎」だ。格子と端女郎は、格子のついた店先（見世）に座って道ゆく人の客引きを行った。こうした遊女たちは、階級ごとに料金、サービス、特権が違っていた。太夫のような高位の遊女は客を断ることができたが、端女郎のような下位の遊女には許されなかった。太夫はいちばん稼ぎがよかった一方で、きわめてぜいたくな生活を維持し、高価な着物を身にまとい、「禿《かむろ》」と呼ばれる幼女を世話役につけなければならなかった。これらすべて

並んで座らされるセックスワーカーたち、東京の吉原、1910年頃。
おそらく下級の女郎だと考えられる。格子のついた店先で客に選ばれるために並ばされていた。

の費用を妓楼の主人から借りるため、太夫にはとうてい返済できそうもない多額の借金ができた。同じように、格子と端女郎も、着物代、食事代、部屋代を払うために妓楼の主人に借金をした。彼女たちの多くは家族から妓楼に売られ、一〇年の契約を結ばされていた。そのあいだに借金はどんどん嵩んでいくため、契約が切れても出ていくことはできなかった。

貧しい親が幼いわが子を花街に売るのは、とくに珍しいことではなかった。売春斡旋人（女衒《ぜげん》）が禿として働く美しい娘を求めて地方各地を探しまわり、父親から買い取るのだ。こうした慣習は虐待とも不道徳とも思われていなかった。むしろ、遊廓に売られた娘たちはとても幸運だとみなされた。彼女たちがこの先受けることになる教育と生活水準は、飢饉に悩まされる農家ではとうてい与えてやることのできないものだった。禿が将来有望とみなされれば、太夫としての訓練を受けることができ、よい結婚ができるか、少なくとも妓楼への借金を肩代わりしてくれる裕福なパトロンをつかまえるチャンスに恵まれるかした。現代人の耳にはぞっとするような話だが、花街は極貧暮らしから抜けだす道を提供していたのであり、多くの人々はそれに喜んで飛びついたのだ。

七歳や八歳の幼い子どもたちは、遊廓で法的に働ける年齢になるまで、妓楼に見習いとして入ってこの商売について学んだ。法的に働けるのは一八歳からとされていたが、一二歳や一三歳の少女も遊廓で働いていたことが記録に残っている[8]。このような駆けだしの遊女は「新造」と呼ばれ、客は「水揚げ」という儀礼で彼女たちの処女を奪うために大枚を叩いた。この通過儀礼が、遊女としての正式なデビューと考えられていた。

どの階級の遊女にしろ、彼女たちは花街から出ることを許されず、外の世界をほとんど知ることはなかった。妓楼の主人は、遊女たちが何を食べ、どこへ行き、何を着て、誰とセックスをし、さらにはいつ厠に行

**吉原のセックスワーカーたち、20世紀はじめ。**
これらの絵葉書には、吉原の遊女（上）と、彼女たちの朝の身支度の様子（下）が示されている。

**遊女の髪型、1899年頃。**
デ・ベッカー著の『不夜城、すなわち吉原遊廓の歴史』(1899年)に掲載の挿絵より。吉原の遊女たちが手本にしていた、多種多様な髪型が示されている。

くのかさえも管理した。妓楼の主人を指す蔑称に「忘八」という言葉がある。これは、彼らが仁・義・礼・智・忠・信・孝・悌の八つの徳の教えを忘れた者と言われたことから来ている[9]。

花街で働く女性たちのつねなる願いは、二七歳で契約が切れたのち、たくさんの結婚の申し出を受けて引退することだった。しかし、当然ながら、しばしば現実は大きく異なった。外で暮らしていくためのスキルもほとんどなく、結婚の申し出もないまま、彼女たちの多くは性行為を売りつづけるか、妓楼の主人に転身するかした。病、虐待、疲労に蝕まれ、多くは若くして亡くなった。そして藁の敷物に包まれて、浄閑寺の裏手に捨て置かれたのだった。

**東京・浄閑寺の墓、1899年頃。**
1880年に心中した遊女とその客の墓。写真は、デ・ベッカー著の『不夜城、すなわち吉原遊廓の歴史』(1899年)より。

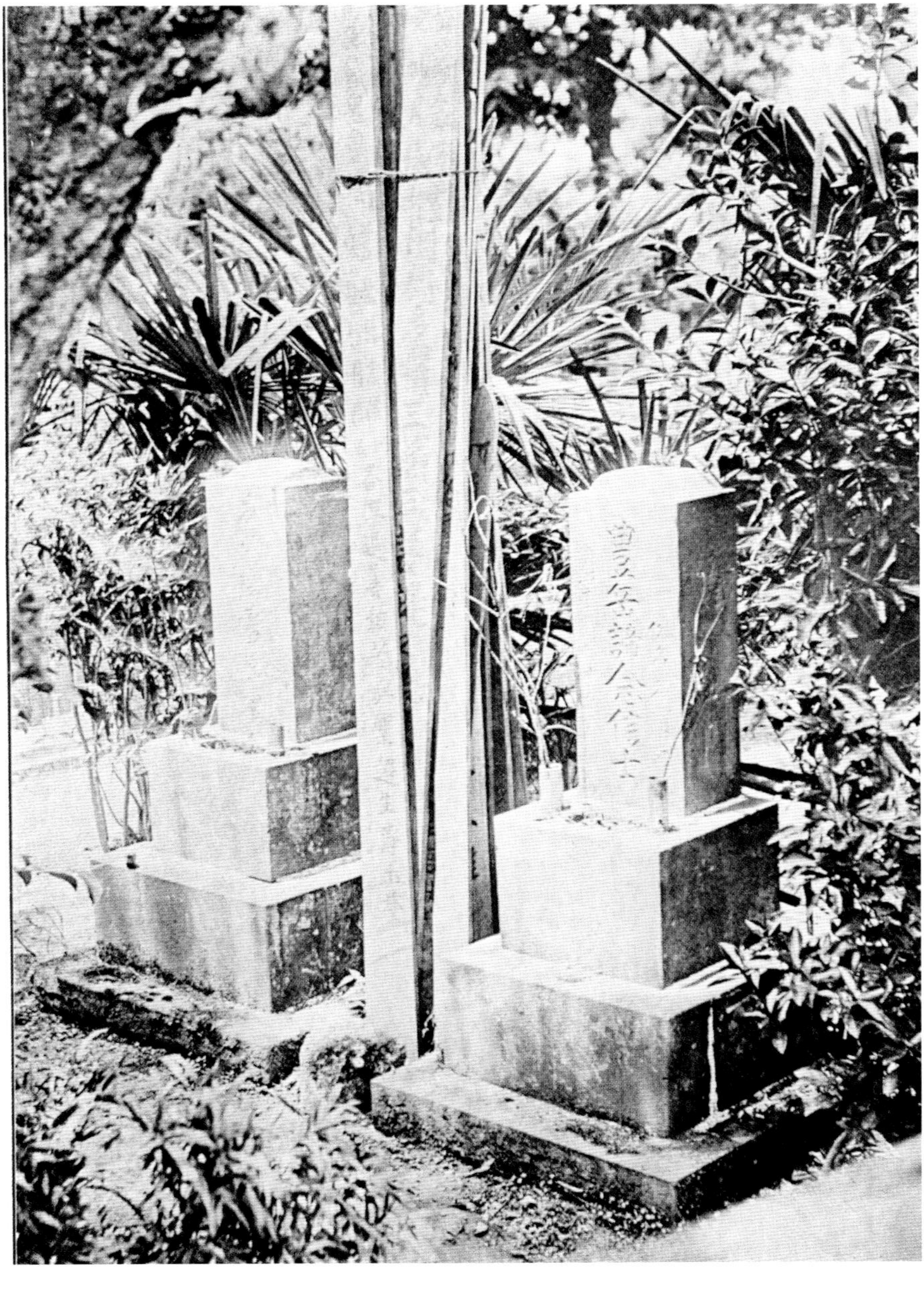

**東京・浄閑寺の墓、1899年頃。**
浄閑寺は、貧しくて葬儀を出すことができなかったセックスワーカーたちの最後の安息の地だった。写真は、デ・ベッカー著の『不夜城、すなわち吉原遊廓の歴史』(1899年)より。

# 第6章 モリー・ハウスと男娼

## 摂政時代の男たちの売春

男たちが互いにかわい子ちゃんと呼びあい、抱きあい、キスしあい、くすぐりあい、彼らは女のような声と態度になりきり、まるで淫らな男と女が入り乱れているかのような様子であった。

――ジョナサン・ワイルド、『近頃の無礼な申立てに対する回答』（一七一八年）

ジョン・ダントン著の『*The He-Strumpets: A Satyr on the Sodomite Club*（男娼：ソドマイト・クラブのサテュロス）』（一七〇七～一〇年、未訳）には、ロンドンの「淫らな女《クラック》」の「アソコにたくさんの男たちが性病を伝染《うつ》されたがゆえ、今度は男娼が用いられるようになった」、そして「いまでは男のアソコが商売を独占している」と書かれている[1]。このようにダントンが筆を走らせ、ロンドンで性行為を売る男性たちを痛烈に揶揄したほんの数カ月前のこと。ロンドンでは、四〇人の「モリー」と呼ばれる同性愛者の男性たちが、「非合法な出会いと不道徳な会話」を楽しみたい「淫らなけしからぬ人間」が集うことで知られる地区――「王立取引所、レドンホール・マーケット、ムーアフィールズ、ホワイトチャペルの地区はすべて特定ずみ」――でほかの男性に性交渉を持ちかけたとして集団で逮捕され、スキャンダルになっていた[2]。

娼婦とはなんと聖人君子のような存在か。その娼婦そっちのけで男を漁るような連中に比べれば。娼婦は病気だらけとわかったいま、ソドマイトなる新しい文化が広まっている。好色漢よりもたちの悪い、ペチコートを着た男たちが。
——ジョン・ダントン、『男娼：ソドマイト・クラブのサテュロス』（一七〇七〜一〇年）

逮捕されたうちの三人が裁判を待つあいだに自ら命を絶ったことは、まさに悲劇だった。「ジョーンズ」としかわかっていない男性は首を吊り、毛織物呉服商のオーガスティン・グラントもまた首を吊り、「ジャーメイン」と呼ばれた聖職者はカミソリで喉を掻っ切った[3]。ダントンは、彼らの自殺に同情を求めるどころか、それを有罪のさらなる証拠とみなし、こう書いている。

「ジョーンズは告訴されるやいなや、そして二番めの囚人も拘束を解かれるやいなや、首吊りの麻縄に飛んでいった。ジャーメイン——イースト・エンドに住む聖職者、かつ男娼の淫獣——と少なくとも四〇人の男色家《ソドマイト》は、その淫らな行為を非難されるやいなや、恥辱のあまりに己の喉を切り裂いた」[4]

これらの男性たちが、ただの同性愛者ではなく、ロンドンの「クラック」から真っ当ではない生活を奪った「男娼」だったというダントンの非難を裏づける証拠は残っていない。ダントン、そしてもちろんほかの多くの人々にとって、男性を買ってセックスをする男性たちと、市内のクルージング・ホットスポット〔日本語のハッテン場に近い〕でセックス相手を求める男性たちとのあいだに区別などほとんどなかったのだ。ダントンに関して言えば、彼らはどちらも「好色漢よりもたちの悪い連中」だった。一八世紀のロンドンでは、セックスを売る男性も、男性とセックスをしたい男性も、密かに集うのはだいたい同じ場所だった。摂政時代の男娼が客引きできる場所といえば、同性愛者が集まるところくらいしかなかったのだ。男性が男性に性行為を売っていた紛れもない最初の証拠は、ダントンから約二〇年後、男色《ソドミー》の罪で起訴された男性たちの裁判記録の中に見いだされる。

**前頁　「朝のたわむれ、あるいは性の変容」、1780年頃。**
兵士の帽子をかぶった女性が男のような態度でふんぞり返る一方で、貴婦人のかつらをかぶった男性が扇子を手にちょこんと腰かけている。このように女装や女々しいふるまいをする同性愛者の男性——「モリー」と呼ばれた——を目にした18世紀の改革者たちは、この「性の変容」によって腐敗や反自然的な悪影響が広まるのではないかと、戦々恐々とした。

一七二六年五月九日の朝、一〇人の囚人たちの処刑を見守らんと、ロンドンのタイバーンに数百人の群衆が押し寄せた。公開処刑とはいつも人々を引き寄せるものだが、この日はいつにも増して特別な光景になることが約束されていた。追いはぎで有罪判決を受けた三人の死刑囚だけでなく、三六歳のキャサリン・ヘイズが夫殺しの罪で火刑に処されることになっていたのだ。一八二八年まで、イギリスの慣習法では、妻が夫を殺すことは犯罪とみなされ、火あぶりの刑が科されていた。

その日の正午、九人の男性が独房から連れだされた。足かせを外され、首に縄をかけられて、ニューゲート監獄からタイバーンまでのおよそ五キロの道のりを荷車で移動した。キャサリンは木製のパネルに乗せられ、荷車のうしろに引きづられた。出だしは順調だったものの、その日の処刑はどうもうまくいかなかった。絞首台へと向かう途中、追いはぎのうちのふたり、ジョン・マップとヘンリー・ヴァイガスがなんとか拘束を解くと、悪あがきに荷車から飛び降りた。すぐさま彼らはとらえられ、逃亡の旅はあっけなく終わった。続いて、口をあんぐりと開けた見物人たちの座る観覧席が崩落し、少なくともふたりが死亡し、そのほか大勢が負傷した。しかし、もっと最悪だったのは、死刑執行人が哀れなキャサリンの首を絞めそこねたことだ。このような場合、炎に包まれる前に絞首で死にいたらしめておくのが慣例だった。『ニューゲート・カレンダー』（一八二四年）には、そのときの様子が次のように記録されている。

「だが、この女は文字どおり生きたまま焼かれた。火が処刑人の手にまで達したため、彼はふだんより早く縄を放してしまったのだ。炎は女の周りで勢いよく燃え上がった。見物人たちは、女が耳をつんざくほどの嘆きを喚きながら、ホモの連中を押しのけるのを見守った。すぐにほかのホモたちが投げ入れられた。それでも、女はかなりの時間、炎の中で生きつづけた。女の体が完全に灰と化したのは、三時間後のことだった」[5]

惨たらしい死を迎える前、キャサリンは仲間の四人たちが絞首刑になるのを見ていた。そのうちのひとり、トーマス・ビリングスは彼女の息子だった。しかし、最初に荷車に乗せられ、恐ろしくも最初に処刑台より落下させられたのは、ソドミーで有罪判決を受けた、四三歳のウィリアム・グリフィン、同じく四三歳のガブリエル・ローレンス、三二歳のトーマス・ライトの三人だった。運命の日が近づくにつれ、各人は自分をそこへと導いたできごとについて振り返ったに違いない。そして各々、三〇歳の男娼トーマス・ニュートンを買った日のことを呪ったに違いない。ニュートンは、自分の首を守るために情報提供者になったのだ。

イギリスでは、一五三三年にバガリー法（異常性交禁止法）が成立して以来、ソドミーは死罪とされ、一八六一年までその状態が続いた。絞首刑という脅威にもかかわらず、探す場所さえ心得ていれば、男娼宿《モリー・ハウス》は一八世紀のロンドンのいたるところで見つけることができた。一六四九年には、政治家のクレメント・ウォーカーが、「セント・ジェームスのマルベリーガーデンに新しく建てられたソドムとスピントリー」について言及している[6]。「スピントリー」とはラテン語で男性売春宿を意味し、かつてマルベリーガーデンにあった一軒は、こんにちバッキンガム宮殿がある場所に立っていた。一七〇九年、ジャーナリストのネッド・ウォードはロンドンのモリー・ハウスに潜入し、そこで行われていることを暴露する記事を発表した。

「この街には、自らをモリーと呼ぶ、ソドミーの人でなし集団がいる。彼らは男らしい身なりや男らしいふるまいからすっかり堕落し、むしろ自分たちを女だと空想し、慣習と女の性が調和するところの

「ガニミードとジャック・キャッチ」、1771年。
有名な同性愛者のサミュエル・ドライバターが手かせをつけた状態で、右手に絞首の縄を持ったジャック・キャッチ（またはケッチ、公開処刑人）と会話する様子が描かれている。キャッチが「くそったれのサミー、おまえみたいに可愛くてしかたないやつ、わしの縄の先にくくりつけてやりたいものだ」と言うと、ドライバターは「わたしを愛してくださらないのですね、ジャッキー」と答える。ドライバターは同性愛行為で何度か訴えられたが、一度も有罪にはならなかった。

小さな虚栄心をまねて、話してみたり、歩いてみたり、おしゃべりしてみたり、膝を曲げてお辞儀をしてみたり、泣いてみたり、叱ってみたり、これまで自分たちの観察したかぎりの女らしい作法をまねている。卑しい女の下品なふるまいも例外なくまねするところとなり、その慎みのない奔放さによって互いを誘いあい、永久に名もつけようのないいまわしい獣のような行為にいたるのだ」[7]

モリーに対する世間の軽蔑はあからさまだったものの、一八世紀の最初の数年間に中央刑事裁判所《オールド・ベイリー》でソドミー裁判が行われたことはほとんどなく、たとえ法廷に持ち込まれたとしても、有罪判決が下されることはまずなかった。とはいえ、一七世紀末には、性道徳に対する態度は既に変わりはじめていた。こうした新しい考え方は、ロンドンのモリーたちにかなりの影響を与えることになった。一六九一年には、ロンドンで〈風紀改革協会〉が設立された。このような団体は数多く設立され、裁判所を利用して不道徳な行為を罰することで性的悪徳を弾圧しようとする、著名な政治家や宗教的指導者が代表を務めた。

ジョージ王朝時代のイギリスでは売春は違法ではなかったものの、刑務所や「矯正院」は風紀紊乱行為を理由に拘置された女性のセックスワーカーたちであふれていた。一方で、一般市民のあいだでは、性を商売にする女性への態度はどっちつかずといったところだった。

実際、巷では『ハリスのコヴェント・ガーデン婦人名簿』（一七五七〜九五）という、ロンドンのセックスワーカーたちの年鑑が人気を博した。ウエスト・エンドのコヴェント・ガーデンやその周辺で売春をしている女性たちの住所、サービス、料金が記載されているだけでなく、その対象者たちのグラフィックな描写が読者の興奮を誘った。この名簿からは、セックスワークを受け入れる寛容な態度がうかがえるが、これだけで全体像がとらえられるわけではない。当時の裁判記録、教会の説教、パンフレット、新聞記事を見る

「放蕩女の成れの果て」、リチャード・ニュートン作、1796年。
このイラストの中で、ニュートンは、使用人として働きだした若い娘が、やがてセックスワークの稼ぎと魅力に引き込まれ、しまいには貧困に落ちぶれていく過程を追って描いている。

Drawn & Etchd by B Newton
PROGRESS OF A

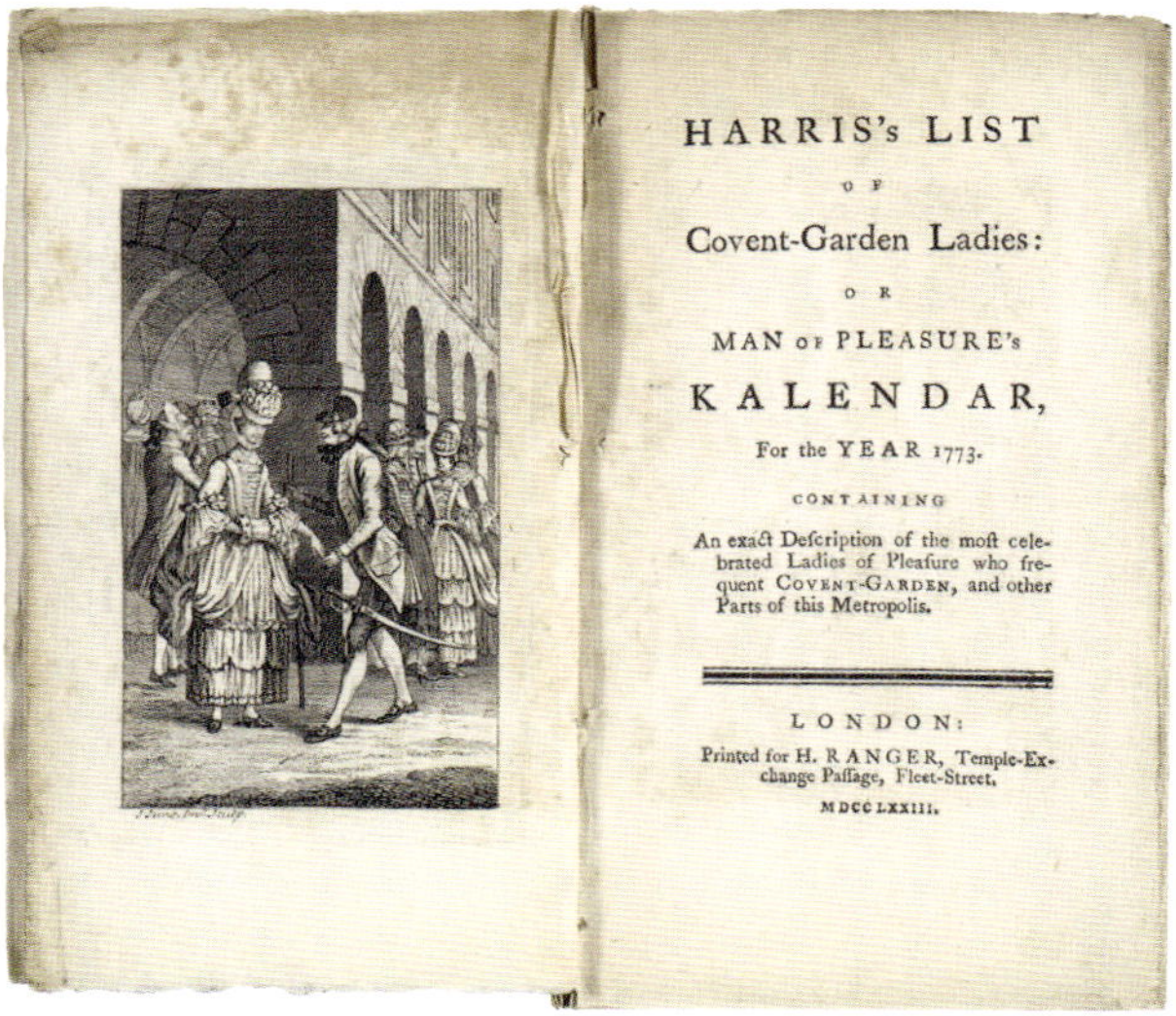

HARRIS's LIST

OF

Covent-Garden Ladies:

OR

MAN OF PLEASURE's

KALENDAR,

For the YEAR 1773.

CONTAINING

An exact Description of the most celebrated Ladies of Pleasure who frequent COVENT-GARDEN, and other Parts of this Metropolis.

LONDON:

Printed for H. RANGER, Temple-Exchange Passage, Fleet-Street.

MDCCLXXIII.

**上　『ハリスのコヴェント・ガーデン婦人名簿』の表紙、1773年。**

半分がポルノ本、半分が実用本のハリスの年間名簿には、ロンドンのコヴェント・ガーデンとその周辺で働くセックスワーカーたちの名前、住所、料金、サービスの詳細が記載されていた。

**下　「コヴェント・ガーデンの朝のたわむれ」、ルイ・フィリップ・ボアタール作、1747年。**

ロンドンの生活を風刺したこの作品では、夜中に飲み騒いだ人々——大きなアーティチョークを振りかざす者もいれば、椅子かごの上に乗る者もいる。そのかごの中では、女性がボディスから乳をはみだしたまま眠っている——が、市場の人々のとがめるような視線の中、どんちゃん騒ぎを終えて家路につくところが描かれている。

と、セックスワークに対する不安が高まっていたことがわかる。ジョージ王朝時代のロンドンに住む多くの道徳推進者たちにとって、売春は大きな問題だった。一七五八年、ミドルセックス州とシティ・アンド・リバティ・オブ・ウェストミンスター〔現在のシティ・オブ・ウエストミンスターの南部〕の治安判事だったサンダース・ウェルチは、『*A Proposal to Render Effectual a Plan, To remove the Nuisance of Common Prostitutes from the Streets of this Metropolis*（大都市ロンドンの路上より公共娼婦の迷惑行為を廃絶する計画を効果的に実施するための提案書）』を発表した。彼はその中で、ロンドンで性行為を売って生計を立てている女性が三〇〇〇人ほどいると控えめに見積もっている。プロイセンの歴史家ヨハン・ヴィルヘルム・フォン・アルヒェンホルツは、一七八九年にロンドンを訪れ、ウェストミンスターのメリルボーン地区だけで三万人の売春婦が暮らしていると推定した。現代でさえ、ロンドンでどれだけの人々が性行為を売っているか、信頼できる統計がないことを考えると、一八世紀に正確なデータを集められたはずがない。しかし、このように大幅に水増しされた数字から見えてくることがひとつある。つまり、セックスワークが深刻な問題だととらえられていたということだ。〈風紀改革協会〉は、セックスワークの廃止と、規則に従わない者に対する適切な処罰を求めて執拗なキャンペーンを展開した。その対象リストのいちばん上に記載されていたのが、ロンドンのモリー・ハウスだ。

モリー・ハウスは厳密には売春宿ではなく、同性愛者の男性たちが集まって、交流したりセックスしたりできる場所だった。これらの施設内でセックスが売りものとされ、多くのセックスワーカーたちが客と会っていたが、売春をさせることがモリー・ハウスのおもな目的ではなかった。モリー・ハウスはセックスができる社交場であり、そこでは売られているセックスもあれば、そうでないセックスもあった。これらの店の経営者たちは、客にベッドを貸しだしたり、飲食物を販売したりして収入を得ていた。一七二五年、〈風紀

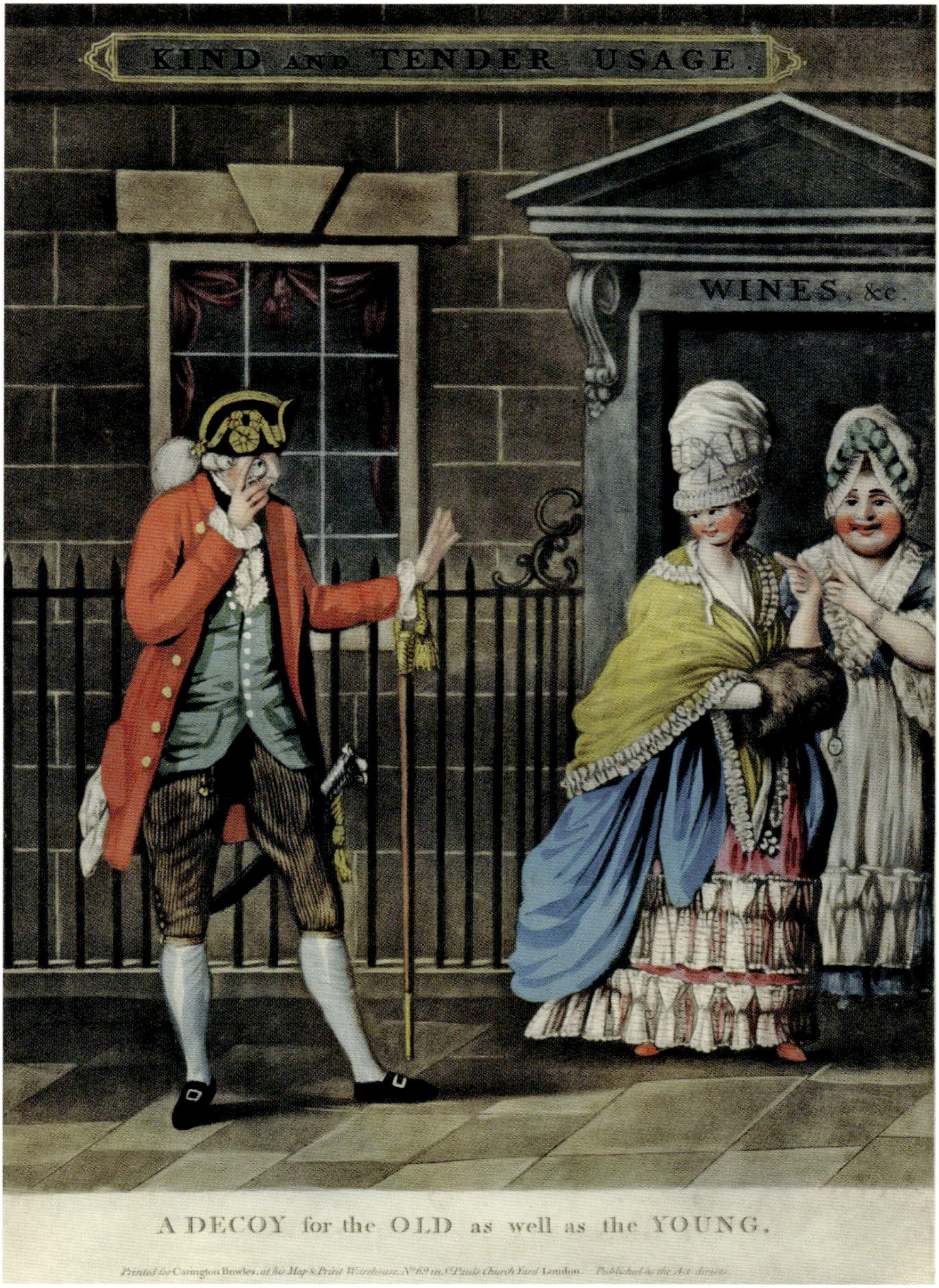


**「老いも若きも仕留める罠」**、ジョン・ラファエル・スミス作、1773年。
この挿絵には、気取った老齢男性が柄つきの眼鏡越しに、売春宿の戸口に立つ娼婦と女将を吟味している様子が描かれている。

**「縦帆の私掠船、不具の軍人を曳航して入港する」、ジョン・ラファエル・スミス作、1783年。**
この風刺版画には、娼婦が木製の義足をつけた老齢の船乗りを〈ローズ・タヴァーン〉に誘い込む様子が描かれている。

改革協会〉はモリー・ハウスをきびしく監視しはじめた。彼らは「反自然的な慣習」とみなしたものへの道徳的な怒りを燃えたぎらせ、情報提供者を募ったり、証拠を集めたりした。一七二六年、攻撃の機は熟した。

一七二六年八月、ミスター・マグは、ピカデリーで「いまわしい罪を犯す人々を楽しませるための」家を営んでいたとして逮捕された[8]。一七二六年一二月、ロバート・ウェールとヨーク・ホーナーは、「ウェストミンスターのキング・ストリートで、憎むべきソドミー罪を犯すための便宜をはかる家」を営んでいたとして有罪判決を言い渡された[9]。同月、「太っちょネリー」ことサミュエル・ローパーは、スミスフィールドのギルトスパー・ストリートで「ソドミー行為」に及ぶための風紀の乱れた家を営んだ罪で起訴されるのを待つあいだに獄中死した[10]。前述のトーマス・ライトは、絞首刑の運命に処される前、ムーアフィールズのクリストファーズ・アリーで、その後、同

**左　「お客さま、見事なマカロニに仕上がってございます」、ジェームズ・コールドウォール作、1772年。**
これらの風刺画には、「マカロニ」――ぴったりとした衣服を着て、精巧な靴を履き、大きなかつらをかぶり、厚化粧をしたイギリスのエリート青年たち――が描かれている。

**中央　「東洋風のマカロニ」、M・ダーリー出版、1773年。**
18世紀後半、マカロニたちのファッションは、行きすぎのライフスタイルや女らしさへと向かっていき、同性愛とも結びついていったと考えられている。

**右　「マカロニの呉服商」、M・ダーリー出版、1772年。**
版画出版人のマシューとメアリー・ダーリー夫妻は、1771～73年にかけて150枚近くのマカロニの風刺版画を制作し、大成功をおさめた。

じくムーアフィールズのビーチ・レーンでモリー・ハウスを営んでいた。とはいえ、どこよりも有名で、この迫害の震源地となったモリー・ハウスは、ホルボーンのフィールド・レーンにあった〝マザー〟・マーガレット・クラップの店だった。片側をアーチ、もう片側を〈バンチ・オブ・グレープ〉の酒場にはさまれ、店は立っていた。そのあたりは、ロンドンの善良な市民が恐れ慄く地域だった。暗い路地、酒場、安宿の入り組んだ迷路のようなフィールド・レーン周辺の街は、性的悪徳の温床として知られていた。一七二六年二月の寒い日曜の夜、マザー・クラップの店は強制捜査で踏み込まれ、さまざまに衣服のはだけた四〇人の男性たちがニューゲート監獄に連行された。

〈風紀改革協会〉は、既に何カ月もマザー・クラップを調査していた。その日が来たとき、彼女と店の客たちに不利な証拠は充分にそろっていた。一七二五年一一月、改革派の巡査サミュエル・スティーヴンスは情報提供者の「夫」を装い、マザ

**左　「自画像のポーズを取るマカロニ画家ビリー・ディンプル」、1772年。**
マカロニ版画では、彼らの派手なスタイルと気取った態度を強調しながら、さまざまな娯楽に興じるマカロニを描いたものが人気を博した。

**中央　「マカロニ、夜更けの仮面舞踏会に本当にいた人物」、フィリップ・ドー作、1773年。**
こうした版画では、彼らのそびえ立つかつらを誇張して描くことで、マカロニの特徴が強調された。

**右　「わたしをお気に召しまして」、1772年。**
この絵に描かれているマカロニはだいぶ歳を重ねているが、一般的に若者向けとされるファッションをしている。

ー・クラップのモリー・ハウスに潜入した。彼はそこで見たことを裁判所に事細かに報告している。

「わたしは四〇人から五〇人の男たちが、彼らの言い分では、互いに愛しあっているのを見た。ときに彼らは互いの膝の上に座り、淫らにキスをし、卑猥に手を動かした。それから立ち上がると、踊ったりお辞儀をしたり、女の声をまねてこんなことを言ったりした。〝ああ、なんてことを、サー！　お願いです、サー！　愛しいお方。ご主人さま。そんなことまでしてくださるの？　叫んでしまう。あなたは邪悪な悪魔よ。なんてずうずうしい顔をしているの。可愛いヒキガエルちゃん！　ほら、キスなさい！〟それから彼らは抱きあい、たわむれ、ふたりで同じ階の別の部屋へと出ていった。結婚するために、という言い方を彼らはしていた」[11]

トーマス・ニュートンのような「男娼」は、こうした店で「モリー・カル（男性客）」を見つけだし、金を稼いでいた。ニュートンがいつから警察のために働くようになったかはわからないが、自分の命を守るためにそうしたことはほぼ間違いない。理由はどうあれ、彼の証言と、同じく男娼の一八歳のエドワード・コートニーの証言は、一七二六年の数々の有罪判決の決め手となり、また一八世紀のロンドンにおける男性のセックスワーク事情について最も雄弁に語るものとなった。

ニュートンはトーマス・ライトが経営するモリー・ハウスの常連だった。彼はライトと男色関係にあっただけでなく、「ときおりライトは、同性愛者の客を喜ばせるためにわたしを行かせた」[12]と、店の多くの客にも斡旋されていたと証言した。裁判では、ライトのモリー・ハウスに潜入して調査を行ったジョセフ・セラーズから、さらに不利となる証拠が提出された。「去る一一月一七日の水曜日、わたしはビーチ・レーン

MADEMOISELLE de BEAUMONT, or the
CHEVALIER D'EON.
Female Minister Plenipo. Capt. of Dragoons &c. &c.

「マドモワゼル・ド・ボーモン、あるいはシュヴァリエ・デオン」、1777年。

シュヴァリエ・デオンはフランスの外交官、スパイ、兵士で、18世紀のイギリスで非常に有名な人物だった。彼はフランスとイングランドの両国に住み、人生のそれぞれ異なる段階で、男として、女として、堂々と生きた。

にある被告のモリー・ハウスに行き、男たちがバイオリンを弾きながら、踊ったり、下品な歌を歌ったり、キスをしたり、とても淫らに手を動かしているのを見た」[13]

ライトが弁護側の情状証人として用意したのはひとりだけだった。その男性は、自分は「真っ当な男」[14]であると宣誓した。だが、真っ当かどうかはさておき、陪審員はライトを有罪とし、死刑を宣告した。

ニュートンはまた、ガブリエル・ローレンスに対しても不利な証言をしている。ローレンスと初めて会ったのはマザー・クラップの店だったと主張し、店について次のように述べている。

「そこは、表向きにはソドマイトたちの娯楽場と謳っているが、さらに客の便宜をはかるために、マザー・クラップは各部屋にベッドを用意していた。毎晩そのような客が三〇人から四〇人いたが、とくに日曜日は繁盛していた」[15]

ニュートンの主張では、一七二五年一一月一〇日、ロ

**左　「1811年11月2日の哀れなバーン/無実の栄冠を得た現在のバーン」、1822年。**
1811年、御者のジェームズ・バーンが、クローガー主教パーシー・ジョセリンに対して同性愛者だという根拠のない嫌疑をかけたとして、公の場で鞭打たれた。しかし、1822年にそれが真実であったことが証明され、バーンの評判は回復された。

**右　「兵士のケツを掘ろうとする主教ジョセリン」、ジョージ・クルックシャンク作、1822年。**
失脚したクローガー主教パーシー・ジョセリンを嘲笑する版画。聖職者ジョセリンと兵士を引き離そうとする警察官に対し、ジョセリンは「見逃してくれ、500ポンドやるから」と懇願している。

ーレンスは彼とパートリッジというもうひとりのセックスワーカーと男色関係を持ったという。ローレンスは、マザー・クラップの店の常連であったことは認めたものの、そこがモリー・ハウスであることは知らなかったと否定した。彼は数名の情状証人を出したが、その甲斐もなく、やはり絞首刑を言い渡された。

家具職人のウィリアム・グリフィンにも、同じ哀れな運命が待ち受けていた。ニュートンは、グリフィンがマザー・クラップの店に二年間住んでおり、一七二五年五月二〇日に自分と男色関係を持ったと証言した。グリフィンは、マザー・クラップの店に住んでいたことは認めたものの、そこがモリー・ハウスだとは知らなかったと否定した。彼は証人を用意せず、すべての嫌疑において有罪となった[16]。

一八歳までに、〝ネッド〟ことエドワード・コートニーは既に三度もブライトウェル監獄に送られていた。一度は女性に暴行し、一度は雇い主のジョージ・ウィットルから盗みを働き、一度はコヴェント・ガーデンで騒ぎを起こして治安を乱したとして逮捕されていた。一七二

**左　「マカロニの衣装部屋」、M・ダーリー出版、1772年。**
このマカロニ版画では、凝ったかつらに派手な衣服といったお決まりのスタイルではなく、女性用の衣服を着た男性が描かれている。

**右　「ラブ・ア・ラ・モード、親密なふたり」、1820年。**
レディ・ルイーザ・ストラカンとウォリック伯爵夫人サラ・グレヴィルが愛しあっているところを、夫たちが不満そうに見ている風刺画。当時、このふたりの関係は親しい友人以上のものとされ、新聞などで広く嘲笑された。

六年四月、彼はジョージ・ケッジャーの情報提供をすることに同意し、被告人が金を払って自分とセックスをしたと証言した。ケッジャーはこれを否定し、「彼（ネッド）にそんな不道徳な生き方をやめるよう忠告したが、金がいるんだ、どんな手を使ってでも金がほしい、もし助けてくれないなら、おまえの人生を台なしにしてやると言われた」[17]と主張した。ネッドは文字どおり「彼の人生を台なし」にしかけた。ケッジャーには有罪判決が下され、死刑が言い渡されたからだ。だが、のちに執行猶予を与えられることになった。ネッドは、証人席でトーマス・ニュートンほどの説得力を発揮できなかった。彼は、元雇い主のジョージ・ウィットルがモリー・ハウスを経営しており、自分は六ペンスで売春をさせられていたと主張したが、陪審員はその告発を恨みによるものとし、ウィットルを無罪にした。

そして一七二六年七月、三人の客たちが処刑された二カ月後、ついにホルボーンのモリーたちの母、マーガレット・クラップが裁判にかけられた。彼女は、ソドミーを目的として風紀の乱れた家を経営していたとして起訴された。圧倒的に不利な証拠を突きつけられ、マザー・クラップはただ、自分は「女だから、そのような慣習に関与しようなどとは考えるわけがない」[18]と抗弁することしかできなかった。彼女は有罪となり、多額の罰金と二年の禁固刑を言い渡されたが、それより先にスミスフィールドの市場の晒し台《ピロリー》で公衆と対峙することになった。一七二六年七月二三日の火曜日、マーガレット・クラップは罪を問われてピロリーにかけられた。当時の新聞には、「民衆のあまりにもきびしい仕打ちを受け、女は一度ピロリーより抜け落ち、何度も気を失った」あげく、「痙攣発作を起こしてニューゲート監獄に運ばれた」[19]と報じられている。このあと、マザー・クラップは歴史から姿を消す。彼女がこの苦難のときを生き延びられたかどうかすらわからない。

〈風紀改革協会〉は、マザー・クラップと彼女の経営するモリー・ハウスを破滅に追いやることに成功した。

ソドミーというまわしき罪を迫害しようとする彼らの熱意は、ロンドン中に新たな同性愛嫌悪の波を巻き起こした。法廷に引きずりだされた男性たちに同情する者はほとんどいなかった。実際、一七二六年に『ウィークリー・ジャーナル：オア・ザ・ブリティッシュ・ガゼティア』紙に掲載された、「ささやかな提案」という寄稿文の匿名の差出人は、こうした「怪物さながらの鬼畜」は「公開処刑人」によって「公開裁判にて陪審員たちの面前で手足を縛られ」、「ただちに腕のよい外科医によって睾丸を摘出されたのち、処刑人によって熱い鉄で陰嚢を焼かれる」べきだと書いている[20]。

世間が同性愛嫌悪へと熱く駆り立てられた一方で、一七二六年の裁判は〈風紀改革協会〉に大きな損害をもたらした。協会はいくつもの有罪判決を手にしたものの、その手段にはおおいに疑問があった。これらの有罪判決が命の危険を感じた「男娼たち」の証言のみに依拠していたことに、世間も注目しないわけにはいかなかった。一七二七年には、協会は汚職、収賄、強要などの告発に対して自己弁護せざるをえない立場となった[21]。彼らの道徳改革への熱意は衰えていなかったかもしれないが、裁判所や世間は彼らのやり方にうんざりしはじめていた。わずか一〇年後、イングランドには数えるほどしか改革協会は残っておらず、それも一七三八年にはすべて解散した[22]。

同性愛の男性たちに対する司法による迫害は、一八世紀から一九世紀にかけて断続的に続いた。中央刑事裁判所《オールド・ベイリー》においてソドミー罪で死刑判決を受けたのは、一八六〇年のジョン・スペンサーが最後となった。ただし、この刑が執行されることはなかった。ただ男同士でセックスをしたというだけで無分別に残虐な処罰を与えられつづけたにもかかわらず、この世から同性愛や性風俗産業がなくなることはなかった[23]。たしかにマザー・クラップとその息子たちは、高潔な改革者たちとの戦いに敗れたかもしれない。しかし、最終的に戦争に勝利したのはモリーたちだ。何世紀にもわたる処刑、暴行、投獄、国家公認の同性愛嫌

**「女装アルバム」、1860〜1950年。**
このアルバムには、女装家やトランス女性の写真が35枚おさめられている。多くは1860年代から70年代にかけて、ミュージックホールや劇場で撮影された。

悪にもめげず、ゲイのサブカルチャーはロンドンをつねににぎわせている。これからも末長くそうあることを願う。

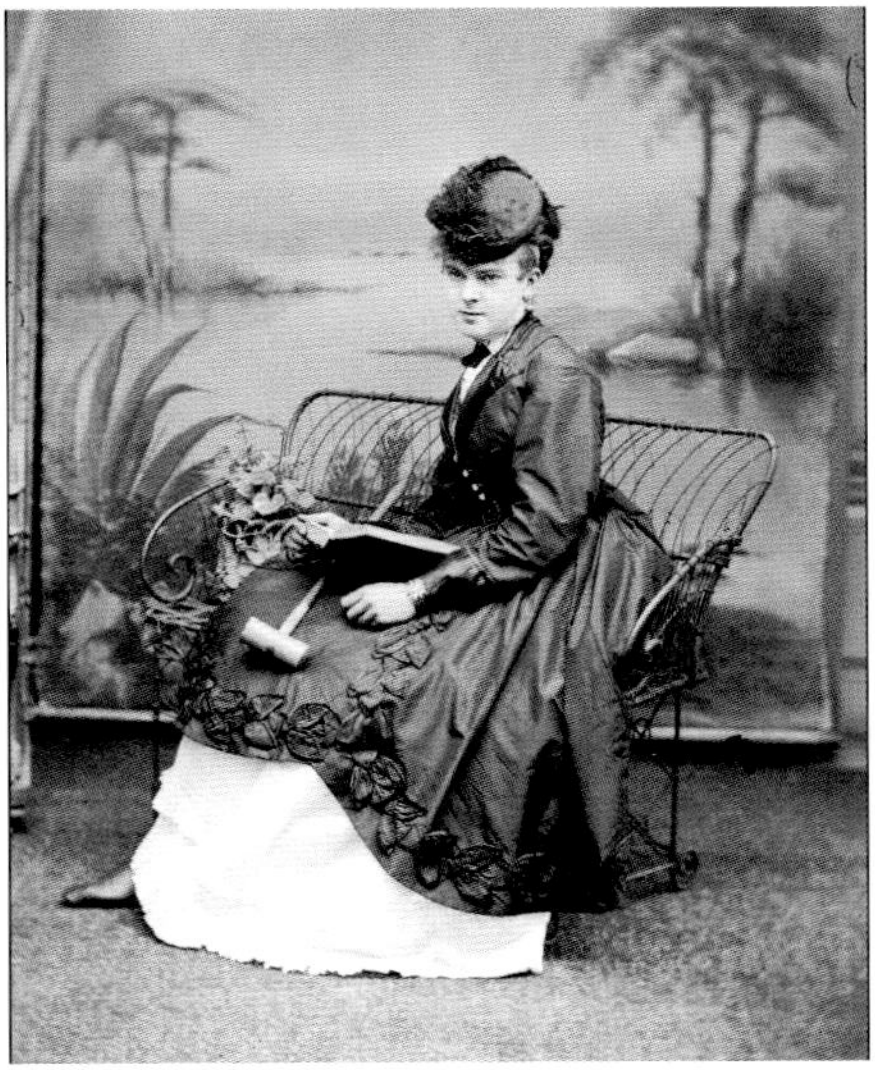

**「ファニーとステラこと、フレデリック・パークとアーネスト・ボールトン」、1870年頃。**
同性愛者で女装家のパークとボールトンは、1870年にともにソドミーの罪を犯したとして逮捕された。

# 第7章

# 梅花の達人

## 清王朝におけるセックス

数年前までは、洗濯婦以外は入ることを許されなかったが、いまでは誰でもそれらの船を訪ねることができ、まるでロンドンやポーツマスのように、黄埔《ワンポア》でも気ままに性交することがあたりまえとなった。あたりが暗くなるやいなや、官吏《マンダリン》から許可を得たボートがそれらの船を訪れ、文字どおり女の上に乗り込む。

——ピーター・ドベル、『カムチャッカ・シベリア旅行記』（一八三〇年）

一八〇六年一二月六日の夜、中国南部のマカオ地方のポンタ・カブリタ沖〔現在のタイパ島あたり〕に、数隻の海賊船（ジャンク船）が停泊していた。その甲板に震えながら立っていたのはジョン・ターナーだ。イギリス船テイ号の一等航海士だったターナーは、悪名高き鄭一《チエン・イー》船長率いる紅旗幇《ホンチーパン》に囚われの身となっていた。海賊からの攻撃を恐れたテイ号のウィリアム・グレイグ船長が、ターナーに助けを求めに行かせた結果、避けようとしていた当の海賊のもとへまっすぐ向かってしまったのだ。海賊にとって人質の身代金は儲けのよいビジネスだ。ターナーは彼らの言いなりになって五カ月間過ごした。このときに関するターナーの記述は、一九世紀初頭の中国の組織的な海賊行為についての貴重な洞察を与えてくれる。紅旗幇は巨大な犯罪組織だっ

彼女たちはよく船に乗ってきては、旧友たちと再会し、昔話に花を咲かせる。さらに老若の女たちが数人。みな、いつなんどきも申し分のない性格の人たちである。

――チャールズ・ダウニング、『外国の悪魔の中国滞在記、一八三六～三七年』（一八三八年）

た。一般に想像される愛嬌のある悪党などではなく、むしろ海上を漂うマフィアと言ったほうが近かった。首領の鄭一船長は、一五トンから二万トンの六〇〇隻の船に乗る、二万五〇〇〇人以上の男性たちを指揮していた。ターナーは、彼らが逆らう者にどんな仕打ちをするかを目の当たりにした。

> 「拿捕した船が抵抗した場合、海賊たちは乗組員のうちの何人かを殺し、残った者には残忍な仕打ちをする。抵抗せずとも、破壊・窃盗の疑いをかけられた乗組員は、殺されはしないが、きびしく罰せられる……それは次のような残酷なやり方で行われる。不幸にも罰せられる者は、まずズボン以外のすべてを脱がされ、背中で両手を縛られる。それからマストの先端から渡されたロープに、縛られた両手をしっかりとゆわえつけられ甲板から吊り上げられる。吊るされているあいだ、二、三本の籐をねじりあわせた棒で全身を繰り返し殴打される。このような棒叩きのあとには決まって血が流れる。場合によっては、一時間以上も両手で吊るされたままにされることもある」[1]

ターナーが解放された翌年の一八〇七年一一月、鄭一船長がハリケーンに遭って命を落とすと、妻の鄭《チェン》・一嫂《ツーイ》（鄭一の妻という意）こと石陽《シー・ヤン》が紅旗幇の指揮を引き継いだ。この恐るべき女性について詳しくはわかっておらず、事実が不確かなところは伝説で補われている。とはいえ、ある程度わかっていることもある。鄭一嫂の支配のもと、紅旗幇は著しく拡大し、広東省沿岸には七万以上の海賊と一二〇〇隻の船が横行するようになった。鄭一嫂は恐怖と脅迫、そして彼女が定めた行動規範の厳格な遵守によって己の威厳を保った。

海賊たちが略奪したものはすべて共有基金（供剰《クォン・シアン》）に入れられ、全員に分配された。共有基金をくすね

**前頁　春宮画、18世紀後半。**
中国では1950年まで妾が公式に認められており、清王朝の宮中でも重要な役割を果たした。

たり隠し持ったりしていることがわかった場合は首を刎ねられた。命令に背いた者、紅旗帮に物資を供給する村で盗みを働いた者、許可なく何度も岸へ上陸した者も、首を失う恐れがあった。女性の捕虜を強姦した海賊は死罪とされたが、結婚していない相手と合意のうえで性的関係を持ったことが発覚しても死刑となった。罪を犯せば女性も例外ではなく、脚に砲弾をくくりつけられて、船外に投げ捨てられた。[2] 鄭一嫂は船員たちに、捕虜から妻を選ぶことを許可していた。選ばれた女性は結婚して海賊船で生活することを余儀なくされた。醜いとみなされた女性は岸に戻されたものの、それ以外は結婚するか奴隷になるかを強いられ、あるいは身代金を払って家族のもとに戻された。

一般市民も鄭一嫂の残虐行為から逃れることはできなかった。鄭一嫂は、獅子洋〔珠江の上流〕沿いの町や村から金銭を脅し取った。これに対し、海賊たちは法外な「みかじめ料」をふっかけた。要求どおりの金額を支払えなかった人々は、残忍な報復を受けた。三山《サンシャン》という川岸の村では、鄭一嫂の海賊たちがみかじめ料の支払いを拒んだ二〇〇〇人の住民を殺害し、残った女性と子どもは奴隷にされた。

**広州の風景、1800年頃。**
珠江の流れる広州には、たくさんの水上売春宿（花船）が浮かんでいた。海賊を率いた鄭一嫂も、もともとはそこで働いていた。

一八〇九年、捕虜となったリチャード・グラスプールは、この恐喝行為を目の当たりにした。彼を人質に取った海賊たちは、珠江に浮かぶある町を取り囲むと、毎年一万スペイン銀貨の支払いを要求した。度重なる交渉をけしかけ、大量虐殺の脅しで迫った末、海賊たちは六〇〇〇スペイン銀貨を受け取り立ち去ったという。

紅旗幇を掃討できずにいた清王朝は、一八一〇年、降伏した海賊には恩赦を与えて罪を見逃し、財産を保持することを認めた。富を手にした海賊の女王は、一八四四年、家族に見守られながらこの世を去った。鄭一嫂がのしあがった権力の座と広大な海賊帝国は、もともと広州の水上売春宿で性行為を売るところから始まった、彼女のどちらかといえば卑しい出自と照らしあわせてみることで、さらに印象深いものとなる[3]。

鄭一嫂が結婚して海へ出る以前の、広州での暮らしについての記録は何も残っていない。だが、清王朝（一六四四～一九一二）の数百年も前より、「花船」という水上売春宿が浮かぶ光景は、珠江デルタ沿いにはなじみ深いものだった。古くは七世紀の唐の時代には、妓女を乗せた美しい

**セックスワーカーたちが寝泊まりしていた大型ボート、1805年頃。**
広州では、セックスワーカーたちは珠江に浮かぶ「花船」で水上生活をしていた。世界有数の港であった広州には、彼女たちを求めて多くの顧客がやってきた。

**「皇帝の側室たち」、陳枚作、1738年。**
清王朝の雍正帝と乾隆帝の宮廷画家だった陳枚は、宮廷で暮らすたくさんの側室たちの日常を描いた。

装飾の船のことを「畫船《ファ・チュアン》」あるいは「畫舫《ファ・ファン》」と呼んでいた。中国文化は二〇世紀にいたるまで、女性は男性に劣るものと説く儒教の哲学と倫理観に基づいていた。中国の家庭では、息子が何よりも重要視された一方で、娘はただの金食い虫で、家名を継ぐことはできず、嫁いで必ず異姓にならなければならなかった。結婚といえば政略結婚であり、妻は夫に仕え、息子を産み、家庭第一の服従的な生活を送ることが求められた。女性は男性に仕えるために存在するという、この根深い家父長制社会の延長上に、性的奉仕もあった。それゆえ中国では、妾制度が一九五〇年に婚姻法によって違法とされるまで公式に認められていた[4]。娘を育てる経済的負担に直面した多くの貧困家庭は、結婚をとりなして持参金を支払うよりも、娘を売春宿に売り払うほうを選んだ。残酷なように聞こえるかもしれないが、少なくとも売られた娘たちは、当時蔓延していた嬰児殺しを免れた。多くの家庭は、生まれたばかりの娘を手っ取り早く殺すことを選んだのだ。清時代の書では、こうした慣習は「溺女《ニー・ニュー》」と呼ばれている[5]。

ごくわずかな選ばれた女性たちにとって、セックスワークはほかの者にはとうてい手の届かない権力と特権に恵まれた生活を与えてくれるものだった。古代中国の高級妓女たちは、その性的技術に加えて、踊り、詩、絵でも伝説的な名声を得ていた。紀元前一世紀の趙飛燕《ツァオ・フェイヤン》は貧しい生まれの踊り子だったが、巧みな歌と踊りで前漢（紀元前二〇六〜紀元八）の成帝の目にとまり、彼の側室に迎え入れられた。初めて趙飛燕が寝室にやってきたとき、そのあまりの美しさに、成帝は何時間もただ見惚れていたという。趙飛燕は皇帝にとってなくてはならない存在となり、やがて中国皇后の座につき、后妃として国を治めた唯一の妓女となった[6]。李師師《リ・シシ》は、宋（九六〇〜一二七九）の徽宗に寵愛された側室だった。幼くして孤児となった李師師は、李姥という売春斡旋人に引き取られ、やがて金线巷という開封〔宋の都〕の歓楽街で働かされるようになった。まもなくして、李師師の美貌と竪琴の腕前に魅せられた徽宗は、密かに彼女のもとへ通うようになった。言い伝えによると、徽宗は宮廷と彼女の家のあいだにトンネルをつくらせたことで、皇后やほかの側室たちの怒りをおおいに買ったという。あるとき、側室のひとりが徽宗に、なぜほかの誰よりも李師師を寵愛するのかと尋ねた。「そなたたちの中に、愛の技を心得ておる者などひとりとておらぬ。あの女といると、朕は何もしなくてよく、悦楽におおいに浸ることができる。褥でのあの女はつねに明るく楽しい。それに比べれば、そなたたちはみな美しいだけの粘土や木の人形のようである」と、徽宗は答えたという[7]。

これらの女性たちが性奉仕の技術に長けていたことは間違いない。このような技巧は、仕事につく前の段階で訓練されていたのだ。中国の高級妓女たちが手本としたテクニックについて最も詳しく書かれたものとして、一九世紀に「梅花の達人」と名乗る人物による、『梅花小屋の記憶』と題された一九世紀の手引書がある。

「たいていの男は己を精力たくましいと思いたいものであるから、そなたが第一に配慮すべきは、男たちの自尊心を傷つけないことである……そなたのほうで主導権を握りつつ、己こそが主導権を握っていると男に妄想させよ。体力のない相手には、たとえ入ってきた瞬間に射精されたとしても、満足したようにふるまうのだ。萎んだ性器を膣内にとどめさせたまま、あたかも人生最高の男に出会ったかのように抱きしめ愛撫してやるもよし……そなた自身のためにも、なるべく早く射精させよ。相手に気づかれぬうちに主導権を握るのだ。男の腰をしかと掴み、腰近くの背骨をやさしく執拗に撫でながら、石臼のごとく尻を動かすとよい……しかしながら、相手にも充分に愉しんでもらわなければならぬ。さもなくば、相手の自尊心を傷つけ、客を失うことになるゆえ」[8]

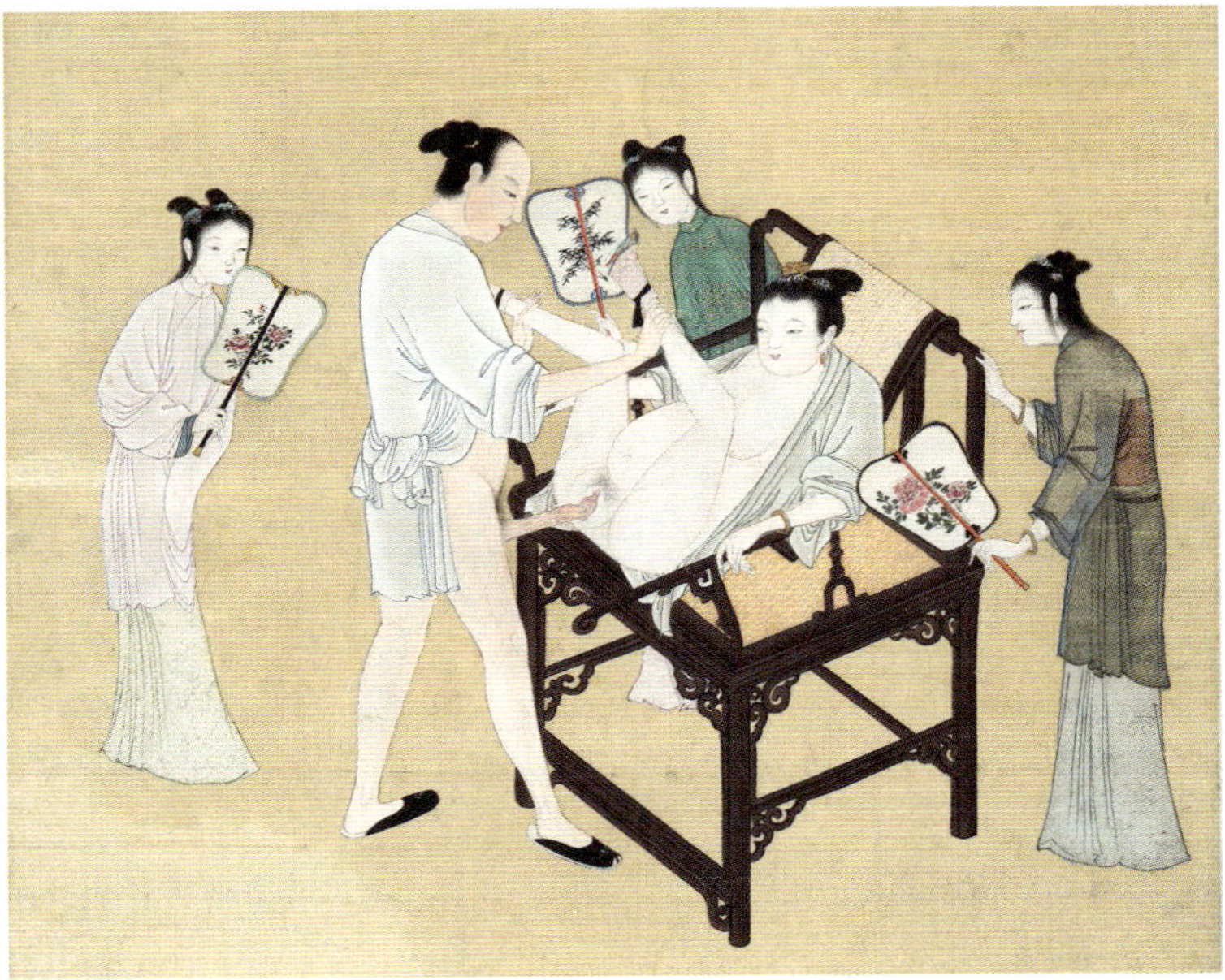

**春宮画、16世紀頃。**
これらの絵の中の優美な調度品や侍女たちから、上流階級の様子が描かれていることがわかる。こうした作品を鑑賞するのもまた裕福なエリート階級だったと考えられる。

当然ながら、高級妓女たちの生活は、貧困、斡旋、客などに絶えず悩まされる、広州の水上売春宿の人々のきびしい暮らしとはまるで別世界だった。

広州の花船は中国人客のみを受け入れていたが、黄埔《ワンポア》に停泊していた花船にかぎっては外国人にもサービスを提供していた。外国人はこれらの船を「ロブロブボート」と呼んでいたが、おそらく英語の「ラブラブボート」が訛って変化したものと思われる[9]。実際、その世界についてわたしたちが知ることのできる多くは、そこに魅了された西洋人旅行者たちの回想録による。チャールズ・フレデリック・ノーブルは、『*A Voyage to the East Indies in 1747 and 1748*（東インドの旅、一七四七年より一七四八年）』（一七六二年、未訳）の中で、広州の水上コミュニティのあいだに広がる貧困についてこう回想している。「これらのボートは、とくに夕食時になると、黄埔に停泊している西洋船の周りに群がってきて、乗組員たちに食糧を乞う。その見返りとして、リネンを洗濯するなどの下働きを申しでる」[10]ノーブルはときおり、これら「不憫な人々」を憐んで雇い入れたりしていたが、「彼らの困窮に乗じて、父親や母親に娘を抱かせてくれ」と交渉する西洋人もいた、と彼は記している[11]。このような取引は慎重にやらなければならなかった。なぜなら、売春は官吏《マンダリン》と呼ばれる地方官僚の管理下にあり、揉めごとを起こせば、そのたびに手数料を要求されたからだ。売春は国に分け前を申告せずに売春をしてつかまった者は、きびしく罰せられた。ノーブルは次のように書いている。

「官吏《マンダリン》たちは絶えず川を行き来し、疑う理由のあるボートを探している。ボートの中で西洋人が若い女と一緒にいるところをとらえられた場合、彼はボートの住人たちとともに竹材による折檻を受けるか、見逃してもらうために官吏に賄賂として一ドルか二ドルを渡さなければならない」[12]

**春宮画、19世紀。**
中国のエロティック・アートは、象嵌細工の箱、磁器の置物、絹紙、わら紙、陶器の靴底にまで描かれた。

イギリスの弁護士ウィリアム・ヒッキーは、一七七〇年頃に広州を旅した。女たらしを自称するヒッキーとしては、「ロブロブ川」を訪れないわけにはいかなかった。彼は回想録の中で、水上売春宿の営業に関する法制度について次のように記している。

「ロブロブ川で働く女たちは、本来ならばこっそり営業しなければならない。本来ならばと書いたのは、実際のところは、彼女たちは当番の官吏に稼ぎの分け前を支払うことで、さながら正義の執行者のごとく、違反に耳目を閉ざしてもらっているからである。役人とはつねに腐敗しているものである」[13]

たしかに制度は腐敗していたものの、ノーブルによれば、「官吏とこれらボートの主人のあいだには非常に良好な理解があり、かなりの広域できわめて安全に活動して」[14]いたという。ノーブルの言う「安全」とは、正確には誰にとってのものかは議論の余地があるだろう。というのも、そこで働く女性たちの大半は、家族によって性奴隷として売られ、主人からひどい扱いを受けていたからだ。アイルランド生まれのロシア人のピーター・ドベルは、一七九八年に中国を訪れ、七年間そこで暮らした。彼は旅行記の中で、広州のロブロブボートと、そこに乗船している女性たちが受けている扱いについて、次のように述べている。

「夜に連れてこられるのは、親がひどく貧しく、数年の年限で売られた哀れな娘たちがほとんどである。つまり、その年季が過ぎるまで、彼女たちは奴隷なのだ。稼ぎとなるものはすべて主人のものとなる。主人は意のままに彼女たちを働かせ、ときに殴打し、粗末な衣服や食事しか与えない」[15]

**前戯をする人形が入った磁器の果物、20世紀初頭。**
これらの磁器の果物は、母親が娘の嫁入り道具箱の底に入れて持たせたことから、「トランクの底」と呼ばれた。娘が嫁ぐことになったとき、母親は果物の中に入った磁器の人形を見せ、娘が初夜に何をすることになるのか、手ほどきした。上流階級では、エロティカは立派な芸術作品だった。同じように、高級妓女たちも高度な訓練を受け、尊敬される存在だった。

こうした娘たちのあり方を理解することは、認知のギャップからくる違和感に向き合う訓練になる。彼女たちは奴隷だが、その身分でいるかぎり、ほかの女性たちには許されない自由があった。彼女たちのほとんどは教育を施され、芸術、外交、社会マナーの訓練を受けた。美しく身だしなみを整え、凝った衣服を着ることも少なくなかった。中国の妻たちが夫と連れ立って外出することが許されなかった一方で、セックスワーカーたちは社交の場に出るなど、外の生活にも参加することができた。しばしば子ども同然の年齢で、奴隷のように無給で働かされた彼女たちは妹仔《ムイ・ツァイ》と呼ばれた。その一方で、彼女たちは琵琶仔《ピーパー・ツァイ》とも呼ばれた。この呼び名は、彼女たちが習った琵琶というネックの短い四弦楽器に由来している[16]。実際、多くの旅行者たちは、ロブロブ・ガールたちがいかに音楽、詩、踊りのスキルに長けていたか、感嘆しきりに語っている。

外科医のチャールズ・ダウニングも、琵琶仔たちを好意的に回想したひとりだった。一八三〇年代に中国を旅したダウニングは、彼女たちがいかに「見目麗しく」、「快活な性格」

**左　花船とそこに住む家族、1910年頃。**
数百年にわたり、水上売春宿（花船）は珠江デルタの風景の一部となっていた。

**右　広州の花船、1910年頃。**
「花船」のサイズにはかなりの差があった。中には、女性ひとりとその家族が生活できるだけの極端に小さなものもあった。

をしていたかについて書き記している[17]。だからといって、彼女たちは幸せだった、形はどうあれ自由だったということになるだろうか？　そうとは言えないだろう。清王朝時代のセックスワークの複雑さは、奴隷にされた、それで力を持てるようになったという、きれいな二段階論法に当てはめることはできない。売春をする人々は、残酷で不公平な世の中で、選択肢などほとんどなく売春をしていたのだ。儒教の教えでは、女性の権利がきびしく制限されていた。そんなひどく抑圧的な文化において、売春によって得られる力などごくわずかだった。花船のロブロブ・ガールも、高級妓女も、琵琶仔も妹仔も、活動していたのは家庭の外の世界だ。歴史家たちは長らく、なぜ鄭一嫂が海賊帝国を築き上げることができたのか疑問視してきた。なぜひとりの女性に男性たちが従ったのか？　鄭一嫂は優れた女性とはほど遠かった。ただ、売春宿の歌女（フラワーガール）であった彼女は、卑屈に服従する必要がなく、男性社会を知っていた。ビジネス、政治、そしてもちろん、男性をコントロールする方法について彼女が受けた訓練は、紅旗幇を支配するうえですべて役に立ったのだ。

**左　蛋民たち、19世紀。**
中国南部に暮らす蛋民は、古くより沿岸地域で水上生活をしていた。彼らは被差別民として、中国人やイギリス人から「海のジプシー」とたびたび呼ばれた。蛋民はまた、広州のセックスワーカー階級を形成し、珠江のボート上で営業していた。

**右　「治安紊乱行為をとがめられるセックスワーカー」、ウィリアム・アレクサンダー作、18世紀後半。**
治安紊乱行為を密告された中国人のセックスワーカーが判事の前に連れてこられる様子が描かれている。

一九世紀になると、売春に対する考え方に変化が見られるようになった。中国はヨーロッパ列強から、性を売り買いする伝統を終わらせるよう圧力をかけられるようになっていた。たとえば、一五五七年から一九九九年までポルトガル領だったマカオでは、一八五一年にセックスワークを規制するポルトガルの法律が適用された。この規制では、セックスワーカーの中国委任局への登録が義務化され、売春宿は国の管理下に置かれて数を制限された。一九〇五年、中国政府はイギリスの伝染病法（一八六四～六九）の自国版を導入し、女性たちに定期的に膣検査を受けさせた。やがて花船は廃業に追い込まれ、衰退していった。

一九四九年二月、中国共産党が北京を掌握した。同年一〇月一日に中華人民共和国の建国が宣言され、それから八週間もしないうちに、北京の役人たちは売春宿の閉鎖、およびセックスワーカー、客引き、買春斡旋人たちの逮捕に着手した。すぐにほかの都市もこれに倣った。一九五〇年から五五年までのあいだに、上海だけで売春による逮捕者は五三三三人にのぼったという[18]。共産主義者たちは、売春を資本主義と貧困によるものと考え、忌み嫌った。貧困のない世界なら

左　宴会で「歌女」に囲まれる米商人、北京、1900年頃。
「歌女」（英語ではフラワーガールとも呼ばれる）は、19世紀の中国の高級妓女を指す言葉である。

右　アヘン喫煙と歌女のスタジオ写真、1900年頃。
おそらくこの写真は、極東の「エキゾチックな」慣習に興味のある西洋人向けにスタジオ撮影されたものと考えられ、アヘン喫煙と纏足の幼い歌女たちが写っている。

ば、誰も性行為を売る必要はないはずだと彼らは考えたのだ。その結果、セックスワークとそれに従事する人々は国家の失敗とみなされた。数千人が検挙され、特別指定の再教育施設で「新しい社会」のための「新しい人間」になる再教育を受けさせられた。一九五〇年代半ばまでに、中国政府は売春を根絶したと豪語していた。もちろん、これは事実ではない。逮捕と強制的再教育だけを取ってみても、別の物語が見えてくる。共産主義者たちはセックスワークを闇社会に追いやることには成功したものの、その結果、性行為を売る人々の権利が減少しただけだった。セックスワークはいまでも中国本土で違法とされているが、犯罪とみなされるようになった状況下でもその勢いは衰えを知らない。花船も、そして幸いにも紅旗幇も姿を消して久しい。しかし、その文化的子孫たちは、二〇〇年前にロブロブボートの歌女たちが切望した権利と敬意を、やはり必要としているのだ。

**左　売春宿の前の食品売り、1910年頃。**
この写真は、上海の施高塔路（スコット・ロード）で撮影されたもの。この通りは、上海の「塹壕」と呼ばれる悪名高い風俗街の中心にあった。

**右　中国の切手、1900年頃。**
この切手には、楽器を演奏する歌女たちが写っている。歴史上の多くの高級娼婦がそうであったように、たいていの歌女たちも音楽や踊りに長けていた。

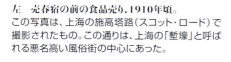

第8章

# 巨大な社会悪

## 一九世紀の売春

この国には、売春婦を更生させる活動や、貧困・無学・悪い交友関係によって罪に堕落する恐れのある婦女子を保護し援助する活動に人生を捧げる多くの善良な人々がいます。そのことをあなたがたも知らなければなりません。

――ジョセフィン・バトラー、「地方の女性たちに宛てた手紙」(一八七一年)

一八八一年三月一五日火曜日の正午過ぎ、一七歳のエリザベス・バーリーがドーバーのグランヴィル埠頭から凍てつく海に身を投げた。石畳の通りをおびえて逃げまどう少女をついにマリーナで追い詰めた警察官のカーリーとグリフィスは、エリザベスが打ち寄せる波の中でもがき苦しむ姿をただ眺めた。濡れたドレスとペチコートの生地が彼女の蹴り上げる脚に絡みつき、やがて全身を波の下へと引きずり込んでいった。そこまで見届けたふたりの警官は、踵を返して立ち去った。エリザベスを海から引き上げ、死ぬ寸前の命を救ったのは、鉄道の荷物運び人で地元の船員ジョン・バーバーだった。少女を気にもかけない追っ手たちに激怒したバーバーは、「もし拳銃を持っていたら、間違いなく撃っていたよ」[1]と、のちに報道機関に語って

純潔活動家には用心しなければならない……彼らは、人々に力ずくで道徳を植えつけることができるという愚かな信念のもと、己と同じ人間への強制的かつ屈辱的な扱いをいくらでも是認するきらいがある。

――ジョセフィン・バトラー、『何にも勝る真実』（一八九七年）

いる。精神的ショックに震えるエリザベスは、心身の回復のために近くの海員宿泊所に連れていかれた。翌日、市警察は彼女を自殺未遂の罪で起訴した[2]。

警察のエリザベスに対する冷淡な扱いだけでも、スキャンダルの要因としては充分だった。だが、彼女の話を全国的なニュースにせしめたのは、エリザベスが警察に「堕ちた女」の嫌疑をかけられたせいで逃げるはめになったからだった。伝染病法（一八六四〜六九）として知られるようになった、物議をかもした一連の法律では、このような女性は拘束されて、性病の兆候がないかを調べるために強制的に膣検査を受けさせられた。もし感染が判明した場合は、性病専門病院に最長三カ月にわたり隔離された。検査を拒否すれば、最長で一年間投獄されたうえ、重労働が課されることもあった[3]。エリザベスが逃げたのも無理はない。

一八三七年から一九〇一年まで続いたヴィクトリア女王の治世下、イングランドとウェールズの人口は一五九一万四一四八人から三二五二万七八四三人と、二倍以上に増加した[4]。一八〇一年には、イギリスで人口が一〇万人を超える都市はロンドンだけだったが、同世紀末には三〇都市以上に増えた。ロンドン自体も、一九世紀のあいだに指数関数的成長を遂げた。一八〇一年の国勢調査では、ロンドンに一〇〇万人が住んでいたと記録されているが、一八五〇年までにその数は二倍に増え、一九一一年には七〇〇万以上の人々が暮らすようになっていた[5]。貧困あるところに売春あり。地方からロンドンに押し寄せた人々を待ち受けていたのは、かつてないほどの規模の貧困だった。

ヴィクトリア朝の人々にとって、売春問題は大きな不安要素だった。一九世紀のイギリスでどれだけの人々が性的奉仕を売っていたかを正確に知ることは不可能である。こんにちでさえ、どれだけのセックスワーカーがいるのか正確にはわからない。しかし、実証的なデータがないからといって、ヴィクト

**前頁**　「家も友人もなく、見捨てられ、極貧に苦しみ、ジンに溺れた哀れな少女が自殺する」、ジョージ・クルックシャンク作、1848年。
堕ちた女――自分の人生を生きることをやめて自殺を選び、文字どおり死へ堕ちていく――のイメージは、ヴィクトリア朝時代の芸術において流行した。

「売春婦の栄枯盛衰」、1871年。
ヴィクトリア朝時代の道徳推進者たちは、セックスワークによって女性たちが社会からつまはじきにされ、いずれ貧困に陥ると、苦心して説いて回った。

**「売春婦の栄枯盛衰」、1871年。**
この2枚の絵は、セックスワーカーの不安定な身の上を示す目的で描かれた。

リア朝のたくさんの人々が推測をやめることはなかった。彼らが考えだした数字は、「巨大な社会悪」と呼ばれたものへの人々の妄執を如実に表している。

売春に関する内務省委員会の報告では、二〇一六年、イギリスにはおよそ七万二八〇〇人のセックスワーカーがいると推定された[6]。一八五一年、ウィリアム・アクトン医師は、ロンドンだけで二一万人のセックスワーカーがいると主張した。アクトンは、その年に生まれた私生児が四万二〇〇〇人だったという記録をもとに、その母親全員がそれぞれ五年ほど売春婦として働かざるをえなかったと仮定して、この二一万という驚くべき数字を導きだした[7]。エクセター主教など、そのほかのモラリストたちは、その数を八万人とした[8]。だが、この数字を裏づけるたしかな証拠は何もない。実際、もしこれが本当ならば、ロンドンで暮らす女性の一五人にひとりが、年齢や配偶者の有無に関係なく、売春をしていたことになる[9]。にもかかわらず、こうした大げさな概算は多くの人々に事実として受け入れられた。「巨大な社会悪」は、まさに国家規模の危機だと考えられていたのだ。だからといって、これにどう対処すればよかったのだろうか？

**「売春婦の浮き沈み」、19世紀。**
左頁からの続きのイラストでは、売春生活を選んだ人々が最終的に行き着く貧困が示されている。先の絵では貧しい人に自ら寄付をしていたが、この頁の左の絵では、ミュージックホールのチケットを買う姿が描かれている。それから斡旋屋のもとへ通い、最後はさびれたバーで惨めに飲んだくれている。

長らく歴史家たちが指摘してきたとおり、一九世紀半ばにセックスワークをめぐる議論が激化し、売春をする女性たちに対する世間の態度が著しく軟化した。マスコミは、セックスワーカーを欲にまみれた罪人とみなす代わりに、薄情な世の中の哀れな犠牲者としてとらえ直した。こうしてセックスワーカーは、「堕ちた女」、「不運な女」になったのだ。医師、警察、社会改革者、教会はみな、この「問題」の責任は自分たちにあると主張し、是正を試みた。国会では、彼女たちを救おうと議員たちが徹底的に議論しあった。このような「堕ちた女」を救済して更生させるべく、〈カーディフ女性救済協会〉、〈ロンドン堕ちた女性救済協会〉、〈ポーツマス社会純潔協会〉、〈グラスゴー夜間救助団〉、〈スタッフォードシャー・カウンティ前科ある女性と堕ちた女性のための避難所〉、〈リヴァプール・ハウス・オブ・ザ・フォード〉など、数百もの慈善団体が設立された。こうした活動は、チャールズ・ディケンズ、ウィリアム・グラッドストン、クリスティーナ・ロセッティといった多くの著名人から支持された。

当然ながら、これらの取り組みは救うべき被害者がいて初めて機能するものだが、改革者たちには救いたい女性のタイプに

**「売春婦の浮き沈み」、19世紀。**
上のイラストは右頁のイラストと対になっており、売春生活がいかに身を破滅させる力を有しているかを示している。このページの女性たちは幸運に恵まれ、身なりもよく、高級街にいるようだ。しかし、反対ページでは運に見放され、みすぼらしい服を着て、貧しい環境に身を置いている。

ついて非常に強いこだわりがあった。これら慈善団体の多くは、ある一定の年齢内で、子どもがおらず、病気にかかっておらず、人生を悔いて慎ましくしているように見える女性だけを受け入れた。たとえば、〈メリルボーン女性保護協会〉は、「あからさまに堕落した売春婦」の受け入れはせず、初犯者のみを助けるに値するとみなした。これらの団体はまた、「巨大な社会悪」に対する救済策を打ちだすよう議会にプレッシャーをかけた。政府もこの問題に懸念を表明したものの、やはり救済よりも規制を支持し、セックスワークは社会道徳の問題ではなく公衆衛生の問題だとした。もちろん、ここで心配されているのは、売春をする女性の健康ではなく、セックスにお金を払う男性の健康だ。

一八六四年から六九年にかけて、イギリス政府は伝染病法として知られるようになった一連の法律を可決した。当初、この法律は軍隊を機能不全にしていた性病の流行レベルを制御するために導入されたものだったが、やがて国民の健康を守るために全国的に施行されることが望まれるようになった。

陸軍省と海軍本部は兵士たちに独身でいることを推奨していたが、だからといって彼らに禁欲生活を求めるわけでもなかった。一八六四年には、陸軍で三人にひとりが性感染症によって病気休暇を取るようになっていた。海軍では一一人にひとりという割合だった[10]。港町のプリマスやポーツマスでの感染率はとくに憂慮された。「これら港のどちらかに海兵隊員が上陸を許可されるたび、その息抜きのあとには必ず病人のリストが急増する」[11]と、海軍本部の主任検査医師のウィリアム・スロゲットは指摘している。陸軍省が毎年失う人員の数は、性病がもはや個人の問題ではなく、国家安全保障の問題であることを意味していた。

軍は当初、兵たちに定期的な検査を義務づけることで性病の感染率を抑えようとしたが、これによって士気が著しく低下すると非常に不人気だった。そこで軍は、性病の蔓延を抑制する新たな方法として、海峡向こうのフランスで導入されていた規制制度に着目した。

フランスでは一七七八年以降、売春の疑いのある女性を拘束して強制的に性病の治療を受けさせることが合法となっていたが、一八〇二年、パリでは、性病の蔓延を抑えることを目的に、売春をする女性を直接の対象にした公衆衛生《イジエンヌ・プブリーク》という新たな制度が導入された[12]。売春宿の営業場所や営業時間を定めた法律がつくられた。許可を受けた女将《マダム》が各店の責任者として置かれ、店を清潔に保ち、税金を払い、そこで働く全従業員の記録をつけ、検査官が来たときはいつでも受け入れることが義務づけられた。新しい規則が遵守され、処罰がしかと執行されるように、風紀警察《ブリゲ・デ・ムール》が結成された。彼らは売春宿の経営者が保管するデータと照合し、自分たちでも独自に詳細な記録をつけ、登録簿を毎日更新した。

売春を規制する「フランス制度」と呼ばれるようになったものの中核にあったのは、言うまでもなく健康診断の義務化だ。パリでは、これらの健診はクロワ・デ・プティ・シャン通りにあった診療所か、市の認可を受けた売春宿内の健康相談所《ディスポンセール・ドゥ・サリュブリテ》で実施された。性感染症の症状が見られた女性は例外なく拘束され、治療を受けさせられた。

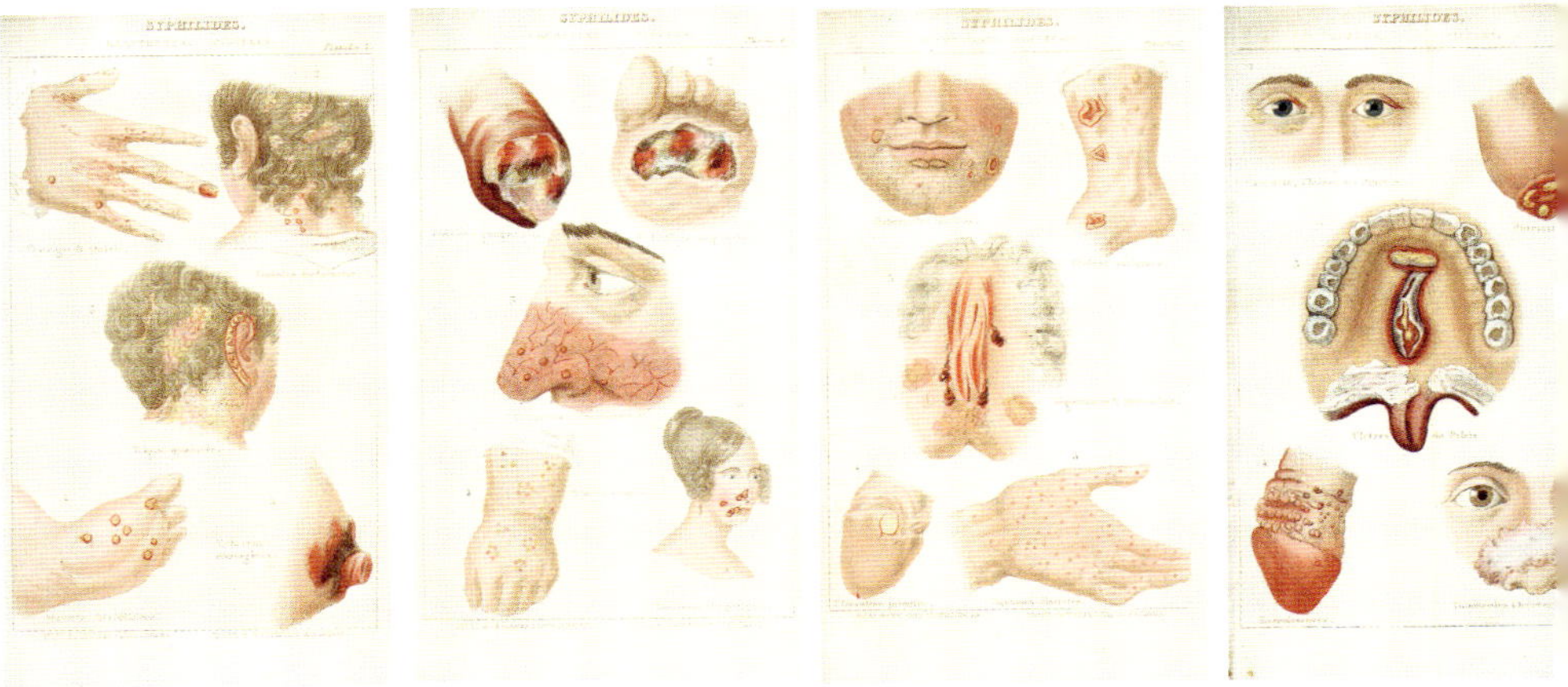


**『梅毒とそのさまざまな治療法の比較検討』、ジャン・ジロドー著、1841年。**
抗生物質もなく、進行した梅毒の症状は悲惨なものだった。痛みを伴う潰瘍が顔にでき、それが深くなるにつれ、肉が腐っていった。潰瘍は骨まで蝕み、しばしば鼻筋が顔に陥没する「鞍鼻」と呼ばれる状態を引き起こした。末期には神経系が侵され、失明、麻痺、痴呆、心臓発作などに見舞われた。

このやり方は、売春婦たちにとってなんの助けにもならなかった。なぜなら、客のほうは誰も検査しなかったからだ。それにもかかわらず、数年のうちにフランス全土に同じ制度が採用された。そうした動向を、イギリス政府も注意深く見守っていたのだ。

一八六四年七月、イギリス議会は国独自の「フランス制度」を施行したいと考え、ひっそりと最初の伝染病法を可決した。ただし、その適用範囲はイングランドとアイルランドのいくつかの港町と軍郷に限られた[13]。警察には、売春の疑いのある女性を拘束する権限が与えられた。拘束された者は、陸海軍医の診察を受けて、(必要であれば)入院するか、あるいは最長三カ月のあいだ投獄された。感染の兆候がないと判断された場合は、健康証明書を発行されて帰らされた。

この法律は、議会でほとんど議論されないままに可決され、施行に向けてもほぼなんの準備もなされなかった。その結果、地方当局はこの新たな制度を機能させるために必要なだけの医師、治安判事、警察官、病院スタッフ、看守の選任に奔走することになった。また、この法律はしっか

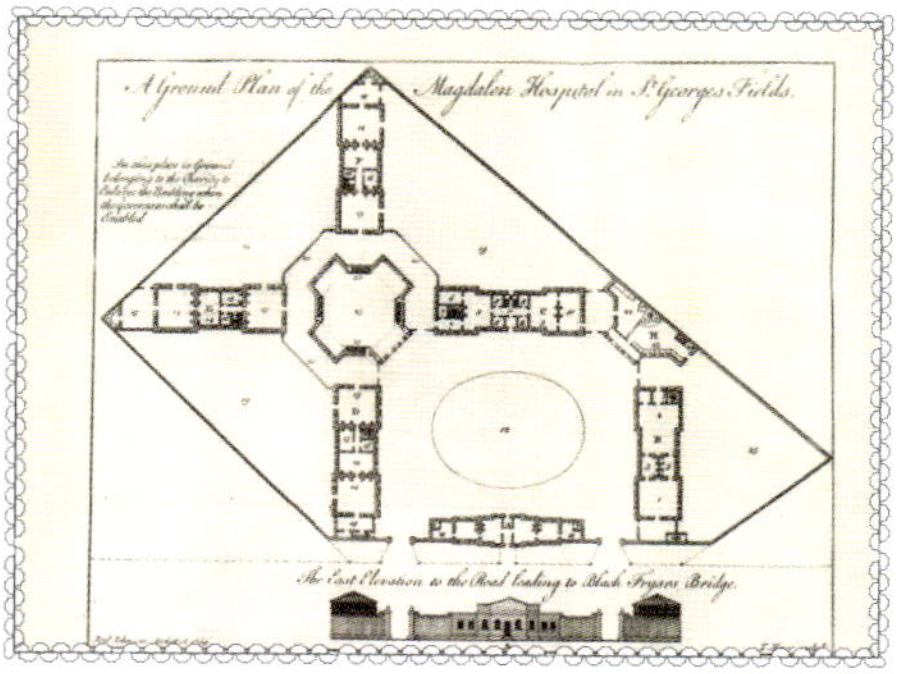


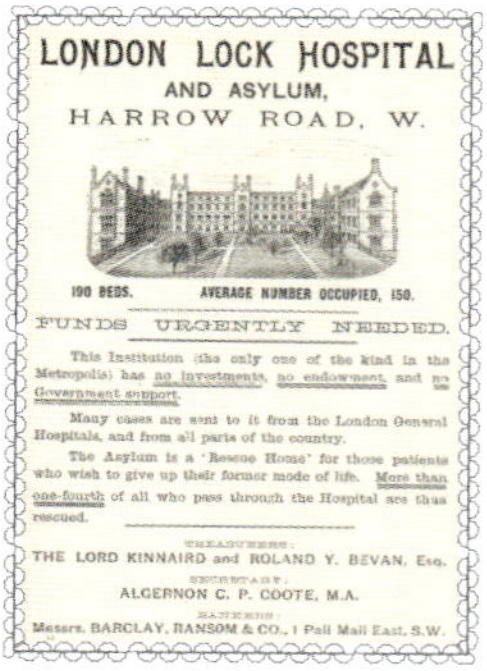

左　セントジョージズ・フィールズのマグダレン病院の平面図、1769年。
マグダレン病院は、「堕ちた女」を収容して更生させることを目的として複数カ所に建てられた。しかし、その多くは実質的には売春婦の懲治監として機能していた。

**中央　ロンドン・ロック・ホスピタルおよび保護院の広告、19世紀。**
ロンドン・ロック・ホスピタル(ロンドン性感染症専門病院)は、性病治療のための最初の篤志病院として1747年に設立された。1787年には事業拡大され、病院で治療を受けた女性患者の更生のための保護院などが併設された。

**右　「ロンドン・ロック・ホスピタル、ハイド・パーク・コーナー、ウェストミンスター」、J・シュリー作、19世紀。**
もともとはハイド・パーク・コーナー近くにあったロンドン・ロック・ホスピタルのイラスト。

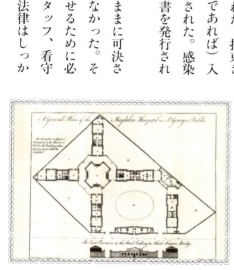

りとした法的枠組みを欠いており、解決するよりも多くの問題を生みだした。売春は合法となったのか、それともいまだに犯罪なのか、はっきりしなかった。検査のあとに発行される健康証明書は、売春を続けてもよい許可証なのか、それとも単なる健康確認なのか？　要するに、めちゃくちゃだったのだ。それでも五年もしないうちに、伝染病法は二度にわたり改正され、新たに六都市に適用され、感染が疑われる者の拘束期間が最長三カ月から一年に延長された。ここでティーンネイジャーのエリザベス・バーリーに話を戻す。彼女は警察官ではなく、イギリス海峡に人生を託したのだ。

　エリザベスは、ドーバーに駐留していた兵士たちに性行為を売っていたわけではなく、身元不特定のある陸軍伍長と「デートしていた」だけだったことが判明した[14]。孤児だったエリザベスは、救貧院への出入りを繰り返して、その短い生涯の大半を過ごしていた。それまで使用人として働いていたが、追われて海へ飛び込む三週間ほど前にその職を失い、定住所もなく、ドーバー周辺のさまざまな下宿屋で暮らしていた。ホームレスで貧しく、家族の支援もな

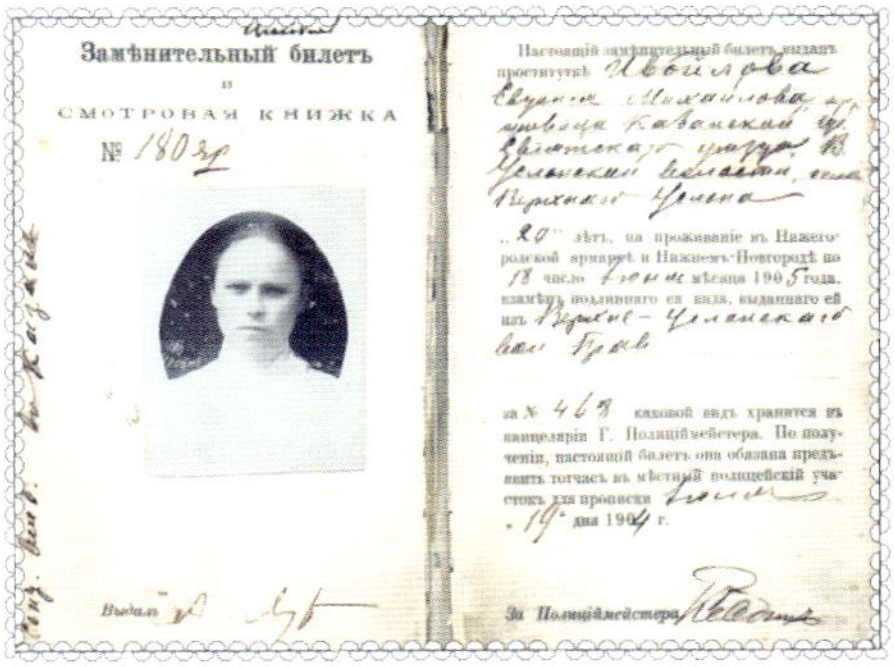


**左　「新しい出産方法の実演」、J・P・メイグリエ作、1822～25年。**
この挿絵では、婦人に羞恥心を抱かせないようなやり方で婦人科健診が行われる様子が描かれている。

**中央　「膣鏡診」、フェリシアン・ロップス作、19世紀。**
この過激なスケッチには、膣鏡を用いて婦人を診察する外科医もしくは婦人科医が描かれている。セックスワークを規制するためのフランス制度では、その従事者の健康診断が義務づけられていた。

**右　ロシア人セックスワーカーの「イエローチケット」と所見冊子、1904年。**
このチケットには持ち主の女性の名前、年齢、住所が記載されているほか、健康状態や仕事をしてもよいかどうかについて医師が押印したり所見を記入したりするための余白欄が設けられていた。

かったエリザベスは、伝染病法下で「堕ちた女」の検挙を担当していた警察官にまもなく目をつけられるようになった。一八八一年三月に、エリザベスが自殺未遂容疑と売春婦であるとの嫌疑をかけられて治安判事の前に連れてこられた頃には、伝染病法は広く問題視されるようになっていた。粘り強くこの法律の廃止運動をしていた活動家たちにとって、エリザベスの一件はまさに世間を動かすスキャンダルになろうとしていた。

一八六四年、騒がれる前にひっそりと法を導入してしまおうとした議会の努力も虚しく、伝染病法はやはり世間に見過ごされるはずがなかった。地方レベルでも国家レベルでも、反対の声は着々と増していった。一八六九年までに、〈全国伝染病法廃止協会〉と〈全国伝染病法廃止婦人協会〉という、伝染病法の廃止を唯一の目的とするふたつの組織が設立された。たいていの人々にとって、この法に反対することは、売春をする女性の権利を守るというよりも、性的に不道徳とされる行為を非難するということを意味した。伝染病法によって国家公認の売春制度（公娼制度）が誕生したわけで、多くの人々はこれでは悪徳を助長しているだけではないかと感じたのだ。一方で、「無実の女」まで売春の濡れ衣を着せられ、検査を受けさせられかねないからという理由で反対する者もいた。一八七二年、〈全国労働者連盟〉は、労働者階級の女性たちが「無責任な秘密警察の言うがままに自分たちの評判と人格を決めつけられ」ており、このことは「被告人が己の無実を証明することを求められる以前に、まずもって告訴人が己の嫌疑のたしかなことを証明しなければならないとするわが国の法の原則に反している」[15]として、伝染病法の廃止について内務大臣との対話を求めて代表団を派遣した。

セックスワーカーの窮状について蔑ろにしなかった反対運動家のひとりに、ジョセフィン・バトラーがいた。反奴隷制運動家のジョン・グレイとハンナ・アネットの娘として生まれたバトラーは、幼い頃からキリスト教の慈善活動と社会運動について教えを受けていた。一八六四年に五歳だった娘のエヴァが痛ましい死を遂げたあと、ジョセフィンは夫のジョージ・バトラーとリヴァプールへ移り、そこで救貧院や監獄に収容されている婦女子たちの世話をするようになった。「外の世界へ出て、自分よりもつらい苦しみに耐えている人々を探したい、自分よりも不幸な人々に会いたいという抑えきれない衝動に取り憑かれた」と、のちに彼女は書き記している[16]。まもなく、バトラーは自宅を貧しく不運な女性たちのための「救済の家」に改築し、こうした人々も教育を受ける機会を得られるようにするための運動を始めた。政府が初めて伝染病法を導入したときから、バトラーは既に「フランス制度」の合法化された売春に断固として反対しており、イギリスのセックスワーカーの権利のために戦うには理想的な立場にあった。

一八六九年、バトラーはエリザベス・ウォルステンホルムとともに〈全国伝染病法廃止婦人協会〉を共同設立し、弱い立場の女性に対する「外科的レイプ」と彼女が呼んだ行為の廃止を求めて飽くなき運動を展開するようになった。パンフレットや本を書き、議会に働きかけ、嘆願書を集め、全国各地で集会や講演会を主催した。ときには罵声を浴びせられたり、攻撃を受けたり、誹謗中傷キャンペーンに悩まされたりもした。それでも、性行為を売る女性ばかりを標的にし、それにお金を支払う男性については知らぬふりを通すのは偽善だと指摘することを厭わず、セックスワーカーもほかの人々と同等の法的権利を得られるべきだと堂々と主張した。バトラーの活動は揺るぎない信念に支えられていた。そのため、彼女は救済者という多々問題のある役柄ながら、イギリスの「不運な女たち」の不公正を誰よりも強く訴えたのだった。おそらく、『*The Constitution Violated*(憲法違反)』(一八七一年、未訳)と題された彼女のエッセイほど、このことが簡潔にまとめられているものはないだろう。この著述の中でバトラーは、検査を拒否したために一カ月の禁固刑を言い渡された若い女性の言葉を引用している。「わたしの投獄に決定票を投じた判事が、その前日に

**「警察医院待合室のアルベルティーヌ」、クリスチャン・クローグ作、1887年。**
この絵画はクローグの小説『Albertine（アルベルティーヌ）』（1886年、未訳）からの一場面で、ノルウェーのセックスワーカー全員に義務づけられていた婦人科検診をアルベルティーヌも受けることになったときの様子が描かれている。

Politilægen.

五シリングを払ってわたしを買ったということがどうしても許せない！」[17]

クエーカー教徒のアルフレッド・S・ダイアーは、ジョセフィン・バトラーの著作を含む、社会改革に関する本をいくつも出版していた。彼は伝染病法に反対するバトラーの運動に加わり、性行為の同意年齢を一二歳から一八歳に引き上げるために戦った。ドーバー警察の権力から身を挺して逃れるしかなかった哀れなエリザベス・バーリーの窮状を聞きつけたバトラーとダイアーは、自分たちが力になろうと決心した。ダイアーと妻のヘレンは、エリザベスをミドルセックス州にある自宅へ連れていって療養させた。彼らはまた、この事件が全国紙をにぎわせ、広く国民から非難が上がるように仕向けた。ドーバーではいくつかの集会が開かれ、政府には伝染病法の廃止を求める嘆願書が送られた。この「バーリー嬢」事件が引き起こした世間の怒りは凄まじく、内務大臣のウィリアム・ハーコート卿も庶民院でこのスキャンダルを取り上げないわけにはいかなくなった。ハーコート卿は、警察が「分別

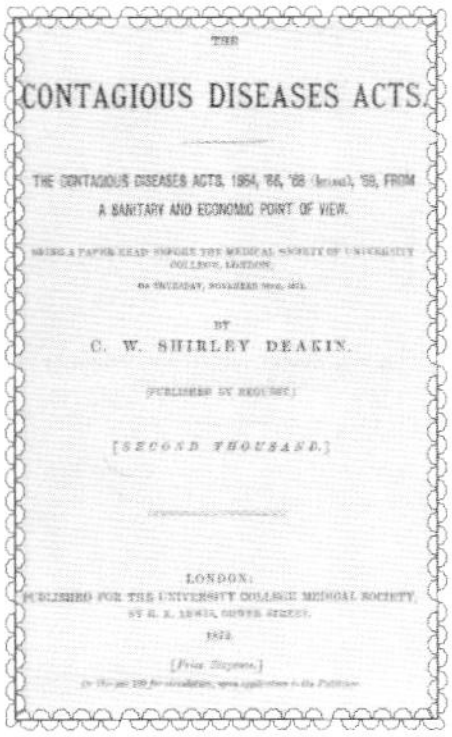
THE
CONTAGIOUS DISEASES ACTS.
THE CONTAGIOUS DISEASES ACTS, 1864, '66, '68 (Ireland), '69, FROM
A SANITARY AND ECONOMIC POINT OF VIEW.
BY
C. W. SHIRLEY DEAKIN.
[SECOND THOUSAND.]
LONDON:

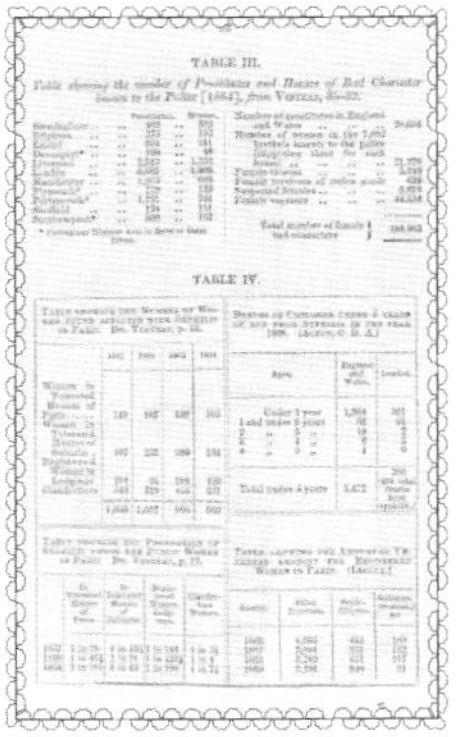
TABLE III.
TABLE IV.

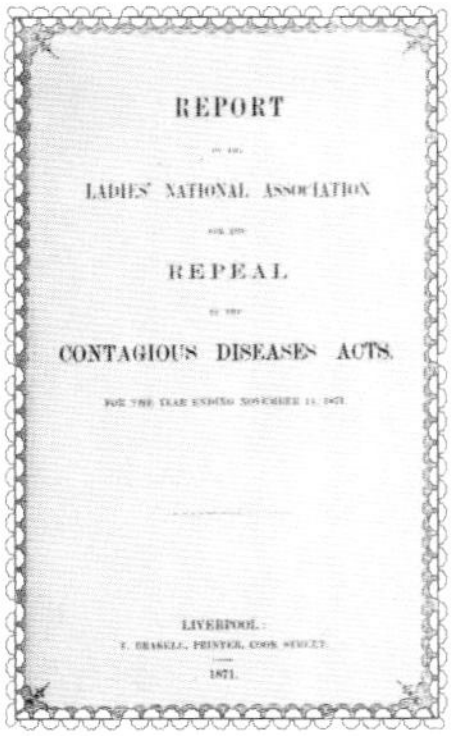
REPORT
LADIES' NATIONAL ASSOCIATION
REPEAL
CONTAGIOUS DISEASES ACTS.
LIVERPOOL:
1871.

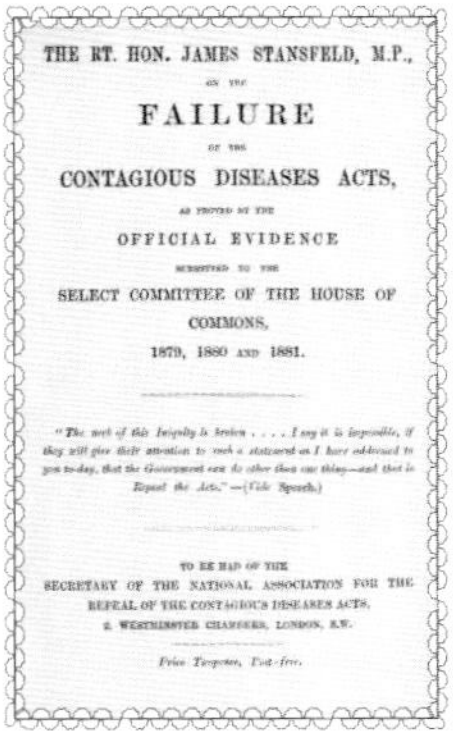
THE RT. HON. JAMES STANSFELD, M.P.,
FAILURE
CONTAGIOUS DISEASES ACTS,
OFFICIAL EVIDENCE
SELECT COMMITTEE OF THE HOUSE OF COMMONS,
1879, 1880 AND 1881.

**左　イギリスの社会改革者ジョセフィン・バトラー、1876年。**
バトラーは、セックスワーカーたちに婦人科検診を受けることを強制し、拒否すれば逮捕されるというイギリスの伝染病法に対する反対運動を行った。

**右　ポンテクラフト補欠選挙期間中にジョセフィン・バトラーが発布した意見交換会の知らせ、1872年。**
バトラーは、伝染病法に反対する戦いの一環として、自由党議員ヒュー・チルダースの再選に反対するキャンペーンを展開した。

のなさ」を露呈したとして叱責を受けたことは認めたが、エリザベス・バーリーが「不道徳な生活」を送っていたことは事実であるとして譲らなかった[18]。しかし、エリザベスはそんなことはしていないと断固として主張し、ダイアーとバトラーの助けを借りて、『ロンドン・イブニング・スタンダード』紙に内務大臣宛の公開書状を掲載した。「ハーコート卿は偉大なお方で、わたしはただの貧しい娘にすぎないことはわかっておりますが、わたしにとっては、わたしという人間もレディと同じくらいの価値があるのです」[18]と、彼女は書いている。この書状に続いて、アルフレッド・S・ダイアーもすぐさま書状を発表した。彼は、エリザベスの人柄について徹底的に調査した結果、彼女が「まったくもって純潔である」[19]ことが判明したと書いている。不道徳であると不当に容疑をかけられ、自殺寸前まで追い込まれた哀れな「友もいない」少女は、伝染病法の反対運動家たちに金星をもたらす存在となった。内務大臣が謝罪するよりも攻撃することを選んだ時点で、PR合戦は勝利していたのである。

It appears from the Handbills issued by MR. CHILDERS this morning, that

HE IS AFRAID TO MEET US,

And answer our questions on the Contagious Diseases Acts.

THEREFORE

MRS. BUTLER

REQUESTS THE

WOMEN OF PONTEFRACT

TO MEET HER AT THE

LARGE ROOM, IN SOUTHGATE,

(USED BY MR. JOHNSON AS A SPINNING ROOM),

THIS EVENING AT SEVEN O'CLOCK.

MRS. BUTLER will shew that the Bill of which MR. CHILDERS says he is now a supporter, while pretending to Repeal the "Contagious Diseases Acts" is an extension of their principle to the whole country. MRS. BUTLER will shew that MR. CHILDERS belongs to a Government which has extended these Acts not only to this Country but to the Colonies and Dependencies of the British Empire.

JOSEPHINE E. BUTLER, Hon. Sec. of the Ladies' National Association.

**左　「伝染病法」、チャールズ・ワシントン・シャーリー・ディーキン、1871年。**
医師のチャールズ・ワシントン・シャーリー・ディーキンは、伝染病法を支持するひとりだった。

**中央左　売春婦、「素行不良者の家」、梅毒に関する表、チャールズ・ワシントン・シャーリー・ディーキン、1871年。**
これらの表は、シャーリー・ディーキンの発行物に記載されたもの。

**中央右　〈全国伝染病法廃止婦人協会〉の報告書、1871年。**
この協会は、1869年にエリザベス・ウォルステンホルムとジョセフィン・バトラーによって設立された。

**右　「伝染病法の失敗について」、ジェームズ・スタンスフェルド、1881年。**
スタンスフェルドは、ジョセフィン・バトラーの活動を支援する重要人物だった。

**ヴィクトリア朝時代の有名な高級娼婦たち、1870年頃。**
左上から時計回りに：ファニー・ピール、クララ・ルーズビー、リジー・ディクソン、ベイビー・ソーンヒル。裕福なパトロンを持つ高級娼婦たちは、路上や売春宿で働く貧しい女性たちとはまったく異なる生活を望むことができた。

**ヴィクトリア朝時代の有名な高級娼婦たち、1860～70年頃。**
左上から時計回りに：アニー・ブリッジマン、キャサリン・〝スキットルズ〟・ウォルターズ、ネリー・ヘイグ、キャリー・ブラックウッド。ロンドンのおしゃれなハイド・パーク近くでたくさんの高級娼婦が馬に乗っていたことから、彼女たちは「可愛い調馬師」と呼ばれていた。

結局、エリザベスが謝罪を受けることはなかったが、彼女がドーバーの波止場に追われて身投げしたときに巻き起こったスキャンダルは、伝染病法の不公正を終わらせるうえで、長年の反対運動よりも多大な影響を及ぼした。この事件は世論を動かし、一八八三年の同法の差し止め、そして一八八六年の廃止に直接つながった。

伝染病法は廃止されたものの、それでセックスワーカーたちが警察の標的にされなくなったわけではなかった。しかし、これらの法の廃止は一八八五年の刑法改正法へとつながり、これによって性行為の同意年齢が一三歳から一六歳に引き上げられ、売春目的で少女を斡旋することが違法となった。世間一般の態度も変化し、一九世紀末には、セックスワーカーを罪の萌芽としてではなく、罪の犠牲者とみなす気運が高まった。被害者という語り口は汚名を返上するにはおおいに役に立ったが、悔悛している売春婦と悔悛していない売春婦という二項対立を生んだ。そのどちらもセックスワークの複雑さをとらえられていない。ヴィクトリア朝時代のセックスワークに対する人々の態度は、それから先にじつに長い影を落としたのだった。

**次頁「買われるために踊る下層階級の少女たち、ドゥルーリー・レーン、シティ・オブ・ウェストミンスター、ロンドン」、ギュスターヴ・ドレ作、1852〜83年頃。**
1885年、編集者のウィリアム・トーマス・ステッドは、『ペル・メル・ガゼット』紙に「現代のバビロニアにおける少女の生贄」と題した一連の記事を発表し、物議をかもした。これらの中で、彼はロンドンにおける児童の性的搾取の実態を暴露した。この記事が全国的なスキャンダルとなった結果、イギリスでの性行為の同意年齢が13歳から16歳に引き上げられた。

第9章

# 汚れた鳩と監獄の鳥

## 自由の国における売春

マホガニー・ホールの特徴は、最高に美しい娘たち――生まれつき最高の魅力に恵まれた娘たち――しか住まわせていないこと、そして何があっても、それ以下の娘を決して入れないこと。

――ルル・ホワイト、『新しいマホガニー・ホール』(一八九八～九九年)

一八四四年、法学者のフランシス・リーバー博士は、アメリカ人女性の美しさについてファーガソン博士と以前に会話したときのことを回想し、こう書いている。

「アメリカの女はみな、たとえどれだけ身分の低い(生まれ)であろうと、とても上品で洗練されているように見えるから不思議だ――小さな顔に、細く絹のような髪、繊細ながらしっかりとした眉――とわたしは言った。(すると医師はこう答えた)『ああ、それなら説明は簡単だ。昔、容姿の美しい公共娼婦ばかりが大量に送り込まれてきたからさ』」[1]

近代アメリカにおいて「公共娼婦」が果たした役割は、清教徒入植者、建国の父、独立宣言といった健全

要するにこういうこと。食料品屋、肉屋、パン屋……警察官、医者、市の有力者、政治家……これらはみんな売春で金を稼いでいる人たち。罪の報酬を巻き上げる、真の搾取者たちなの。
——ポリー・アドラー、『禁じられた家』（一九五三年）

な物語の陰に隠れて長らく軽視されてきた。しかし、現在わたしたちが知っているアメリカは、泥棒と娼婦の存在なくしては築かれていなかった。一七一八年、イギリスは流刑法を可決し、一シリング以下の価値のある物品を盗んだ犯罪者を七年間アメリカに流刑とすることを裁判所に許可した。一八世紀にイギリスがアメリカの植民地に送った囚人の数を正確に知ることは不可能だが、控えめに見積もっても五万人を超えたと考えられる[2]。歴史家のロジャー・エカーチは、「彼らは、アメリカに強制移住させられた、アフリカ人奴隷に次いで二番めに大きな移民集団を構成していた」[3]と指摘している。

おそらく、アメリカに流刑となった女受刑者について言及されているものとして最も有名なのは、ダニエル・デフォー著の『モル・フランダーズ 上下』（一七二二年）（伊澤龍雄訳、岩波文庫、一九六八年）だろう。「泥棒で娼婦」と描写されるモルの母親は、ニューゲート監獄でモルを産んだあと、アメリカに流刑となる[4]。モルも似たような人生を歩みはじめ、やがて同じ運命を宣告されてバージニアに送られる。刑期を終えたモルと彼女の夫は、その後しばらくしてからイングランドに戻り、「過去の邪悪な生活を心から悔いながら余生を送る」[5]。デフォーはタイトルと同名のヒロインにハッピーエンドを与えているが、これは現実のモルたちにはほぼ望めなかったことだ。

流刑は窃盗に対する罰であって、売春に対する罰ではなかった。しかし、デフォーの作品で証明されているように、女囚といえば「泥棒で娼婦」という固定観念が根づいていた。これには理由がなかったわけではない。一八世紀のイギリスの貧困は容赦なく残酷だった。多くの貧しい女性たちにとって、窃盗と売春は食べていくための最後の頼みの綱だった。とはいえ、盗みを働くすべての

**前頁　ニューオーリンズのストーリーヴィル地区で働く女の肖像、E・J・ベロック撮影、1912年頃。**
アメリカの写真家ベロックは、20世紀初頭のニューオーリンズのセックスワーカーたちの肖像写真でよく知られる。彼の作品は、被写体を扇情的・性的に表現しようとしていない点で特出している。むしろベロックは、売春宿での平凡な日常をとらえている。

**上　「ブラック、ブラウン、フェア」、トマス・ローランドソン作、1807年。**
この挿絵はロンドンのワッピング埠頭の風景を描いたもので、「ワッピング・バニオ・ホットバス（ワッピング売春温泉宿）」という建物の窓から4人のセックスワーカーたちが身を乗りだしている様子が描かれている。女性や客たちの人種の多様さは、この時代に多くの人々が行き交った活気のある国際港で見られた国籍の豊かさを示している。

**下　「最後のジグ、あるいはオールド・イングランドへの別れ」、トマス・ローランドソン作、1818年。**
まもなくイングランドから出航する船乗りたちとジグを踊る若い娘が描かれている。たくさんの人々が、よいチャンスにめぐり逢えるはずと胸をふくらませ、アメリカへ移住していった。

女性が売春をしていたと勘違いしてはならない。その逆もまた然りだ。中央刑事裁判所《オールド・ベイリー》の記録によると、窃盗で有罪判決を受けて流刑を言い渡された女性の中で最も多かった――じつに六四パーセントを占めた――のは、雇い主から盗みを働いた家事使用人だった[6]。「売春婦」は、一七一八年から一七七五年のあいだにアメリカに送られた女囚の職業分類の中では二番めに多く、その割合は一四パーセント強だった[7]。この一四パーセントという数字はセックスワーカーを生業とする人々の割合であり、「ドリーモッピング」と呼ばれる、収入を補うためにときおり売春をする人や、単に裁判所にどのように収入を得ているかを明かさなかった人は含まれていない。職業がなんであれ、窃盗で有罪となった女性はアメリカに送られた。貴重な品を盗んで有罪となった場合は、絞首刑に処されることもあった。

二カ月の船旅を生き延びた囚人たちは、それから年季奉公人として刑期を務めるために民間の雇い主のところへ競売にかけられた。年季奉公人となっても、女囚たちはセックスワークの偏見から決して逃れることはできなかった。アメリカの入植者たちは囚人労働のおかげで多大な利益を得ていたものの、流刑にされた女性に対する世間の認識はほとんどが否定的なものだった。ベンジャミン・フランクリンは、「母国より送りつけられた人間の姿をした蛇に対する何よりの返礼」だとして、入植者たちにガラガラヘビを積んだ船をイギリスに送り返すことを提案した。彼はさらにこう続けている。

「〝植民地の改良とよき定住〟に比べれば、ちょっとした押し入り強盗など、万引きなど、路上強盗など、どうでもよいというのか？　ときに息子が堕落しようと、娘が身を落として梅毒に罹ろうと、妻が刺し殺されようと、夫の喉が掻っ切られようと、子の脳みそが斧でぶちまけられようと、どうでもよいというのか？」[8]

一七七五年、ひとたびイギリスの支配から脱すると、アメリカはこれら「人間の姿をした蛇」のこれ以上

**上　クロンダイク・シティ、ジョージ・キャントウェル撮影、1893〜1903年頃。**
カナダのユーコン準州ドーソン・シティからクロンダイク川を渡ったところに、クロンダイク・シティと呼ばれる風俗街があった。この入植地は、ロンドンのいかがわしい地区のイースト・エンドにちなんで「ラウス・タウン（シラミの町）」や「ホワイトチャペル」、または東京の吉原にちなんで「オシワラ」とも呼ばれていた。

**下　カナダ・ドーソンの風俗街のセックスワーカーたち、1899〜1904年頃。**
パラダイス・アリー（楽園横丁）と呼ばれたドーソンの風俗街に佇む女性たち。写真のもとのキャプションには、「勤勉な労働者たち、ドーソン、ユーコン準州」と書かれている。

**上　メゴワン・ストリート59番地のベル・ブリージング、19世紀。**
ベルは、19世紀末のケンタッキー州レキシントンで有名な売春宿マダムだった。

**下　メゴワン・ストリート59番地、1895年頃。**
ベル・ブリージングの恋人ビリー・メイボン。ベルの売春宿にいる。ふたりは1907年に彼が亡くなるまで生涯をともにした。

**「性別優位図」、フランシス・A・ウォーカー、1870年。**
1870年の国勢調査の人口統計を基に作成されたこの地図は、アメリカにおける男性の人口密度を示している。白のエリアになれば女性の人口が「過剰」であり、紫のエリアになれば男性の人口が優位であることが、4段階で示されている。

の受け入れを拒否した。といっても、かの自由の地で新生活を始めるために、あらゆる危険を冒してまでヨーロッパ各地からやってくる移民がいなくなったわけではない。彼らを迎え入れた現実は、期待していたような約束の地とはしばしばかけ離れたものだった。一九世紀に次から次へと押し寄せた移民たちの波は、ごく一部の人々には好機をもたらしたが、大半の人々には貧困、不安定な生活、売春という現実を突きつけた。

ヨーロッパからの入植者がさらに西へと開拓を進めるにつれ、女性の雇用機会はますます減っていった。都市の貧しい女性たちは、工場や製粉所、家事奉公などの仕事にありつけたが、そこで直面するのはひどい低賃金と危険な労働条件だった。売春をすれば、織物工場であくせく働くよりも四倍は稼げた[9]。西部の開拓町の鉱業や建設業などの重工業では、女性の働き口はいっさいなかった。西部で仕事を求める男性たちは家族を一緒に連れていくことはまずなく、家に仕送りするほうが好まれた。その結果、これら新興の町を故郷とする女性はほとんどいなかった。しかし一方で、女性が不足し、働く男性があふれたことで、性風俗産業は華やいだのだった。

これら初期の開拓地コミュニティで働く女性たちは「汚れた鳩」と呼ばれるようになった。彼女たちも探鉱者や幌馬車隊と同じくらい、アメリカの西部開拓者たちの物語には欠かせない。南北アメリカ、イギリス、フランス、ドイツ、スペイン、オランダ、中国などからやってきた[10]。彼女たちは、テントの中で、また町ができると小屋や酒場、下宿屋などで性行為を売った。ほとんどの場合、当局は見て見ぬふりをするか、男性の性欲のいたしかたない結果としてセックスワークを容認した。ルイジアナ州の最初期の州知事のひとりは、ある神父からいかがわしい女性たちをみな植民地から追放するよう要請され、「もしわたしがふしだらな女たちをみな追いだしてしまったら、ここには女がひとりもいなくなってしまうだろう」[11]と答えたという。一九世紀のアメリカでは、ニューヨークのテンダーロイン、サンフランシスコのバーバリー・コースト、シカゴのレヴィー、フォートワースのヘルズ・ハーフ・エーカーといった非公式の風俗街が悪名を轟かせた。

一九世紀後半になると、当局もこの問題を無視できなくなった。いくつかの都市では、ヨーロッパで用いられている規制モデルを参考に、いまや「巨大な社会悪」と呼ばれるようになっていたものを「抑制」しようとした。一八六五年にセックスワークをひとつの地域に制限する法律を最初に制定した都市のひとつに、ネバダ州バージニアシティがあった。これに続き、一八七〇年、ミズーリ州セントルイスは「社会悪条例」を可決し、セックスワークを合法化したうえで、すべてのセックスワーカーは当局に登録し、指定された医師による定期的な膣検査を受けなければならないとした。ネブラスカ州オマハやテキサス州ウェーコでも同様の法律が導入されたが、一八七〇年代になる頃には、反悪徳感情がアメリカの中流階級で勢いを増し、いかなる形の容認も激しく非難されるようになった。

一八七三年、アンソニー・コムストックは、〈ニューヨーク悪徳弾圧協会〉を設立した。当時、このように人々の風紀を取り締まろうと、とくにセックスワークを標的とした反悪徳団体が次々と設立されていた。同年三月、コムストックからの強い圧力を受けて、議会は「コムストック法」とのちに呼ばれた法律を可決した。これにより、郵便サービスを利用して、「好色、猥褻、扇情的」な内容のものを輸送することが違法とされた。対象とされた中には、避妊などの情報も含まれた。一八七五年三月には「ペイジ法」が可決され、東アジアからアメリカへの「好ましくない」女性の移住が禁じられた。この法律は、「安価な中国人労働者と不道徳な中国人女性による危険をなくす」[12]ことを目指した共和党議員のホレイス・F・ペイジにちなんで名づけられた。

**「テネメント――全人類をおびやかすもの」、ウド・ケプラー作、1901年。**
この風刺画には、アルコール依存、アヘン、売春、ギャンブル、死などの霊に取り憑かれたテネメントが描かれている。テネメントとは、19世紀後半に労働者階級の人々を住まわせるためにアメリカ全土に建てられた複数階建てのアパートのこと。

こうした反悪徳団体からの多大な非難を受け、セントルイスでは、四年後には前述の規制制度は撤廃された。ニューヨーク、シカゴ、サンフランシスコ、フィラデルフィアでも同様の規制法案の可決が目指されたが、そのような容認は悪徳を助長するだけだという理由で、いずれも否決された[13]。しかし、セックスワークを規制する条例の可決に成功し、それから二〇年間にわたり施行されつづけた都市がひとつだけある。ニューオーリンズ、別名「ビッグ・イージー」だ。

一八九七年一月二九日、ニューオーリンズ市内で働くセックスワーカーたちの活動地区を、フレンチ・クオーターのすぐ北の地域のみに限定する条例が可決された。市会議員のシドニー・ストーリーによってこの条例が立案・起草されたことから、この地域は「ストーリーヴィル（ストーリーの町）」と呼ばれるようになり、一九一七年、アメリカが第一次世界大戦に参戦し、軍事基地の半径八キロ以内での性売買が連邦政府によって違法とされるまで存続した[14]。ニューオーリンズのセックスワーカーたちは、一八九七年の新法を罰則的だとはとらえず、むしろ、カナル・ストリートでパレードを行い、過激な凝った衣装で踊り歌いながら新地区まで行進するなど、その成立を祝った。こうして、ほんの数ブロック内にダンスホール、酒場、バー、ホテル、そしてもちろん売春宿がひしめくようになったニューオーリンズは、一夜にして給料ひと月分を使い果たしかねない場所という確固たる評判を得るようになった。

セックスは、「安淫売宿《クリブ》」と呼ばれる、それだけのための粗末な店の個室で、一ドルもしないで買うこともできた。あるいは、富裕層向けの高級売春宿では、一〇ドルもするサービスが提供されることもあった。ストーリーヴィルで最も有名かつ高級だった売春宿のひとつに、伝説的女将《マダム》のルル・ホワイトが経営する〈マホガニー・ホール〉があった。

ルルの若き日々についてはほとんどわかっていない。彼女は自己プロデュース力にとても長けていたので、刺激的な数々の噂の中から真実を見分けるのが非常に難しいのだ。おそらくアラバマ州セルマの生まれだろうと考えられているが、ルル自身は西インド諸島からの移民だと主張し、黒人の血が八分の一入っている「オクトルーン」として自身を売り込んでいた。一八八〇年頃にニューオーリンズに住むようになると、「売春斡旋」と「治安紊乱」ですぐに警察に名を知られるようになった。カスタムハウス・ストリート一六六番地で売春宿を経営していたが、儲かるビジネスチャンスを目ざとく察知すると、ストーリーヴィルに店を移し、ベイスン・ストリート二三五番地北に四万ドルを投じて「オクトルーンの店」、すなわち〈マホガニー・ホール〉を建てたと言われている。ルルは店の宣伝のために小冊子を発行させていた。一八九八〜九九年版には、〈マホガニー・ホール〉について次のように書かれている。

「館は大理石づくりの四階建て。見事な調度品をしつらえた五つの応接間と一五の寝室をご用意していいます。どの部屋もお湯を張ったバスタブと伸縮式のクローゼットつき。ふたり乗りのエレベーターは最新式。スチーム暖房を館全体に完備しており、同業種内では最高級の館です。上の階、下の階、寝室と、三杯分ついてくるのは当店だけ」[15]

ルルの店では四〇人以上の女性が働いていた。ダイヤモンドのネックレスをじゃらじゃらと垂らし、すべての指に指輪をはめたルルの独特な姿は、おおいに人目を引いた。〈マホガニー・ホール〉は、一九一七年に閉業するまで、ストーリーヴィルに最後まで残る売春宿のひとつとして営業を続けた。建物自体は一九四九年に取り壊され、代わりに駐車場が建設された。実際のところ、ストーリー

**次頁**　**「ニューオーリンズのストーリーヴィル」、ポール・エドワード・ミラー、リチャード・M・ジョーンズ、1900〜15年。**
ニューオーリンズの悪名高い風俗街、ストーリーヴィルを示した地図。さまざまな娯楽や催しものの案内が建物に示されている。この地区には、売春宿、酒場、下宿屋、劇場、ホンキートンク（音楽酒場）、ダンスホールなどがひしめきあっていた。

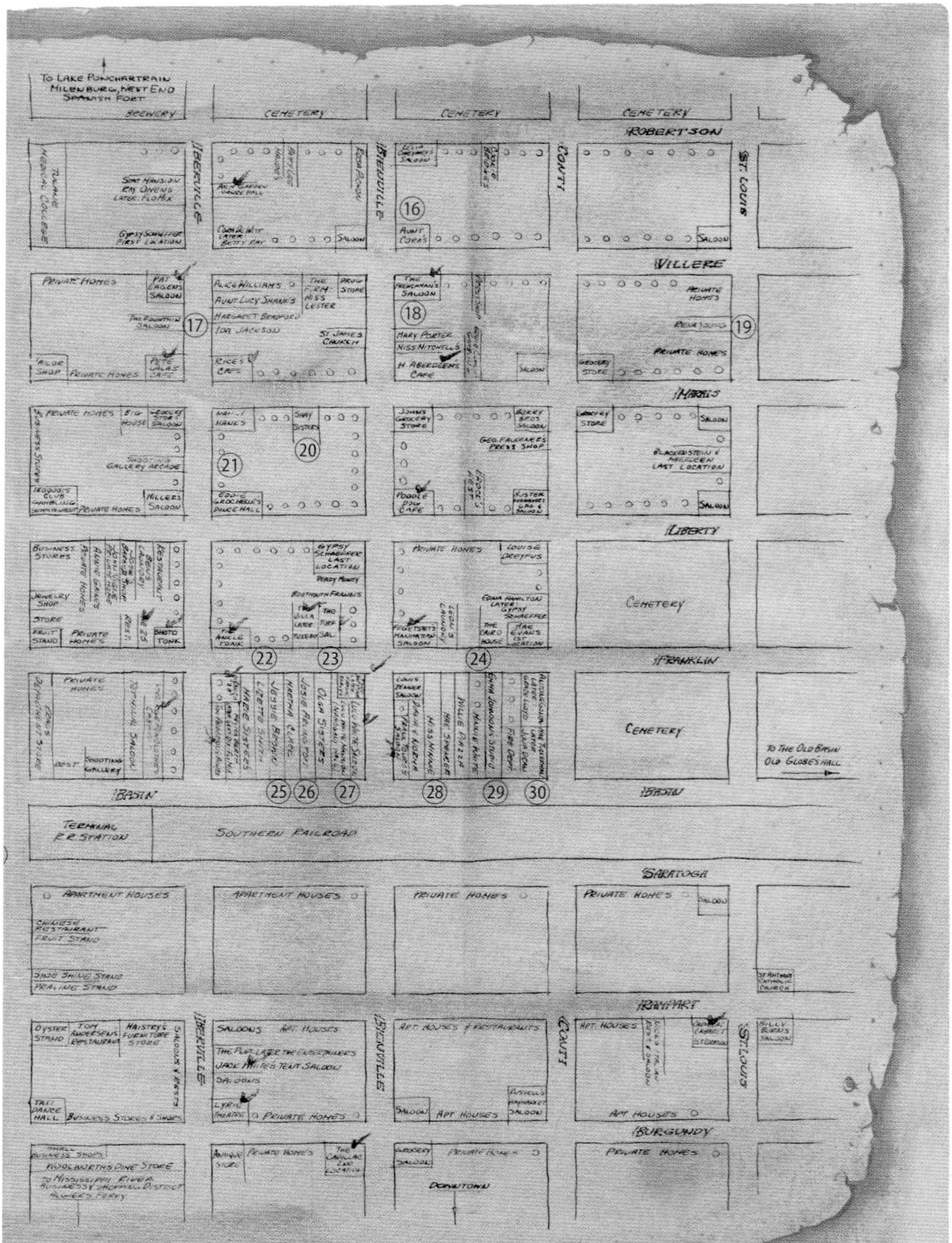


16　アント・コーラ（下）
17　マーガレット・ブラッドフォード（右）
18　メアリー・ポーター（下）
19　リーナ・ヤング（左）
20　シェイ・シスターズ（上）
21　エディ・グロシェル・ダンスホール（下）
22　リゼット・スミス（下）
23　オルガ・シスターズ（下）
24　ミニー・ホワイト（下）
25　ジェシー・ブラウン（上）
26　ジョジー・アーリントン（上）
27　ルル・ホワイト・サルーン（上）
28　ミス・ミニー（上）
29　エマ・ジョンソン・スタジオ（下）
30　メイ・タッカーマン（下）

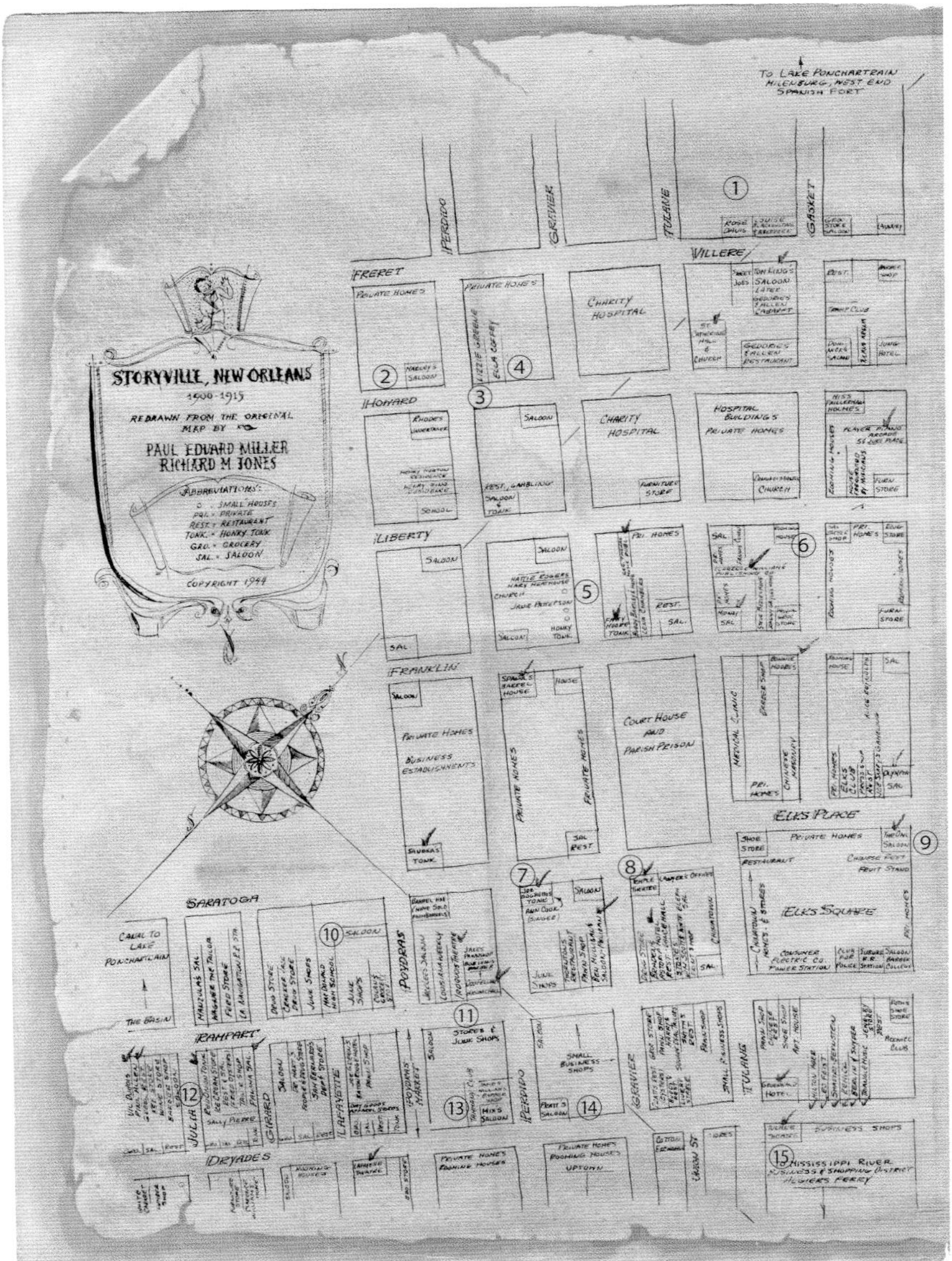


1　ローズ・デイヴィス(下)
2　マーリー・サルーン(右)
3　リジー・グリーン(上)
4　エラ・コフィー(左)
5　ジェイニー・パテプソン(左)
6　ボニー・フーア(左)
7　ジョー・ソグレット・トンク(下)
8　テンプル・シアター(下)
9　オウル・サルーン(左)
10　メイ・ドーランド・ハイスクール(下)
11　イロコイ・シアター(上)
12　サリー・ピエール(右)
13　タマニー・クラブ(上)
14　プラット・サルーン(左)
15　チュレーン・シアター(上)

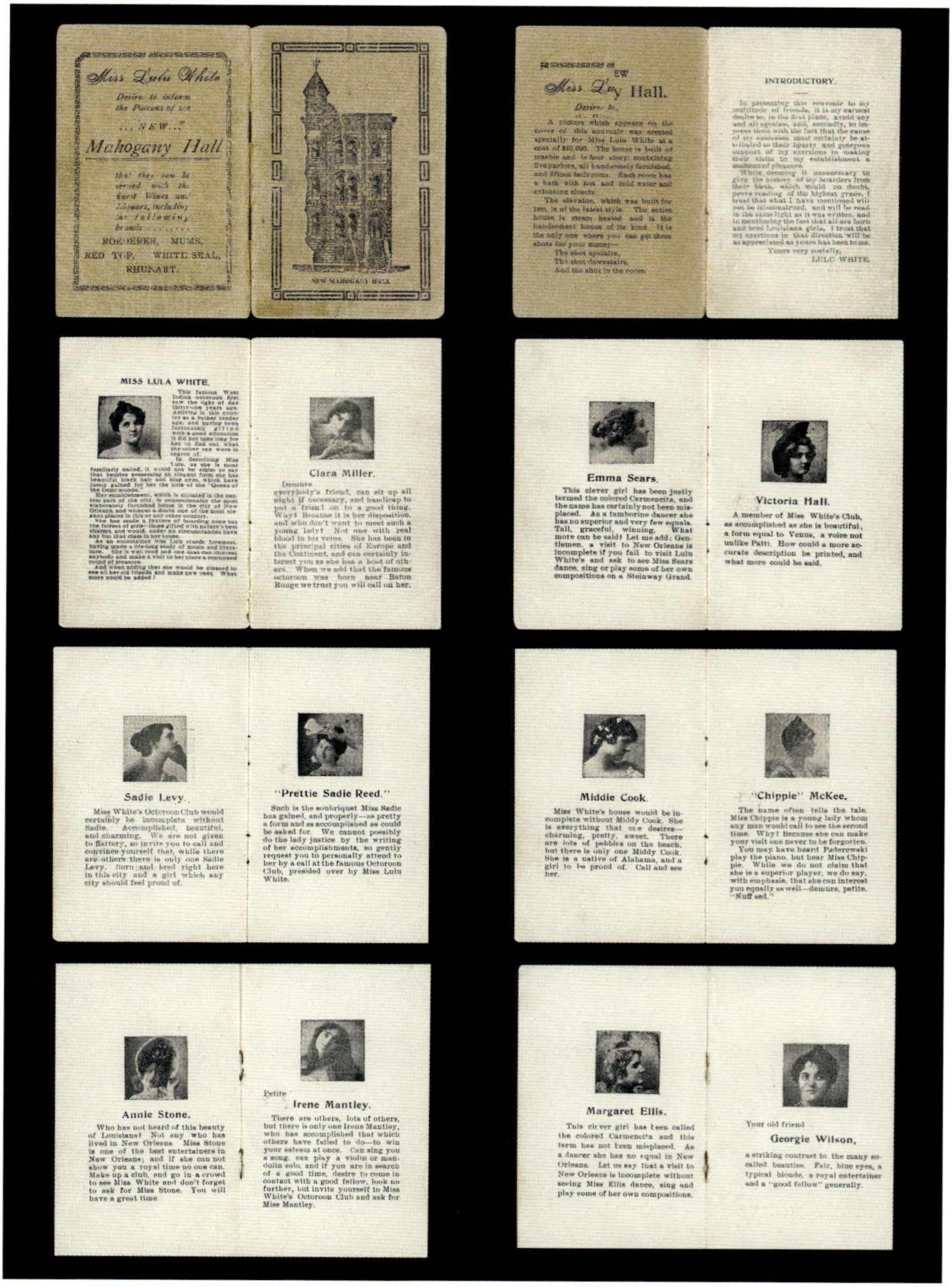

Miss Lulu White
Desire to inform
the Patrons of the
...NEW...
Mahogany Hall
that they can be
served with the
finest Wines and
Liquors, including
the following
brands .........
ROEDERER, MUMS,
RED TOP, WHITE SEAL,
RHUNART.

NEW MAHOGANY HALL

Miss Lu... ...y Hall.
Desire to

A picture which appears on the cover of this souvenir was erected specially for Miss Lulu White at a cost of $40,000. The house is built of marble and is four story; containing five parlors, all handsomely furnished, and fifteen bedrooms. Each room has a bath with hot and cold water and extension closets.

The elevator, which was built for two, is of the latest style. The entire house is steam heated and is the handsomest house of its kind. It is the only one where you can get three shots for your money—

The shot upstairs,
The shot downstairs,
And the shot in the room.

INTRODUCTORY.

In presenting this souvenir to my multitude of friends, it is my earnest desire to, in the first place, avoid any and all egotism, and, secondly, to impress them with the fact that the cause of my successes must certainly be attributed to their hearty and generous support of my exertions in making their visits to my establishment a moment of pleasure.

While deeming it unnecessary to give the history of my boarders from their birth, which would no doubt, prove reading of the highest grade, I trust that what I have mentioned will not be misconstrued, and will be read in the same light as it was written, and in mentioning the fact that all are born and bred Louisiana girls, I trust that my exertions in that direction will be as appreciated as yours has been to me.

Yours very socially,
LULU WHITE.

MISS LULA WHITE.

This famous West Indian octoroon first saw the light of day thirty-one years ago. Arriving in this country at a rather tender age, and having been fortunately gifted with a good education it did not take long for her to find out what the other sex were in search of.

In describing Miss Lulu, as she is most familiarly called, it would not be amiss to say that besides possessing an elegant form she has beautiful black hair and blue eyes, which have justly gained for her the title of the "Queen of the Demi-monde."

Her establishment, which is situated in the central part of the city, is unquestionably the most elaborately furnished house in the city of New Orleans, and without a doubt one of the most elegant places in this or any other country.

She has made a feature of boarding none but the fairest of girls—those gifted with nature's best charms, and would, under no circumstances have any but that class in her house.

As an entertainer Miss Lulu stands foremost, having made a life-long study of music and literature. She is well read and one that can interest anybody and make a visit to her place a continued round of pleasure.

And when adding that she would be pleased to see all her old friends and make new ones. What more could be added!

Clara Miller.

Demure
everybody's friend, can sit up all night if necessary, and handicap to put a friend on to a good thing. Why? Because it is her disposition, and who don't want to meet such a young lady? Not one with real blood in his veins. She has been in the principal cities of Europe and the Continent, and can certainly interest you as she has a host of others. When we add that the famous octoroon was born near Baton Rouge we trust you will call on her.

Emma Sears.

This clever girl has been justly termed the colored Carmencita, and the name has certainly not been misplaced. As a tamborine dancer she has no superior and very few equals. Tall, graceful, winning. What more can be said? Let me add: Gentlemen, a visit to New Orleans is incomplete if you fail to visit Lulu White's and ask to see Miss Sears dance, sing or play some of her own compositions on a Steinway Grand.

Victoria Hall.

A member of Miss White's Club, as accomplished as she is beautiful, a form equal to Venus, a voice not unlike Patti. How could a more accurate description be printed, and what more could be said.

Sadie Levy.

Miss White's Octoroon Club would certainly be incomplete without Sadie. Accomplished, beautiful, and charming. We are not given to flattery, so invite you to call and convince yourself that, while there are others there is only one Sadie Levy. Born and bred right here in this city and a girl which any city should feel proud of.

"Prettie Sadie Reed."

Such is the soubriquet Miss Sadie has gained, and properly—as pretty a form and as accomplished as could be asked for. We cannot possibly do the lady justice by the writing of her accomplishments, so gently request you to personally attend to her by a call at the famous Octoroon Club, presided over by Miss Lulu White.

Middie Cook.

Miss White's house would be incomplete without Middy Cook. She is everything that one desires—charming, pretty, sweet. There are lots of pebbles on the beach, but there is only one Middy Cook. She is a native of Alabama, and a girl to be proud of. Call and see her.

"Chippie" McKee.

The name often tells the tale. Miss Chippie is a young lady whom any man would call to see the second time. Why? Because she can make your visit one never to be forgotten.

You may have heard Paderewski play the piano, but hear Miss Chippie. While we do not claim that she is a superior player, we do say, with emphasis, that she can interest you equally as well—demure, petite. "Nuff sed."

Annie Stone.

Who has not heard of this beauty of Louisiana? Not any who has lived in New Orleans. Miss Stone is one of the best entertainers in New Orleans; and if she can not show you a royal time no one can. Make up a club, and go in a crowd to see Miss White and don't forget to ask for Miss Stone. You will have a great time.

Petite
Irene Mantley.

There are others, lots of others, but there is only one Irene Mantley, who has accomplished that which others have failed to do—to win your esteem at once. Can sing you a song, can play a violin or mandolin solo, and if you are in search of a good time, desire to come in contact with a good fellow, look no further, but invite yourself to Miss White's Octoroon Club and ask for Miss Mantley.

Margaret Ellis.

This clever girl has been called the colored Carmencita and this term has not been misplaced. As a dancer she has no equal in New Orleans. Let us say that a visit to New Orleans is incomplete without seeing Miss Ellis dance, sing and play some of her own compositions.

Your old friend
Georgie Wilson,
a striking contrast to the many so-called beauties. Fair, blue eyes, a typical blonde, a royal entertainer and a "good fellow" generally.

ヴィルがあった面影はいまではほとんど残っていない。しかし、写真家のE・J・ベロックのおかげで、わたしたちはその世界を垣間見ることができる。

ベロックはニューオーリンズのクレオール系〔フランス領ルイジアナ時代の移民を先祖に持つ人々〕白人貴族の家に生まれた。商業写真家として生計を立てていたが、暇さえあればストーリーヴィルに足を運び、そこで働く女性たちを撮影していた。彼の作品は、被写体たちを性的にとらえることにまったく関心がないという点でほかに類を見ない。ベロックが写真におさめたのは売春宿の舞台裏であり、その被写体たちの多くは〈マホガニー・ホール〉で撮影されたと考えられている[16]。ベロックのこれらドキュメンタリー写真は、一九五八年にアメリカ人写真家のリー・フリードランダーが古ぼけたチェストを入手し、その中に入っていた未発表のネガを復元したときに、ようやく世に知られるところとなった。いくつかの写真で、ベロックは被写体の顔の部分にわざと傷をつけている。なぜそうしたのかは不明だが、おそらく写っている人々の身元がわからないようにするためだったのではないかと考えられている。

ストーリーヴィルには独自の出版社があり、『ブルーブック』と呼ばれる地域ガイドを発行していた。「ブルー」は、ガイド本の色ではなく内容を指している〔blueは「わいせつな」という意味もある〕。『ブルーブック』は、鉄道駅やバー、ホテル、理髪店などで配られた。現存する最古の流通本は一九〇〇年のものだが、おそらくもっと前から発行されていたと思われる。各本の序文では、読者にその地域を紹介しつつ、『ブルーブック』の発行理由について説明している。

「なぜって、ここは尻軽女《ファースト・ウーマン》たちのために法律によって確保された、アメリカでたったひとつの地区。不慣れの人が目的地まで、ぼったくりみたいな被害に遭わずに正しく安全な道を通れるよう

『新しいマホガニー・ホール』、ルル・ホワイト著、1898〜99年。
〈マホガニー・ホール〉は、ストーリーヴィルでもとくに有名だったマダム、ルル・ホワイトが経営する店だった。ルルは、南部で「最も美しいオクトルーン」（オクトルーンとは、黒人の血が8分の1入っている者のこと）として、名声と富を築いた。自身のブランドイメージを保つため、ルルは〈マホガニー・ホール〉を「オクトルーン宮殿」、「ニューオーリンズでいちばん凝った調度品でしつらえた店」といった謳い文句で喧伝していた。

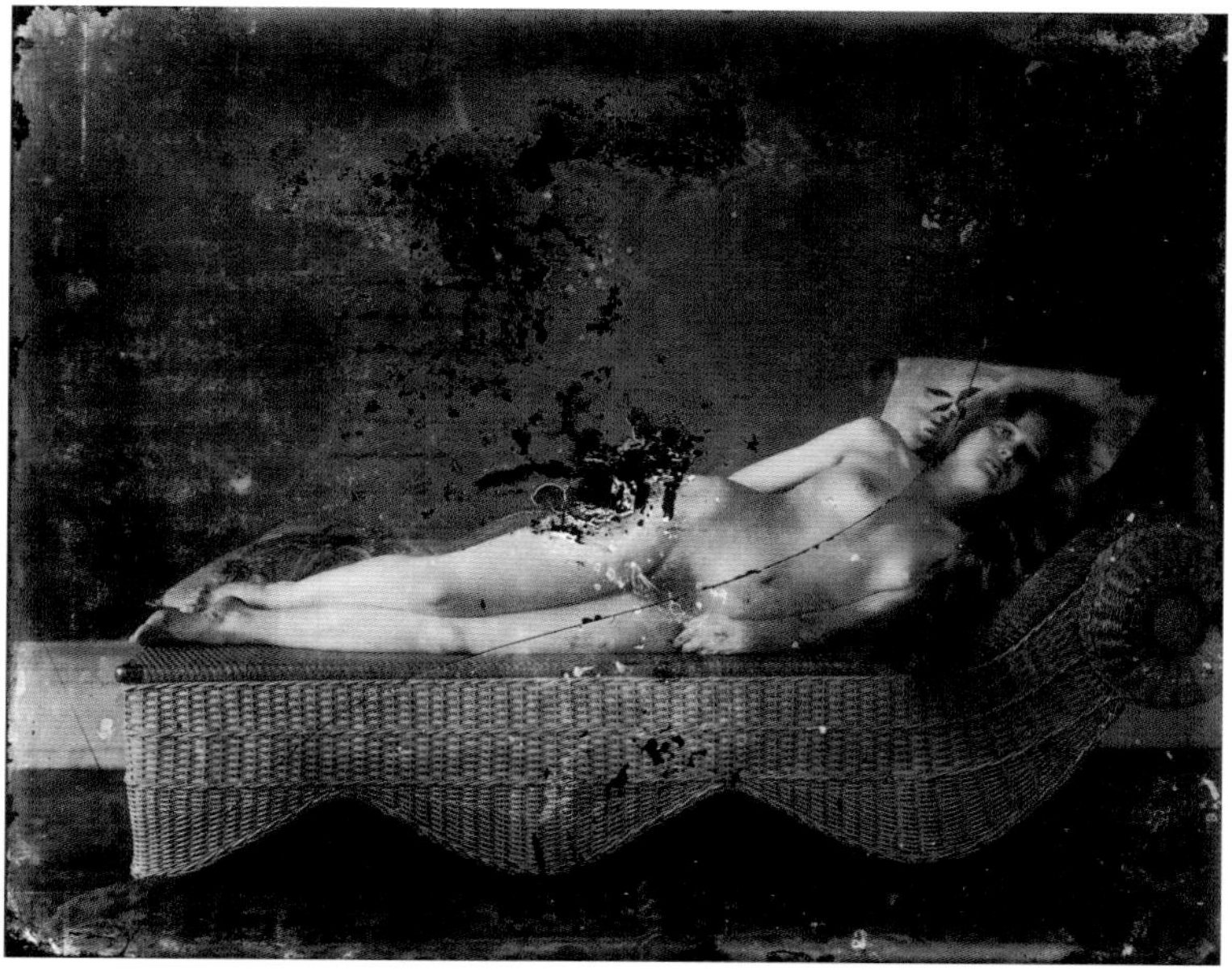

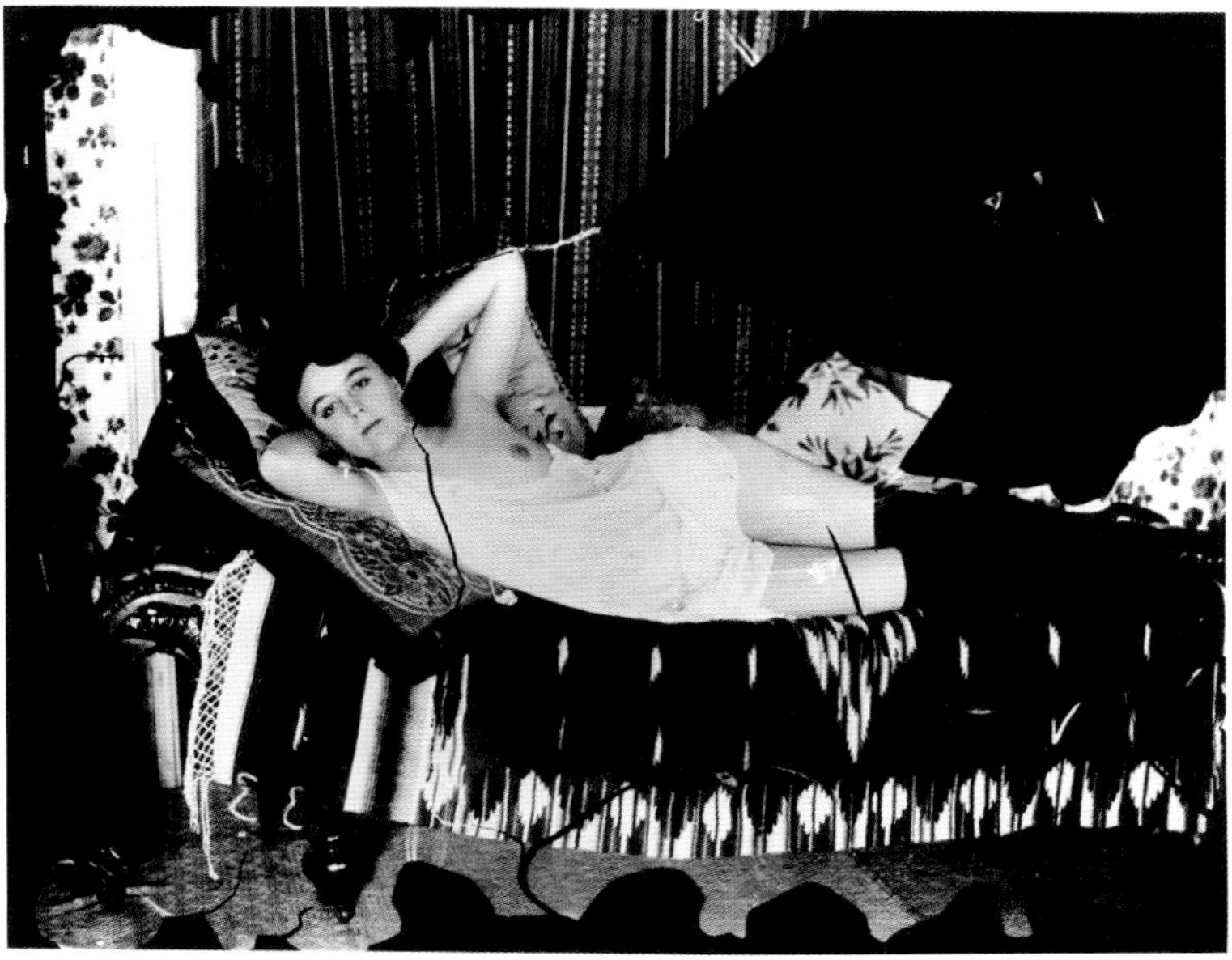

**上と右頁　ストーリーヴィルのセックスワーカーたち、E・J・ベロック撮影、1912年頃。**
ベロックの作品では、被写体たちのありのままのリラックスした態度がよりいっそう際立つ。彼女たちの多くはマスクをつけていたり、傷で顔が消されたりしているが、おそらく匿名性を守るためだったと考えられる。

案内するのが本ガイドの目的だ。ここでは、商売女たちはひとつの地区に住むように規制されているから、市のあちこちで見かけたり、大通りを街娼が埋めつくしたりといったことはない。このガイドには、この地区のダンスホールやキャバレーで働く女性エンターテイナーの名前も記載されている」[17]

『ブルーブック』には、有名な売春婦たちのことが事細かに紹介されているが、それよりも彼女たちが働く売春宿のマダムたちの宣伝のほうが多かった。その一例が、アイバーヴィル・ストリートのアントニア・P・ゴンザレスだ。

「一流のオクトルーンを召し抱えるマダムたちの中でもつねにトップの座を譲らず。テンダーロイン〔ストーリーヴィルのこと〕で唯一のオペラ歌手かつ女性コルネット奏者でもある。いまの仕事をやめてステージに立ってくれとのオファーがあとを絶たないが、その巨大なビジネスが彼女を離さない。たくさんの可愛いクレオールの娘たちと楽しみたいなら、ぜひ当店へ。ラグタイム

**左　サックスを演奏するジャズミュージシャンたち、1900年頃。**
キャバレー、ダンスホール、酒場、ホンキートンク（音楽酒場）などがひしめきあっていたストーリーヴィルは、ミュージシャンたちに多くの仕事をもたらすとともに、ジャズという新たなジャンルを花開かせ、よりたくさんの聴衆に届ける文化の発信地となった。

**右　ウィリアムス＝ピロン・バンド、1916年頃。**
ジャズ界の多くの巨匠たちが、このストーリーヴィルで音楽の経験を積んだ。後列に立つ左から：ジミー・ヌーン、ウィリアム・"ベベ"・リッジリー、オスカー・"パパ"・セレスティン、ジョン・リンジー。中列に座る左から：アーネスト・トレパニエ、アーマンド・J・ピロン、トーマス・ベントン、ジョニー・センシア。前列：クラレンス・ウィリアムス。

の歌と巧みなダンス、そして楽しませることにかけて、アントニアの右に出るものなし」18

ストーリーヴィルでブルースを歌っていたもうひとりのセックスワーカーが、ジェリー・ロール・モートンの「*Mamie Desdoumes Blues*（メイミー・デスデュームのブルース）」（一九三八年）で不朽の名声を得たメイミー・デスデュームだ。

一ドルくれないなら、一〇セントでもいいからおくれ
一ドルくれないなら、一〇セントでもいいからおくれよ
腹ぺこのあいつに食わせてやらなきゃならないんだ19

メイミーの写真はなく、彼女の生涯に関する正式な文書も残っていないが、彼女をなつかしむミュージシャンはほかにも多い。

左　レックスのカーニバル・クルーたちによるマルティグラのパレード、ニューオーリンズ、1907年頃。
毎年行われるマルティグラ〔キリスト教で四旬節が始まる灰の水曜日の前日。懺悔の火曜日のこと〕の祭りは、ニューオーリンズの観光の目玉となっており、ストーリーヴィルのマダムたちにとってもまたとない稼ぎ時だった。おそらく、マルティグラの特別舞踏会の広告が掲載された『ブルーブック』が配布されていただろう。

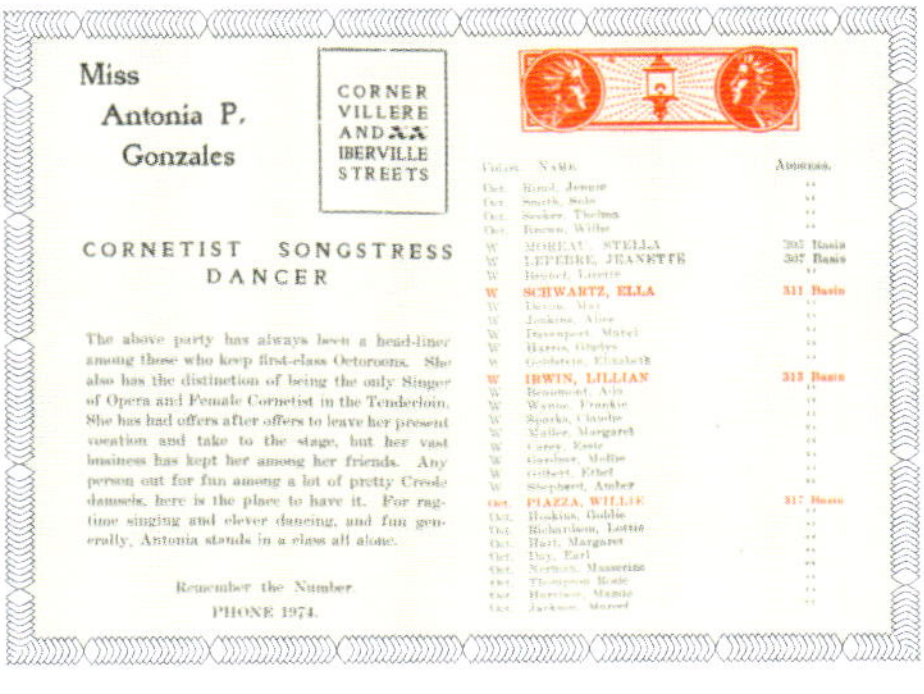


右　マダム・アントニア・P・ゴンザレスの広告、『ブルーブック』より、1905年。
ゴンザレスは、セックスワーカーでもあり、ミュージシャンでもあった。彼女は、ラグタイムやジャズのミュージシャンのトニー・ジャクソンやジェリー・ロール・モートンと共演していたことで知られる。

トランペット奏者のバンク・ジョンソンは、こう追憶している。

「メイミー・デズデュームのことはよく知っていたよ。同じブルースを歌う彼女とは、何度もコンサートで共演した。色白できれいな髪をした、なかなかの美人だった。売春をしながらブルースを歌う可哀想な女だったな。ペルディド・ストリートのダンスホールでよくピアノを弾いていたが、まあ悪くはなかった。うちの店でメイミーが歌うよとハティ・ロジャースやルル・ホワイトが言うと、白人の男たちがわんさか押し寄せるもんだから、それで娼婦たちは大儲けしたものさ」[20]

ジェリー・ロール・モートンやトニー・ジャクソンといった、偉大なブルースやジャズのミュージシャンたちの多くは、もっとまともな場所では受け入れても

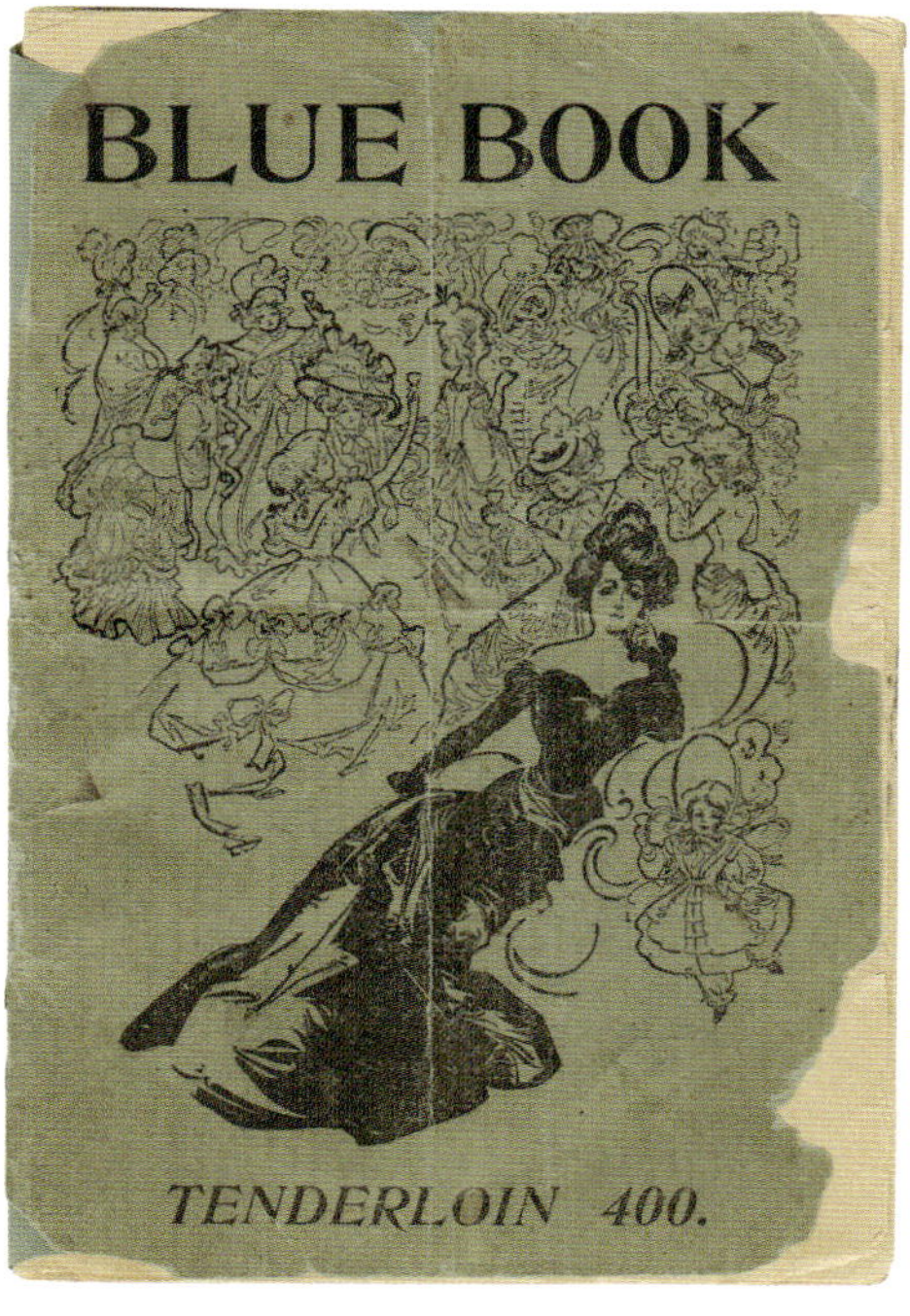


『テンダーロイン・ブルーブック』の表紙、1901年。ニューオーリンズのテンダーロイン地区――通称ストーリーヴィル――で働くセックスワーカーの名簿。

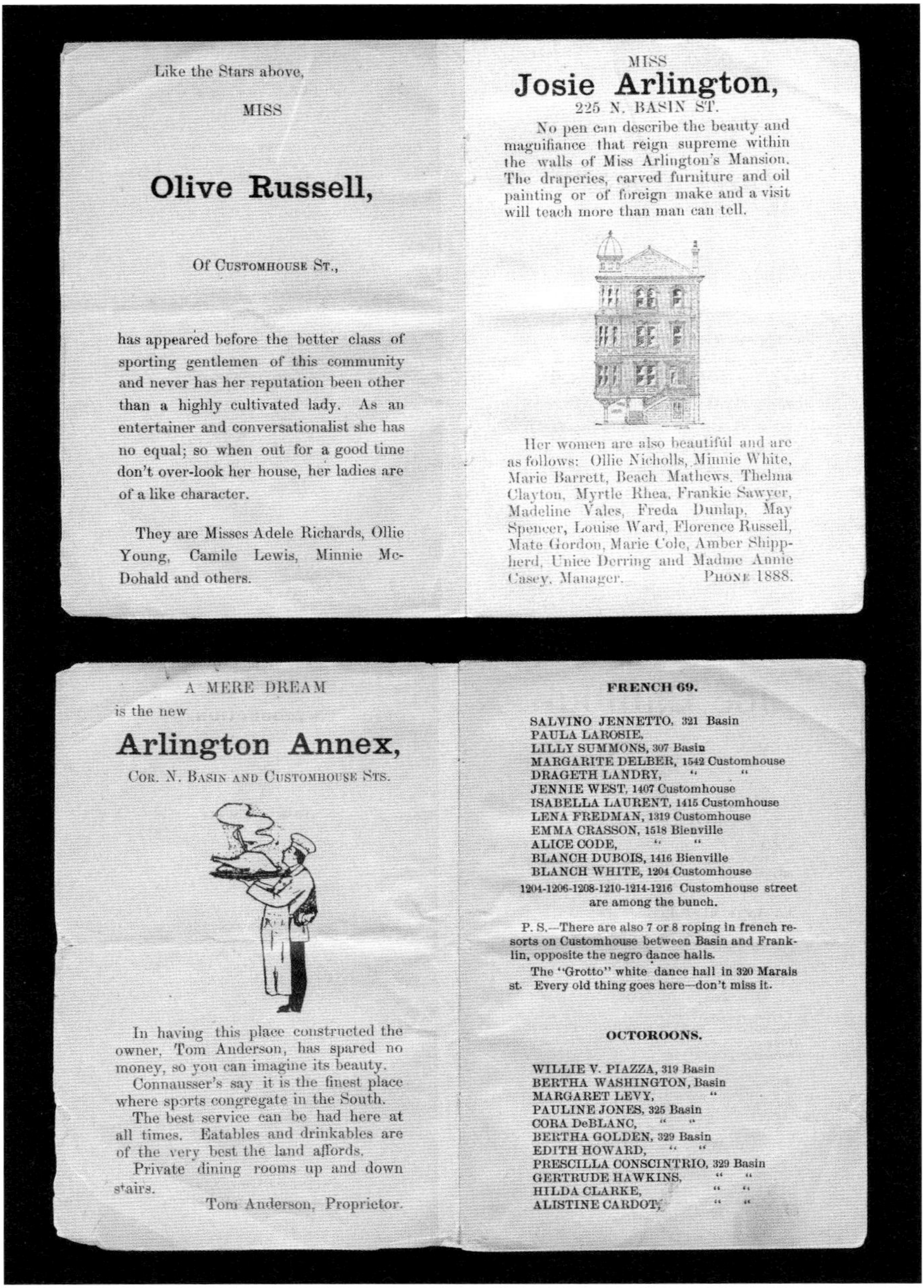

Like the Stars above,

MISS

**Olive Russell,**

Of Customhouse St.,

has appeared before the better class of sporting gentlemen of this community and never has her reputation been other than a highly cultivated lady. As an entertainer and conversationalist she has no equal; so when out for a good time don't over-look her house, her ladies are of a like character.

They are Misses Adele Richards, Ollie Young, Camile Lewis, Minnie Mc-Dohald and others.

MISS

**Josie Arlington,**

225 N. BASIN ST.

No pen can describe the beauty and magnifiance that reign supreme within the walls of Miss Arlington's Mansion. The draperies, carved furniture and oil painting or of foreign make and a visit will teach more than man can tell.

Her women are also beautiful and are as follows: Ollie Nicholls, Minnie White, Marie Barrett, Beach Mathews, Thelma Clayton, Myrtle Rhea, Frankie Sawyer, Madeline Vales, Freda Dunlap, May Spencer, Louise Ward, Florence Russell, Mate Gordon, Marie Cole, Amber Shipp-herd, Unice Derring and Madme Annie Casey, Manager. Phone 1888.

A MERE DREAM
is the new

**Arlington Annex,**

Cor. N. Basin and Customhouse Sts.

In having this place constructed the owner, Tom Anderson, has spared no money, so you can imagine its beauty.

Connausser's say it is the finest place where sports congregate in the South.

The best service can be had here at all times. Eatables and drinkables are of the very best the land affords.

Private dining rooms up and down stairs.

Tom Anderson, Proprietor.

**FRENCH 69.**

SALVINO JENNETTO, 321 Basin
PAULA LAROSIE,
LILLY SUMMONS, 307 Basin
MARGARITE DELBER, 1542 Customhouse
DRAGETH LANDRY, " "
JENNIE WEST, 1407 Customhouse
ISABELLA LAURENT, 1415 Customhouse
LENA FREDMAN, 1319 Customhouse
EMMA CRASSON, 1518 Bienville
ALICE CODE, " "
BLANCH DUBOIS, 1416 Bienville
BLANCH WHITE, 1204 Customhouse

1204-1206-1208-1210-1214-1216 Customhouse street are among the bunch.

P. S.—There are also 7 or 8 roping in french resorts on Customhouse between Basin and Franklin, opposite the negro dance halls.

The "Grotto" white dance hall in 320 Marais st. Every old thing goes here—don't miss it.

**OCTOROONS.**

WILLIE V. PIAZZA, 319 Basin
BERTHA WASHINGTON, Basin
MARGARET LEVY, "
PAULINE JONES, 325 Basin
CORA DeBLANC, " "
BERTHA GOLDEN, 329 Basin
EDITH HOWARD, " "
PRESCILLA CONSCINTRIO, 329 Basin
GERTRUDE HAWKINS, " "
HILDA CLARKE, " "
ALISTINE CARDOT, " "

『テンダーロイン・ブルーブック』の内容、1901年。
ジョジー・アーリントンの売春宿は、経験豊かな売春婦しか雇わない超高級店だった。

『ブルーブック』の内容、1906～08年頃。
左上のページは、毎年催されて多くの客を呼んだ「フランス風」マルティグラの舞踏会の宣伝。それ以外は、honi soit qui mal y pense（思い邪なる者に災いあれ）というモットーと、〈ラモット・レストラン〉の広告。

らえなかった頃に、ストーリーヴィルの売春宿で演奏してブレイクしたという伝説がある。これは必ずしも真実とは言えないが、ストーリーヴィルの中心には音楽があり、人々はセックスのみならずジャズを求めてそこに集まってきていた。ジャズの巨匠、ルイ・アームストロングはこう書いている。

「それから、風俗街の安淫売宿《クリップ》で働く娘たちに石炭を届けに行くのが、毎晩の楽しみだった。最高のジャズミュージシャンが演奏する、音楽ってこうあるべきだよなって形の音楽を耳にすることができたから」[21]

ストーリーヴィルが閉鎖したことで、ミュージシャンたちがニューオーリンズを去り、それによってブルースとジャズがほかの世界にも広まったと言われている。だが実際のところは、ストーリーヴィル以前も以後も、ジャズミュージシャンたちはずっとニューオーリンズで演奏していた。このような神話が生まれるということだけでも、「ビッグ・イージー」の売春宿で、セックスと音楽がいかに密接に結びついていたかがわかるだろう。

一九一七年にストーリーヴィルが閉鎖されると、それとともに売春宿も、バーも、『ブルーブック』の発行もすべてなくなった。セックスワーカーたちはフレンチ・クオーターに居を移し、違法に働かなければならなくなった。アメリカで最も有名だった公的風俗街の面影を残すものは、未印刷の写真が詰まった古いチェストと、誰もいなくなった建物と、各冊に honi soit qui mal y pense（思い邪なる者に災いあれ）という標語が刻まれた、わずかに現存する『ブルーブック』だけだ。

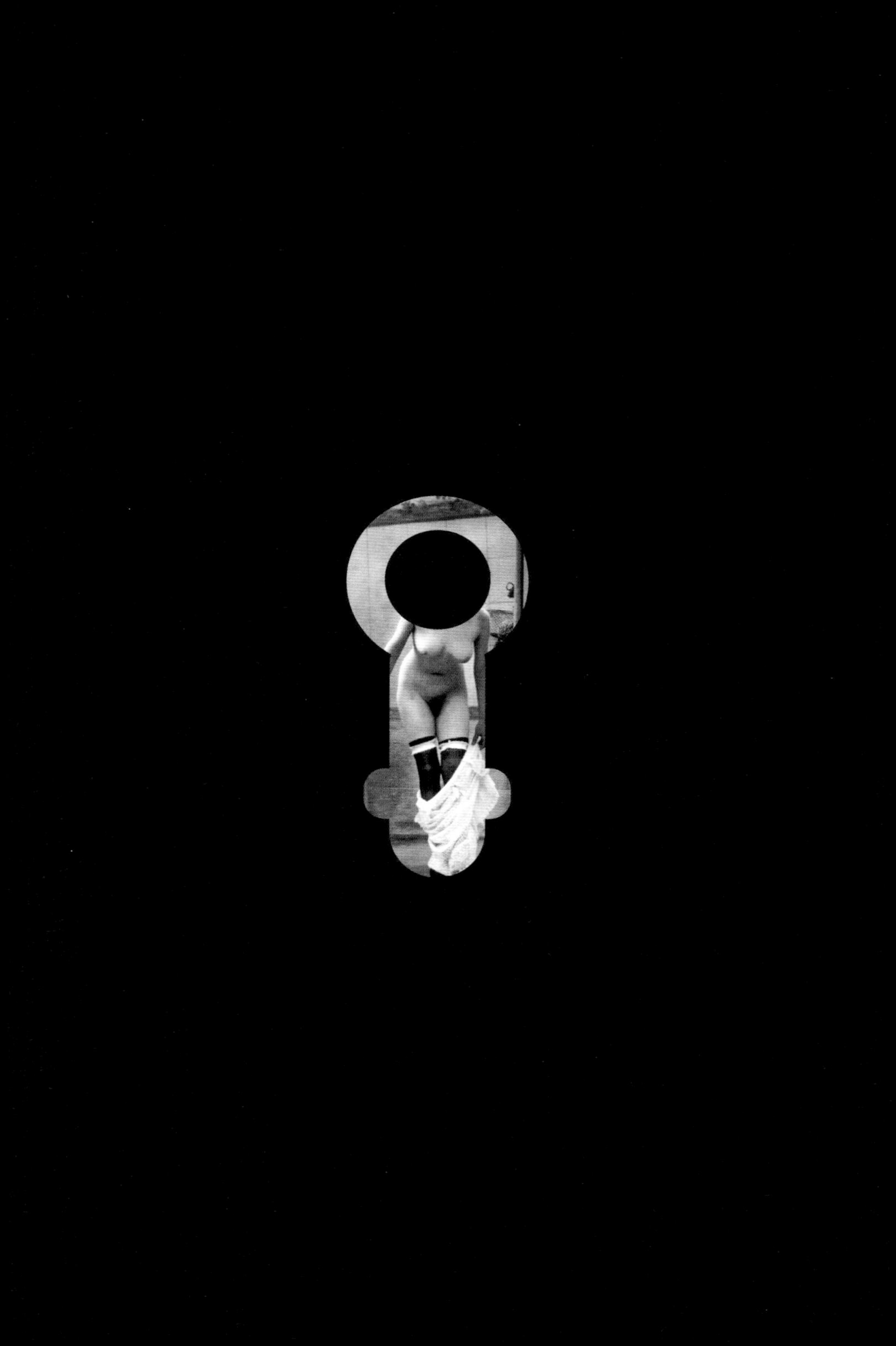

第10章

# メゾン・ド・トレランス

## セックスとベル・エポック

〈スフィンクス〉を訪れた者なら誰しも、淡いピンクの光に包まれた、繊細で和やかで優美なレセプションの落ち着いた雰囲気と、薄着の娘たちの出迎えるグランドフロアの巨大なホールを忘れはしない。

——ジャン＝ポール・クレスペル、『モンパルナスの日常』（一九七六年）

のちのイギリス国王エドワード七世ことウェールズ公アルバートが、パリに滞在中、その旺盛な性欲を満たしたい気分になったとする。そんなとき、王に真にふさわしい店といえば、〈シャバネ〉をおいてほかになかった。その名自体が、フランスの美しい時代《ベル・エポック》を象徴する、淫蕩と退廃の代名詞となるほどの豪華絢爛さを誇った売春宿だ。一八七一年の普仏戦争終結から一九一四年の第一次世界大戦勃発までのベル・エポックと呼ばれた時代は、平和、繁栄、芸術的創造、そしてセックス、とにもかくにもセックスの時代だった。一八〇二年にフランス政府が公娼制度を導入して以来、パリでは認可の家《メゾン・ド・トレランス》を見かけることも珍しくなった。とはいえ、〈シャバネ〉のような店はそれまで誰も見たことがなかった。ルーブル美術館の近くに店を構えた〈シャバネ〉が初めてオープンしたのは、一八七八年のことだった。アイルランド生まれの経営者「マダム・ケリー」についてはほとんど何もわかっていないが、ひとつたしかなのは、彼女が自分の市場をアルバート：わたしは一隻の戦艦をつくれるほどの財をおまえに費やしてやってる！
リリー：あなたさまは戦艦が海を漂うほどの時間をわたしの中でお過ごしになっているではありませんか。
――ウェールズ公アルバートと女のリリー・ラングトリーの会話、一八七〇年代。

知りつくしており、出費を惜しまなかったということだ。
レセプションには、象嵌細工を施した金のパネルと一八世紀の絵画がいくつも飾られていた。客たちは、ムーアの間、スペインの間、ヒンドゥーの間、ポンペイの大広間、あるいは一九〇〇年の万国博覧会でデザイン賞を受賞するほどの華美さを誇った日本の間など、それぞれのテーマに沿った岩窟部屋から選ぶことができた。まるで蛾が光輝に引き寄せられるかのように、金持ちや著名人がそこに集まってきた。有名な上客の中には、作家のギ・ド・モーパッサン、画家のアンリ・ド・トゥールーズ＝ロートレック、俳優のケーリー・グラントやハンフリー・ボガート、メイ・ウエストなどがいた。ウェールズ公にいたっては、ベッドの上に王家の紋章を掲げ、胸を露出した裸婦像の装飾ついた豪華な銅製の浴槽を備えた専用スイートルームを持っており、そこで愛人たちとシャンパン風呂に浸かっていた。

一八九〇年、ウェールズ公アルバートは有名な木製家具職人のルイ・スブリエに、そのスイートルームに置く「愛の椅子《シエージュ・ダムール》」の製作を依頼した。この椅子は、皇太子の巨体を支えつつ、同時にふたりの女性を相手に楽しめるように設計された。ウェールズ公の女性への情熱に唯一勝るとも劣らなかったのが、食への情熱だ。そのため、彼のでっぷりとした腹の下で女性たちがもがき苦しむことのないよう、この愛の椅子は圧力を分散させることができた。彼は〈シャバネ〉のたくさんの娼婦たちのパトロンとなったうえ、妻のことも忘れずに愛したが、それだけには飽き足らず、サラ・ベルナール、ランドルフ・チャーチル夫人、メアリ・〝パッツィ〟・コーンウォリス＝ウェスト、ウォリック伯爵夫人デイジー・グレヴィル、アリス・ケッペル、アグネス・カイザー、リリー・ラングドリー、スーザン・ヴェイン＝テンペスト夫人、カロリーナ・オテロ、オルタンス・シュネデール、そのほか大勢の

**前頁　売春宿の若い娘を写したフランスの絵葉書、20世紀初頭。**
1802年、フランス政府は売春規制制度を導入した。法律により、セックスワーカーたちは国への登録と、性病の症状が出ていないか定期的に膣検査を受けることが義務づけられた。売春をする女性をほとんど守りもしない、残酷でひどく不当な制度だった。それにもかかわらず、こうした制度は西洋諸国の多くで採用された。

「シエージュ・ダムール」、1900年頃。
1890年、「汚れたアルバート」ことウェールズ公アルバートが、〈シャバネ〉の自分専用のスイートルームのために注文した「愛の椅子」。

**パリの売春宿、20世紀。**
ベル・エポックのパリは、セックスを愛する人々のための都市だった。右下は、ウェールズ公アルバートがシャンパン風呂を楽しむのに用いた銅製の浴槽。

女性たちとも、暇を見つけては公然と愛人関係を結んだ。彼が「汚れたアルバート《ダーティ・バーティ》」の異名で呼ばれるようになったのも無理はない。

〈シャバネ〉、〈スフィンクス〉、〈ワン・トゥー・トゥー〉といった高級メゾン・ド・トレランスのぜいたくを味わえるだけの金銭的余裕がない人も、ほかで充分すぎるほど満足のいくサービスを受けられた。パリというところは、セックスを愛する人々のための都市だったのだ。ムチ愛好家ならば、ムーラン通りの〈ラ・フルール・ブランシュ〉やナヴァラン通り九番地の〈シェ・クリスティアンヌ〉に行けば専門の拷問部屋があった。一九一七年にラルカード通りにオープンしたゲイの売春宿〈オテル・マリニー〉には、小説家のマルセル・プルーストも足繁く通っていた。フランスの小説家で脚本家のアルフォンス・ブダールは、サン・シュルピス通りにあった〈アビー〉という聖職者専用の売春宿について書いている[1]。ブロンデル通り三二から三四番地にあった〈オ・ベル・プール〉は、エロティックなショ

**左　「メゾン・ド・トレランス、ラ・ヴィレット大通り226番地」、アルベール・ブリショー撮影、1901年頃。**
パリには、あらゆる予算と性的嗜好に合うメゾン・ド・トレランスがあった。

**中央　「メゾン・ド・トレランス、シャバネ通り12番地、〈シャバネ〉」、1900年頃。**
〈シャバネ〉、〈スフィンクス〉、〈ワン・トゥー・トゥー〉、〈ラ・フルール・ブランシュ〉などの売春宿は、貴族階級のみを相手にしていた。

**右　「メゾン・ド・トレランス、コルベール通り8番地、〈コルベール〉」、1900年頃。**
パリの売春宿は、外観からではそれとはわからないようになっていた。規制により目立たないようにしなければならず、看板を出すことも禁じられていたからだ。

ーや活人画《タブロー・ヴィヴァン》の上演に特化したメゾンだった。アンリ・カレの小説『*La Belle Lurette*（ずっと昔に）』（一九三五年、未訳）の中には、〈オ・ベル・プール〉の女性たちが、テーブルの端に客が置いた硬貨を自分の「割れ目」で吸い上げて喝采を浴びていた、という描写が出てくる。才能あるパフォーマーは、一度に四〇スーも吸い上げることができたという[20]。

しかし、すべてのメゾン・ド・トレランスが、このように立派だったわけではない。売春は合法ながらも国によって規制されており、働く時間も場所もきびしく管理されていた。たいていの場合、合法的に働きたいのであれば、「屠殺の家《メゾン・ダバタージュ》」と呼ばれたフランスの格安売春宿で働くほかなかった。

『ル・クラプイヨ』誌の一九三九年特別号には、パリの一二軒のメゾン・ダバタージュが紹介されている。そのうち、フルシー通りにあった〈ムーラン・ギャラン〉では、六〇人の女性たちが昼夜を問わず働いており、その料金は一律で五フランと五〇スー

**パリの売春宿のコインのレプリカ、19世紀。**
これらの代用硬貨は、カジノのチップと同じような仕組みで用いられていた。客はマダムからコインを買い、それを売春婦への支払いに使った。売春婦は、一日の終わりにそのコインを精算し、マダムに換金してもらった。このコイン制度によって、セックスワーカーたちが客とじかに金銭のやり取りをすることを防いでいた。売春宿の名前と、ときにイラストが浮き彫り加工されたコインは、やむをえず店外に持ちだされることもあったため、ある種の広告の役割も果たしていた。

**「メゾン・ド・トレランス」、アルベール・ブリショー撮影、1900年頃。**
ロンドル通り2番地（上）とモンティオン通り14番地（下）にあったメゾン・ド・トレランスでポーズを取る女性たち。

**「メゾン・ド・トレランス」、アルベール・ブリショー撮影、1900年頃。**
パリ屈指の名声を誇ったセックスワーカーのアメリア・エミリーも働いていた、ロンドル通り2番地のメゾン・ド・トレランスの女性たち。

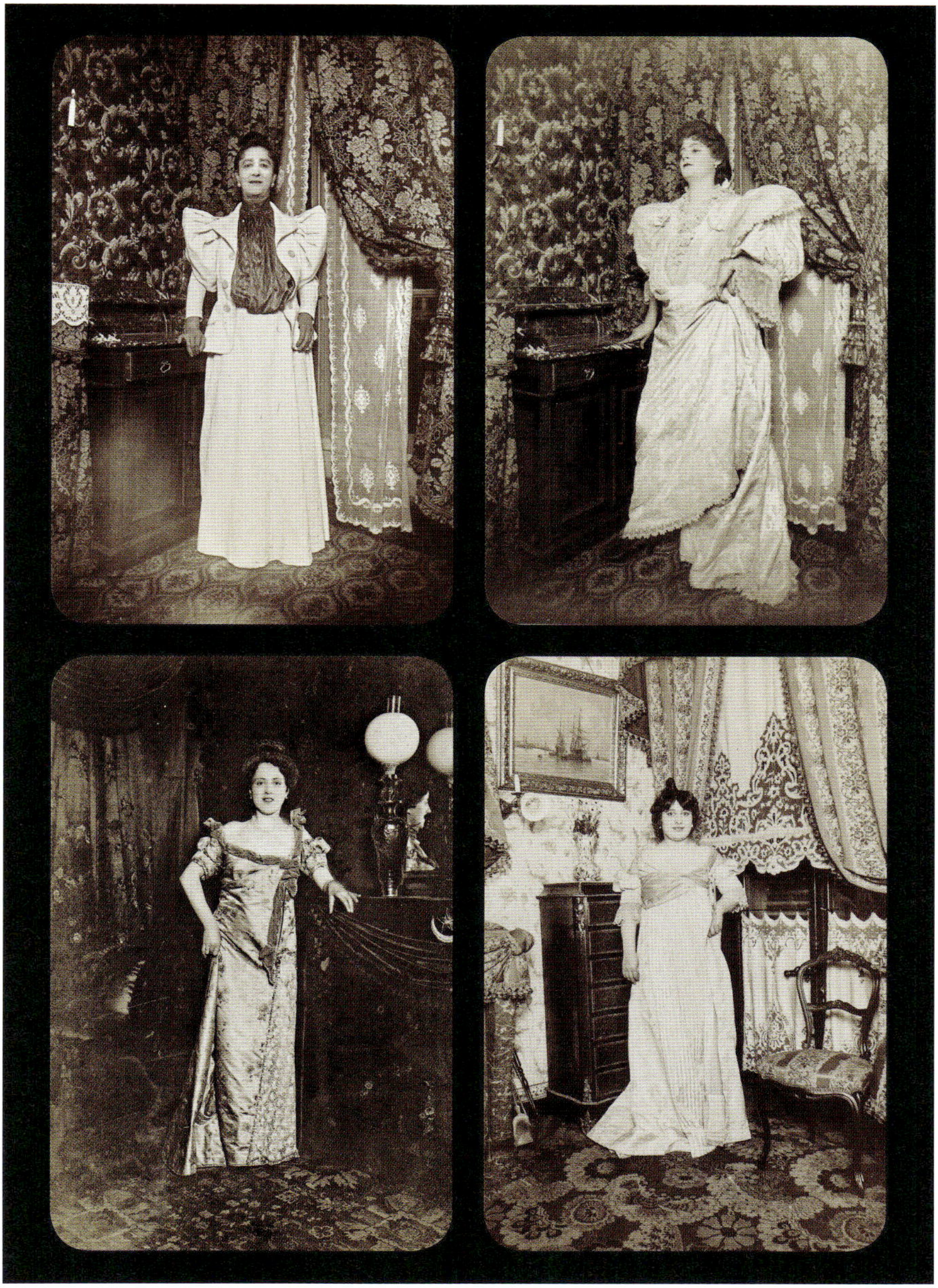

**メゾン・ド・トレランスのセックスワーカーたち、1900年頃。**
ロンドル通り2番地より、左上から時計回りに：“マザー”・ラケス（マダム）、ルイーザ嬢、ジョーゼット嬢。〈シャバネ〉より、左下：アンドレア嬢、前頁：マルゴー嬢。

――五〇スーはタオルの使用料――だったという[3]。シャルトル通りとラ・グットゥ・ドール通りの角には、一九二一年まで〈ランターヌ・ヴェルト〉があった。作家のシルヴァン・ボンマリアージュは、そこを訪れたときのことを、『*Gagneuses! Chronique de l'amour vénal*（勝ち組！　売春年代記）』（一九五一年、未訳）の中にこう書いている。

「〈ランターヌ・ヴェルト〉は売春宿。そう謳われていたが、実際には、そのカフェのようなしつらえの大きなホールで裸の娘たちが給仕していた。一ショッペン〔約四分の一リットル〕の白ワインが一フラン。店の娘とセックスしたい、あるいはマスターベーションのおかずにしたい場合は……（ウェイトレスに）四〇スーを支払う。すべては店内のソファや椅子で行われ、個室はない。入ってきた客は、ちょうど盛り上がっている二、三組を見てびっくりするのがお決まりだった。〈ランターヌ・ヴェルト〉は繁盛していた。ウェイトレスはそれぞれ、午前〇時から五時までのあいだに平均三〇人の客を相手にし、六〇フランを稼いでいた」[4]

これら「屠殺の家」は、〈シャバネ〉のうっとりするような華やかさとはまるで別世界だった。そこで働く女性たちはつねに貧しく、客のみならず、彼女たちに規則を強制する警察からも頻繁に虐待を受けた。一八〇二年、ナポレオンによって公娼制度が導入された。当初は、すべてのセックスワーカーに性病の兆候がないか定期的に検査を受けることを義務づけていたが、数年のうちに、人のみならず性風俗産業全体をきびしく管理する新しい法律ができた。一八〇四年までに、すべての売春宿とそこで働く人々は、風紀警察《ブリゲ・デ・ムール》と呼ばれる警察の一部門の管理下に置かれるようになった。女性たちはみな警察署への正式登録が必要となったうえ、個人で働く場合は診療所で、売春宿で働く場合は衛生検査官による膣検査を二カ月に一回のペースで受けることが義務づけられた。万が一にも症状が見つかった場合は、サン＝ラザール病院で治療を受けさせられた。すべてのセックスワーカーには登録証が発行され、要求に応じて警察官に提示しなければならなかった。

セックスワーカーたちは、服装、働ける時間と場所、そして住む場所までも、法律によって決められていた。教会、学校、公共施設、ホテル、主要な工場の近くで売春宿を営業することは禁じられた。売春宿は窓を閉めて、大きな音を立てないようにし、何よりも目立たないようにしなければならなかった。看板は禁止されていたので、代わりに建物のある通りと番地で店の存在を示すしかなかったが、それも建物の二フィート（約六一センチ）の高さに掲示することと定められていた。未成年者の入店は認められず、警察官を拒否することはできなかった。売春斡旋を防ぐため、すべての売春宿は女将《マダム》によって経営された。マダムは、雇っている女性とその客のどちらについても詳細な記録をつけなければならなかった[5]。誰がどこで売春をしているのか、このような情報を知りたがったのは警察だけではなかった。

『*The Pretty Women of Paris*（パリの美女たち）』（未訳）と題された高級娼婦《プール・ド・リュクス》たちの包括的な名簿が、一八八三年に匿名で出版されている。性行為を売る女性たちについて長々と詳述されている点で、ほかの名簿とは一線を画しており、陰で生きた人々の生活に光を当てた非常に重要な資料だ。本文には、頂点に立つ高級娼婦だけでなく、困窮にあえぐ娼婦たちのことも詳しく書かれている。たとえば、「物心ついた頃からこの街にいる」、「時を超越する骸骨」などと書かれた、ベルリン通り三二番地に住むカミーユ・フォーレ。あるいは、かつてはコンサートホールをにぎわせた有名スターだったが、いまや「ベルヴィルの極貧女」となった、ブレモンティエ通り二〇番地のマチルド・ラッスニーなど。同名簿はまた、パリで売春をする女性たち

売春規制に関する公開集会の告示ポスター、1927年。
このポスターの製作者たちは、「女性の公的奴隷化」だとして売春規制に反対している。

RÉPUBLIQUE FRANÇAISE

N. 11. LIBERTÉ — ÉGALITÉ — FRATERNITÉ

SOLIDARITÉ

# DÉLÉGATION COMMUNALE

## Du 2me Arrondissement

Considérant que la Société est responsable et solidaire des désordres engendrés par la prostitution ;

Qu'en effet, le manque d'instruction et de travail, cause générale de la perte de tant de femmes, est sans nul doute imputable à un mécanisme social essentiellement vicieux ;

Que, par suite, la Société nouvelle, issue de la Révolution communale, doit poursuivre la guérison de toutes les plaies du passé monarchique ;

Que l'organisation intelligente du travail des femmes est le seul remède à la prostitution ;

Que cette organisation est en voie de formation ;

Que néanmoins, et quel que soit le sentiment de légitime pitié que peut inspirer la situation des victimes inconscientes de la prostitution, il importe de préserver pour le présent la pureté de la jeune génération et lui épargner le spectacle du vice s'étalant sur la voie publique ;

La Délégation communale du 2e Arrondissement arrête :

ARTICLE 1er. La circulation sur la voie publique des femmes livrées à la prostitution est absolument interdite dans toute l'étendue du 2e Arrondissement.

ART. 2. Toute femme contrevenant à cette disposition sera mise immédiatement en état d'arrestation.

ART. 3. La Garde Nationale est chargée de l'exécution stricte du présent Arrêté.

LA DÉLÉGATION COMMUNALE DU 2ME ARRONDISSEMENT :
EUGÈNE POTTIER, A. SERRAILLIER,
JACQUES DURAND, J. JOHANNARD.

Paris. — Imprimerie LEFEBVRE, passage du Caire, 87-89.

公道での売春を禁止する告示、1871年頃。
パリでの売春は、きびしく管理された地域のみに限られていた。

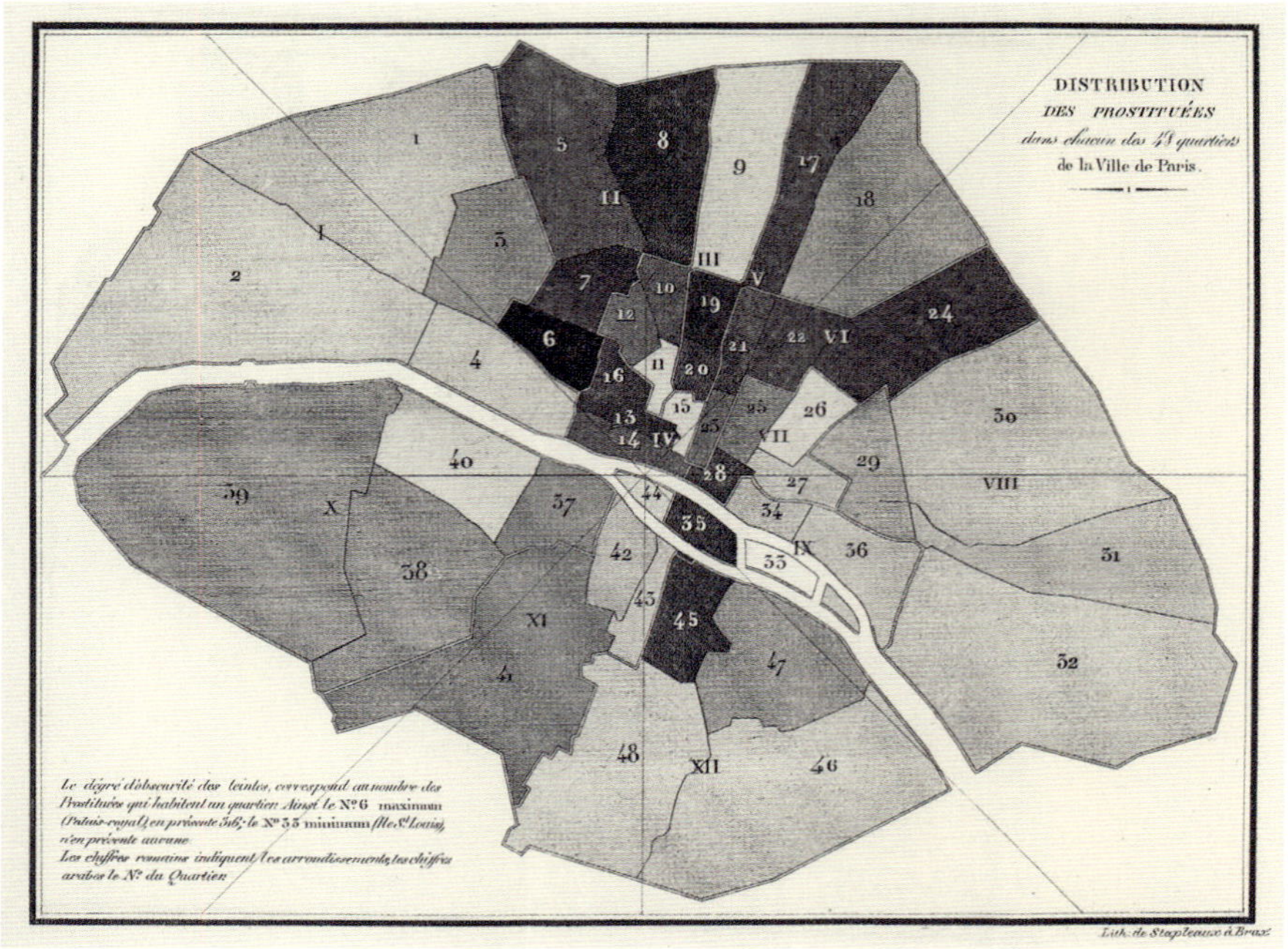


1　ルール地区：145,384
2　シャン・ゼリゼ地区：490,000
3　ラ・プラス・ヴァンドーム地区：16,153
4　チュイルリー地区：96,660
5　ラ・ショセ・ダンタン地区：113,880
6　パレ・ロワイヤル地区：886
7　フェドー地区：1,843
8　フォーブール・モンマルトル地区：5,416
9　フォーブール・ポアソニエール地区：114,285
10　モンマルトル地区：1,910
11　サン・トゥスタシュ地区：32,500
12　マイユ地区：2,238
13　サン・トノレ地区：494
14　ルーブル地区：13,592
15　マルシェ地区：5,333
16　ラ・バンク・ド・フランス地区：774
17　フォーブール・サン・ドニ地区：9,558
18　ラ・ポルト・サン・マルタン地区：43,750
19　ボンヌ・ヌーベル地区：1,136
20　モントルグイユ地区：1,630
21　タンプル地区：11,235
22　サン・マルタン・デ・シャン地区：13,469
23　ロンバール地区：3,181
24　ラ・ポルト・サン・ドニ地区：2,676
25　サン・タヴォワ地区：3,921
26　モン・ド・ピエテ地区：125,000
27　マルシェ・サン・ジャン地区：10,000
28　アルシス地区：457
29　マレ地区：16,600
30　ポパンクール地区：315,000
31　フォーブール・サン・タントワーヌ地区：54,736
32　カンズ・ヴァン地区：306,666
33　イル・サン・ルイ地区：0
34　ロテル・ド・ヴィル地区：4,166
35　ラ・シテ地区：731
36　ラルセナル地区：20,625
37　ラ・モネ地区：7,755
38　サン・トマ・ダカン地区：42,000
39　アンヴァリッド地区：82,777
40　フォーブール・サン・ジェルマン地区：30,909
41　リュクサンブール地区：31,458
42　レコール・ド・メデック地区：11,200
43　ラ・ソルボンヌ地区：11,666
44　パレ・ド・ジュスティス地区：90,000
45　サン・ジャック地区：2,635
46　サン・マルセル地区：110,555
47　ジャルダン・デ・プラント地区：21,081
48　ロブセルヴァトワール地区：60,588

がいかに多様性に富んでいたかも示している。イタリア、オランダ、アルジェリア、スペイン、イングランド、スコットランド、ドイツ出身の人々に加え、たくさんのユダヤ人――たとえば、「浅黒く、ぽっちゃりとしたユダヤ娘」と書かれた、ラファイエット通り四四番地に住むブランシュ・メリーなど――が記載されている。「喜ばせ上手の小柄な黒人」の「ギャラックス」や、「マルベリーのように黒く、その倍も濃厚でジューシー」な「ルチアーニ」など、黒人のセックスワーカーも何人かいる。記載されている大半は二〇代だが、四〇代、五〇代も少なくなく、わずかながら六〇代も見られる。年齢のいった女性がやたら多いことを、著者は嬉々として、「パリの老娼婦たちは〝保守派〟と呼ばれる層を形成している。決して死に絶えることはなく、いつも譲ってばかりだからだ」[6]と書いている。

フランスの規制制度は、データ収集という面ではたしかに成功だったが、それでもやはり失敗だった。規制があまりにもきびしく、強制の婦人科検診もとことん不評だったため、女性たちの多くはそもそも登録しなかった。未登録のセックスワーカーたち――アンソミーズ――は、路上やバー、ホテル、「メゾン・ド・ランデヴー」と呼ばれた未登録の売春宿で性行為を売った。警察は、違法営業の疑いがある住所を定期的に強制捜索し、アンソミーズと疑われる女性を逮捕する権限を有した。逮捕された女性は自動的に登録されて、病の兆候がないか否応なく検査された。ひとたび登録されてしまうと、それを取り消すことはとても難しかった。

この制度のもうひとつの抜け穴となったのが、一九世紀に出現した「ブラッスリー・ア・ファム」と呼ばれる営業形態だ。フランスの規制制度は包括的ではあったものの、売春を取り締まろうとしてきた歴史上のあらゆる努力をつまずかせた障壁が、ここでもまた立ちはだかった。つまり、何を売春

**前頁　「パリ48地区における売春婦の分布図」、アレクサンドル・ジャン・バティスト・パラン＝デュシャトレ、1836年。**
公衆衛生に尽力した衛生学者のパラン＝デュシャトレ博士は、コレラ、下水道、タバコなど、さまざまなテーマに関する研究を発表した。とくに彼のセックスワークに関する出版物は大きな影響を及ぼした。この地図には、売春婦が住んでいる土地の面積を計測することで、パリ市内のセックスワーカーの分布が示されている。各地区の数字は前頁に示した通り。

とするかを定義するのは非常に難しいということだ。「屠殺の家」で働く娼婦については、商売自体がわかりやすいので、法で規制するのも比較的簡単だった。しかし、妾や職業愛人、あるいは臨時収入ほしさに金持ち男性の性欲に喜んで応じるような数多の女性はどうだろうか？

「ブラッスリー・ア・ファム」とは、美しい女給のいるバーやカフェのことを指した。女給たちは、客といちゃついて、より多くのお金を使わせるのが仕事だった。彼女たちは通常、クラブからほとんど――あるいはまったく――給料をもらっていなかったため、客からのチップや贈りものが頼りだった。中には、いまのストリップクラブのように、そこで働くために女性たちに料金を請求する店もあった。クラブは、女給たちが生みだす売上で利益を得ていた。女給たちは客とセックスをする必要はなかったが、その可能性をいかに保てるかが収入の鍵となった。〈シガレット〉というクラブに関する一八七九年一二月の警察の報告書には、そこの女給たちが「客とテーブルにつき、くだけた接客で散財を促し、下品な会話をして」[7]収入を得ていたと記録されている。厳密に言えば、女給と客とのあいだで生じたことに、警察はいっさい関係がない。当然ながら、このことは警察をおおいにいらだたせた。彼らはこれらの店を売春宿のカテゴリにあるものと見ていたが、それを規制するすべがなかったからだ。

そしてご存じ、〈ムーラン・ルージュ〉だ。この史上最も有名なキャバレーは、一八八九年一〇月六日にオープンした。ジョセフ・オレールとシャルル・ジドレールという、パーティとはいかに催されるべきかを知りつくしたふたりの敏腕実業家によって発案されたものだった。もともとはモンマルトル地区のジャルダン・ド・パリの中にあった。この場所にしたのは素晴らしい選択だった。というのも、モンマルトルには、既に多くの芸術家や作家が暮らしていたからだ。オレールとジドレールは、大金持ちと底辺層のボヘミアン〔自由奔放な暮らしを好む人々のこと〕とが肩を並べて交流できる、贅のかぎりを尽くしたホールをつくろうとしたのだった。

**フランスの売春宿の女性たち、1900年頃。**
テーブルを囲んでペットの猫も交えて酒を飲んだり（上）、ヘアメイクをしたり（下）、くつろいだ様子がとらえられている。

フランスのセックスワーカー、1890～1900年頃。
このような柄入りの屏風や掛け布をしつらえた和風の部屋が、パリの売春宿で大流行した。

**フランスのセックスワーカーたちのエロティックな絵葉書、1910年頃。**
このような絵葉書が流行したことで、エロティックな写真は「パリからの絵葉書」と呼ばれるようになった。

**「ムーラン通りのサロンにて」、アンリ・ド・トゥールーズ＝ロートレック作、1894年。**
このロートレックの絵画では、客のとぎれた退屈なひとときを過ごすセックスワーカーたちの様子がとらえられている。右側の女性がドレスを持ち上げているのは、義務づけられた検診を受けていることを示唆している。

建物の外観が赤い風車のような形をしていたことは有名な話だ。中に入ると、テーブル席や鏡や優雅なアート作品に囲まれたダンスフロアがあった。〈ムーラン・ルージュ〉は、電気照明が用いられたパリで最初のホールだった。戸外には、さらにたくさんの客席と巨大な象の彫刻が置かれた、煌びやかな庭が広がっていた。シャンパンが豪快に流れ、お金がざくざくと流れ込んだ。この豪華絢爛な装飾をひと目見ようと、世界中から人々が集まった。だが、やはり店いちばんの目玉といえば、カンカン踊りで国際的スターとなった踊り子たちだった。

「ブラッスリー・ア・ファム」で働く女性たちがそうであったように、キャバレーの踊り子たちも当局から売春婦とたやすく分類されることはなかったが、多くの踊り子たちが金払いのよい客に追加のサービスを提供していたことは周知の事実だった。中には、超富裕層の客の愛人になる者もいるなど、〈ムーラン・ルージュ〉で働く踊り子たちがパトロンに事欠くことはなかった。有名になればなるほど、パトロンの相手もより高望みができた。その頂点にいたのが、「汚れたアルバート《ダーティ・バーティ》」だ。

おそらく〈ムーラン・ルージュ〉で最も有名だった踊り子は、ルイーズ・ウェベールだろう。彼女はダンスの合間に客の酒を盗み飲みしていたことから、「食いしん坊」という意味の「ラ・グリュ」の愛称で親しまれた。洗濯婦の娘だったラ・グリュは、やがて「モンマルトルの女王」と称えられるようになった。彼女の際どいダンスとあけすけな態度は、多くのファンを虜にした。彼女はロートレックの芸術作品においてその名を不朽のものとし、ウェールズ公アルバートからも長らく寵愛を受けた。

初めてふたりが出会ったときのこと、皇太子がラ・グリュのパフォーマンスを眺めていると、「ねえ、ウェールズの旦那！　シャンパンを奢ってくれる？」と彼女が叫んだという。周りの人々は唖然としたが、皇太子は彼女に夢中にならずにはいられなかった。悲しいことに、ラ・グリュの凋落は、その出世のときと同

**パリ上流社会のセックスワーカーたち、1890年頃。**
この活気に満ちた一連のイラストでは、薄着の女性たちが上流階級の紳士たちと酒を飲んでパーティを楽しみ、ときに周囲の反感を買っている様子が描かれている。

〈ムーラン・ルージュ〉、1926年。
キャバレーの〈ムーラン・ルージュ〉は、そこで働く女性たちが魅惑のダンスとして生みだした、モダンなカンカン踊りの発祥の地として知られている。

〈ムーラン・ルージュ〉のポスター、ジュール・シェレ作、1890年。
シェレの鮮やかな色合いのこのポスターでは、50人の演奏家からなるオーケストラ、有名振付師、カンカンのことが宣伝されている。

**ルイーズ・ウェベール、1895年頃。**
ルイーズは、よく客の酒を盗み飲みする癖があったことから、「食いしん坊」を意味する「ラ・グリュ」という愛称で呼ばれていた。

ルイーズ・ウェベール、1881～91年頃。
スプリットを披露するラ・グリュ。

じくらいドラマティックだった。自身の成功に勢いづいた彼女は、〈ムーラン・ルージュ〉をやめて独立した。全財産を投じて独自のショーをつくったものの、成功せずに終わった。ラ・グリュは人前から姿を消し、残ったお金を酒に費やした。晩年は、〈ムーラン・ルージュ〉の外の路上でタバコとマッチを売って貧しい日々を送ったという。

ラ・グリュは、後期印象派の画家で美食家のボヘミアン、アンリ・ド・トゥールーズ＝ロートレックが作品に描いた踊り子のうちのひとりだった。ロートレックは、貴族階級の出身でありながら、パリの底辺層の人々にまじって暮らしていた。売春宿に一度に何カ月も部屋を間借りし、セックスワーカーたちの日常生活を描いた。彼は客であると同時に、多くの貧しい女性たちの肖像を絵の中におさめる友人でもありパトロンでもあった。「プロのモデルはいつだってフクロウの剝製みたいだが……この娘たちはちゃんと生きている」と、かつてロートレックは述べている。彼は〈ムーラン・ルージュ〉にも足繁く通い、まるで取り憑か

**左　デル・バイ、1910年頃。**
〈ムーラン・ルージュ〉の踊り子だったデル・バイ。

**中央　ラ・ベル・オテロ、1909年頃。**
ラ・ベル・オテロの芸名でよく知られる踊り子かつ高級娼婦のカロリーナ・オテロ。舞台上でのエロティックなパフォーマンスが有名だった。

**右　リアーヌ・ド・プジー、1910年頃。**
リアーヌ・ド・プジーことアンヌ・マリー・シャッセーニュも、有名なパリの踊り子かつ高級娼婦だった。

れたかのように踊り子たちを描いた。ロートレックの作品によって不朽の名声を手に入れたのは、ラ・グリュだけではない。花火にちなんで「ラ・メリニット」の愛称で呼ばれたジャンヌ・アヴリル、シャウ・カオというダンススタイルの発音の綴りから「シャ・ウ・カオ」と名乗り、ピエロの格好で舞台でパフォーマンスをしていた体操選手、そして歌手のイヴェット・ギルベールもみな、彼の絵画で不滅の存在となったのだった。

ベル・エポックの秀でた高級娼婦たちの多くは、ダンスホールでその名を馳せた。舞台で華やかに活躍したリアーヌ・ド・プジー、エミリエンヌ・ダランソン、クレオ・ド・メロード、マタ・ハリといった女性たちは、そのダンスのみならず、愛人の面々によっても注目を浴びた。ラ・ベル・オテロの名で知られたカロリーナ・オテロは、しばしば「最後の偉大な高級娼婦」と称される。スペイン生まれのカロリーナは、パリのダンスホール〈フォリー・ベルジェール〉で名を揚げた。彼女のパフォーマンスはエロティックなこと

**左　「ムーラン・ルージュのラ・グリュ」、アンリ・ド・トゥールーズ=ロートレック作、1891年。**
ロートレックは、〈ムーラン・ルージュ〉の踊り子のラ・グリュを何度も描いた。

**中央　「ムーラン・ルージュにて：ラ・グリュ姉妹」、アンリ・ド・トゥールーズ=ロートレック作、1892年。**
ロートレックは、〈ムーラン・ルージュ〉ほか、パリのたくさんの売春宿の常連客だった。

**右　「カンカン・ダンサーたちのテーブルで友好関係を深めるエドワード7世」、1899年。**
放縦なウェールズ公アルバートは、〈ムーラン・ルージュ〉の上客としても有名だった。

**ルイーズ・ウェベール、1881〜91年頃。**
〈ムーラン・ルージュ〉の同僚ダンサーのグリル・デゴー（中央右）やヴァランタン・ル・デゾセ（右端）と一緒に踊るラ・グリュ。

で悪名高く、それを見た風刺画家のセムに、「太腿に火照りを覚えた」[8]とまで言わしめている。二五歳になる頃には、ラ・ベル・オテロは全世界を股にかけるようになった。彼女の愛人には、エドワード七世（ダーティ・バーティ）、ロシア皇帝ニコライ二世、ドイツ皇帝ヴィルヘルム二世、セルビア国王アレクサンダル二世〔セルビア人・クロアチア人・スロベニア人王国のアレクサンダル一世〕、スペイン国王アルフォンソ一三世、モナコ公アルベール一世、フランスのアリスティード・ブリアンをはじめとする政治家など、そうそうたる顔ぶれがいた。オテロは五〇代まで現役として活躍したあと、引退してモンテカルロに移り住んだ。悲しいかな、彼女は浪費癖を治すことができずに賭博場で大金を失い、一九六五年四月一一日、ニースのホテル・ノベルティの小さな一室で無一文でこの世を去った。

警察は、ラ・ベル・オテロやラ・グリュのような女性たちには手を出せなかった。彼女たちは裕福な愛人たちに守られていただけでなく、己の名声によっても守られていたからだ。高級娼婦、踊り子、愛妾たちはセックスワークのグレーゾーンで商売をしていたため、ほかの貧しい娼婦たちとは違って、強制的な膣検査や警察からのいやがらせといった恐怖から逃れることができた。ジョセフィン・バトラーが一八六〇年代にイギリスで膣検査の強制に反対するキャンペーンを成功させて以来、こうした売春規制に反対する気運が高まっていた。この制度は残忍で虐待的だったうえ、そもそも機能していなかった。誰も客のほうを検査しなければ、定期的に膣を調べたところでセックスワーカーを守ることなどできなかったからだ。また警察の懸命の努力も虚しく、正式に登録するセックスワーカーよりも未登録のまま働くセックスワーカーのほうがつねに圧倒的に多かった。フランスの売春規制制度は、一九四六年四月一三日、マルト・リシャール法――売春宿の閉鎖運動を行った元セックスワーカーで政治家のマルト・リシャールにちなんで命名された――によって、ついに廃止された。セックスワーカーと売春宿に対する世論は、第二次世界大戦中に劇的に変化

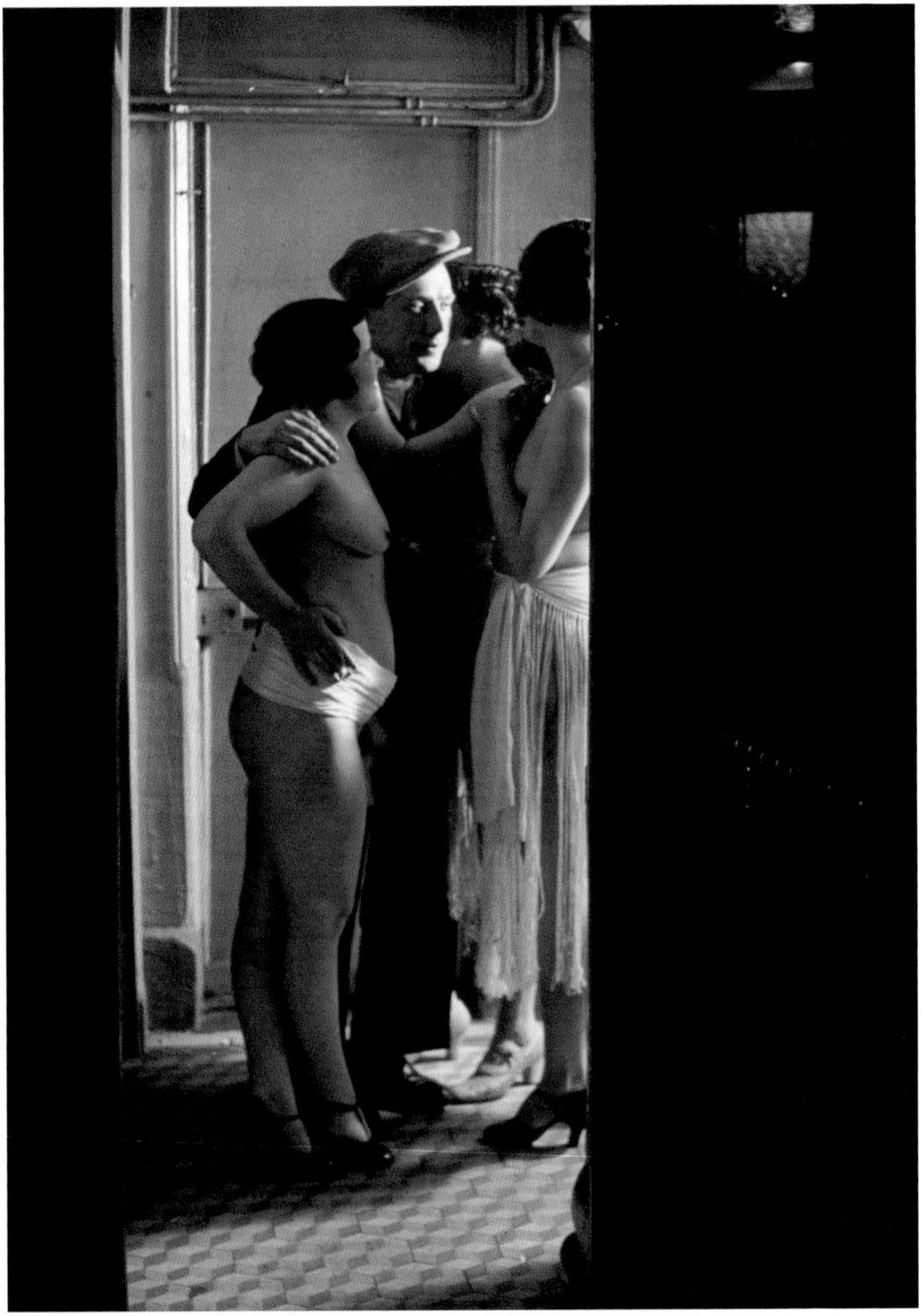

していた。ナチスはパリを占領中、市内の売春宿の多くを徴用した。〈シャバネ〉、〈スフィンクス〉、〈ワン・トゥー・トゥー〉、〈ラ・フルール・ブランシュ〉といった有名店も例外ではなかった。戦争が終わると、ナチスに協力したと思われる人々に対して速やかな報復が行われた。戦争終結からわずか一年後には、フランス政府は六カ月の猶予をもって売春宿を閉鎖させた。

一九五一年、フランス随一の美術鑑定家モーリス・ランスによるオークションが開催され、〈シャバネ〉の名だたる装飾品が売りに出された。熱心なコレクターたちは、タペストリー、ロートレックの絵画、ヴェネチアングラス、金ピカの時計など、次から次へと落札した。しかし、この競売でとくに注目を浴びたのは、裸婦像で飾られた銅製の大きな浴槽と、凝りに凝った椅子だった。ダーティ・バーティの浴槽は、画家のサルバドール・ダリが一〇万フラン以上で落札し、パリのホテル・ムーリスの自身のスイートルームに設置した。悪名高い愛の椅子は、人気作家でジャズミュージシャンのボリス・ヴィアンの弟、アラン・ヴィアンが三万二〇〇〇フランで落札した。それ以降、何度か所有者が変わり、いまはどこにあるかわかっていない。

「〈スージー〉にて」、ブラッシャイ作、1932〜33年頃。
ブラッシャイは、ハンガリー系フランス人の写真家、芸術家、作家のジュラ・ハラースのペンネーム。彼の写真には上流社会を撮影したものも少なくないが、ブラッシャイの名を不朽のものにしたのは、彼が住んでいたパリのモンパルナス界隈をとらえた写真だった。ブラッシャイは、売春宿やセックスワーカーなど、パリの夜生活の本質を記録におさめた。

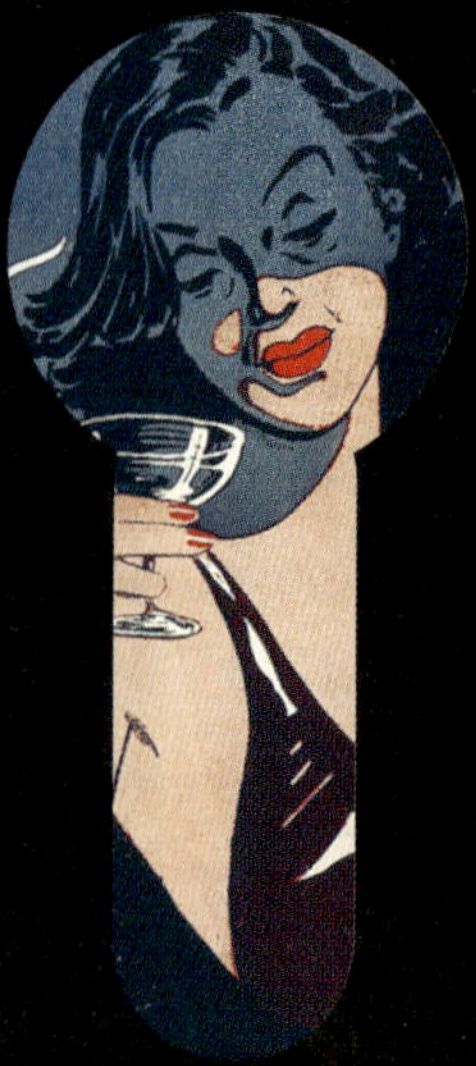

第11章

# 予防という独裁政治

## 戦時下のセックス

軍服を着たドイツ人たちが……一五歳から二五歳までの女たちを品定めする。兵士のひとりがポケットから懐中電灯を取りだし、ある婦人の目をまっすぐに照らす。ふたりの婦人が青白い顔をこちらに向ける。疲労と諦めの浮かぶ表情……彼女たちはコートを開くと、淫らに手を動かして自分たちを弄りはじめた。「寝るならこの女だ」と兵士は言った。

——フランツ・マウィック、一九四二年

一九一四年八月、イギリス軍の第一陣がいざフランス前線へ出立するというとき、威厳ある陸軍元帥キッチナー卿は、「イギリス兵たるものの本質」についてまとめた助言書のコピーを全兵に配布した。一枚の紙に印字されたキッチナーの言葉は、兵士ひとりひとりが給与台帳の中に大切にしまっておくべきものとされた。「つねに礼儀正しく、思慮深く、心やさしくあれ」、「略奪はいかなるときも恥ずべき行為とみなせ」といった兵士たちへのいましめの言葉に加えて、性行為についても言及されている。「この新たな経験において、ワインと女に誘惑を覚えることもあるだろう。どちらの誘惑にも決して屈してはならない。女には最上級の礼儀をもって接するべきだが、いかなる親密な関係も避けなければならない」[1]従軍中のイギリス兵は

メッシーナ兄弟〔ロンドンの犯罪組織を率いた五人兄弟〕にとって、戦争は天からこの世に賜られた最大の恵みだった……ロンドンの街は、イギリス軍、アメリカ軍、故郷を離れてやってきた戦争労働者たちでごった返すようになっていた。刹那なひととき、金遣いは荒く、モラルなど消えてなくなっていた。そんなときこそ、そう、わたしの出番だった。

――マルト・ワッツ、『わたしの人生の男たち』（一九六〇年）

みな、戦争のあいだ、この助言を肌身離さず持ち歩いていた。それをしまっておく給与台帳に、西部戦線の売春宿で俸給が使われたことが記録されたのだから、皮肉なものである。

キッチナーは、これで兵士たちが「ワインと女」を控えると期待したのだろうが、現実はまったく違った。兵士たちはキッチナーの助言を堂々と無視したうえ、彼らがそうすることは上官たちも承知のうえだった。アイルランド人のフランク・パーシー・クロージャー准将はこう書いている。

「若者たちに、イングランドの塹壕を防衛しながら、同時に貞操を守りつづけることを期待するのは妥当ではない。ワインも女もなしに戦争しようとする者は、現実のなんたるかをわからずに幻の幸せを見ているだけである。戦争において生半可なやり方で通用するものなどないのだから」[2]

つまり、アメリカのジョージ・パットン将軍が単刀直入に述べたように、「兵士はセックスをしなければ戦わない」[3]のだ。しかし、たいていの兵士はセックスをすると戦わなくなってしまうということに、世界各国の政府はまもなく気づいたのだった。

第一次世界大戦が終わるまでに、イギリスと自治領の兵士たちの性病(VD)による入院患者数は四一万六八九一人にのぼった。一九一八年だけでも、性病治療のために六万九九人がフランスとフランドルにある病院に入院している[4]。カナダ軍、オーストラリア軍、ニュージーランド軍、ドイツ軍も似たような状況だった。性病によって軍は大打撃を受け、ほとんどの参戦国では、インフルエンザを除くどの病よりも梅毒や淋病で入院する兵士の数が上回った。淋病患者は、さまざまな水銀化合物、消毒液、コロイド銀で最長四週間の治療を受けた。「任務中に負ったのではない」被害によって失われた兵力は

**前頁　性病治療のために憲兵に病院まで移送されるナポリのセックスワーカーたち、1939～45年頃。**
第一次世界大戦および第二次世界大戦中、ほとんどの参戦国では、インフルエンザを除くどの病よりも梅毒や淋病で入院する兵士の数が上回っていた。性病対策は国家安全保障の問題となり、その代償を支払わされたのはセックスワーカーたちだった。

相当なものだった。この危機に対し、従軍兵士に禁欲を強いる（「倫理的予防策」と呼ばれた）、公認の売春宿やコンドームをあてがう（「物理的予防策」と呼ばれた）など、国によってさまざまな対応がなされた。しかし、軍のセクシャルヘルスの責任の所在については、どの国も意見が一致していた。つまり、非はワインと女にあるとされたのだ。

第一次世界大戦勃発後の数カ月間は、ドイツ軍もほかの大半の国々と同じように、セックスに金を払うなと兵士たちに言って聞かせ、彼らの心にそのキリスト教徒としての義務を訴えるだけで、性病の増加を抑えるには充分だろうと期待していた。しかし、禁欲を唱えるだけでは兵士たちを売春宿から遠ざけることができないとわかると、実用主義のドイツ軍は倫理的ではなく物理的予防策を講じることにした。新兵に性病についての教育を施し、コンドームの使い方を指導したのに加え、まもなく占領した国々のセックスワークまで管理するようになった[5]。フランスとベルギーでは、売春は既に国家の規制下にあった。登録と健康診断を強制する、いわゆる「フランス制度」だ。ドイツ軍

**ドイツの売春宿、1916年頃。**
第一次世界大戦中、ドイツ軍は占領下に置いたヨーロッパ各地の都市にあったすべての売春宿を管理した。そこで働くセックスワーカーたちはきびしく監視され、健康診断が義務づけられた。この絵の楽しげな雰囲気は、売春宿で働く多くの女性たちが実際に経験したものとは違っただろう。

もすぐにこの制度を取り入れたが、それはあの有名なゲルマン的規律をもって、かつてない規模で実施されたのだった。

一九一五年二月一一日、ベルギーを占領下に置いていたドイツ当局は、前線背後の地域で売春をした疑いのある女性全員に対して登録と週二回の検査を義務づけた。それから二日後、ドイツ警察と地元当局が協力して運用する風紀警察《ジッテン・ポリツァイ》がつくられた。同年末までに、ドイツは占領下のすべての都市に風紀警察を置いた。セックスワークの規制と軍隊内の性病の抑制を目的に導入されたこの制度は、フランスの歴史家ジャン＝イヴ・ル・ナウールが「予防という独裁政治」と呼ぶほど、ひどく厳格なものだった。

ドイツ軍は新旧を問わずすべての売春宿を管理するようになった。これらの売春宿は、階級によって、将校向けと下級兵向けの店に区別された（同様の制度はフランスの連合軍でも非公式に採用され、「青ランプ」の店は将校向け、「赤ランプ」の店はそれ以外の兵向けとされた）。セックスワーカーたちは、週に二回、ドイツ人医師による膣検査を受けなければならず、さもなくば刑務所に入れられた。そ

LORD KITCHENER'S ADVICE

THE TRUE CHARACTER OF A BRITISH SOLDIER

The following instructions were issued by Lord Kitchener to every soldier in the Expeditionary Force, to be kept in his Active Service Pay Book:-

You are ordered abroad as a soldier of the King to help our French comrades against the invasion of the common enemy. You have to perform a task which will need your courage, your energy your patience. Remember that the honour of the British Army depends on your individual effort. It will be your duty, not only to set the example of discipline, and perfect steadiness under fire, but also to maintain the most friendly relations with those whom you are helping in the struggle.

The operations in which you are engaged will, for the most part take place in a friendly country, and you can do your country no better service than in showing yourself to France and Belgium in the true character of a British Soldier.

Be invariably courteous, considerate, and kind. Never do anything likely to injure or destroy property, and always look upon looting as a disgraceful act. You are sure to meet with a welcome and to be trusted; your conduct must justify that welcome and that trust.

Your duty cannot be done unless your health is sound. So keep constantly on your guard against any excesses. In this new experience you may find temptations both in wine and women. You must entirely resist both temptations, and, while treating all women with perfect courtesy, you should avoid any intimacy.

Do your duty bravely.
Fear God.
Honour the King.

KITCHENER, Field-Marshal,
August,9th,1914.

**左　「イギリス兵たるものの本質」、キッチナー卿、1914年。**
これらの指示はキッチナー卿から遠征軍の全兵に出されたもので、それぞれの給与台帳の中に保管されていた。

**右　戦線近くの移動式売春宿、1916年頃。**
イギリス兵は「ワインと女」に近づいてはならないとのキッチナーの命令とは裏腹に、戦線には従軍兵士用に何百という売春宿があった。

のうえで、自分が健康体で働く許可を得ていることを証明する書類の記録管理と更新もしなければならなかった[6]。もし感染していることが発覚した場合は、ヨーロッパ各地の占領下にある主要都市にドイツ軍が新設した性病センターに強制的に入院させられた。ブルージュとアントワープの性病センターでは、一九一七年および一九一八年に一〇〇〇人以上の女性が治療を受けている[7]。これらの治療センターの多くは、治療もさることながら屈辱を与えることを目的としており、刑務所とほとんど大差なかった。

軍用売春宿、コンドーム、強制検査といったドイツの規制制度は、性行為を売る女性たちにとって、もちろん友好的なものではなかった。だが、少なくともこの制度では、性病は健康の問題であって、道徳的失敗としてはとらえられていなかった。アメリカ軍が採ったアプローチは、むしろ後者だったと言える。ジョン・J・パーシング将軍からすれば、アメリカ軍が戦っている戦争はふたつあった。つまり、ドイツ同盟国に対する戦争と、悪徳に対する戦争だ。軍隊の「社会衛生」について何も対処しなければ、アメリカは両方の戦争に負けるであろうことがすぐに明々

**フランスにあるアメリカ軍基地の内部、1918年。**
看板には、性病に感染した兵士へのさまざまな処罰について注意喚起がなされている。

白々となった。フランスのジョルジュ・クレマンソー首相は、じつに多くのアメリカ兵が性病に伏していることを知ると、西部戦線にアメリカ兵専用の売春宿をつくってはどうかとパーシング将軍に提案する書状を送った。これは、フランスが性病を抑制するために一九世紀から用いてきた制度だったので、クレマンソーにとっては理にかなったものだった。この書状は、軍隊倫理担当の特別補佐官レイモンド・フォスディックより、アメリカ陸軍長官ニュートン・ディール・ベイカーに手渡された。これを何度も読み返し、ショックを受けたベイカーはこう叫んだ。「なんてことだ、レイモンド、こんなものを大統領に見せてはならん。戦争をやめてしまいかねない」[8]代わりに、アメリカ軍は倫理的予防策を講じることにし、セックスワークに非難を浴びせて抑圧する作戦に出ることで、従軍兵たちを禁欲せざるをえない状況に追い込んだ。

　パーシングは、コンドームを配ったところで悪徳を助長するだけだと考え、アメリカ兵へのコンドームの支給を拒んだ。代わりに、一九一七年七月、すべての陸軍基地に予防ステーションを設置し、性病の兆候がないか兵士たちに

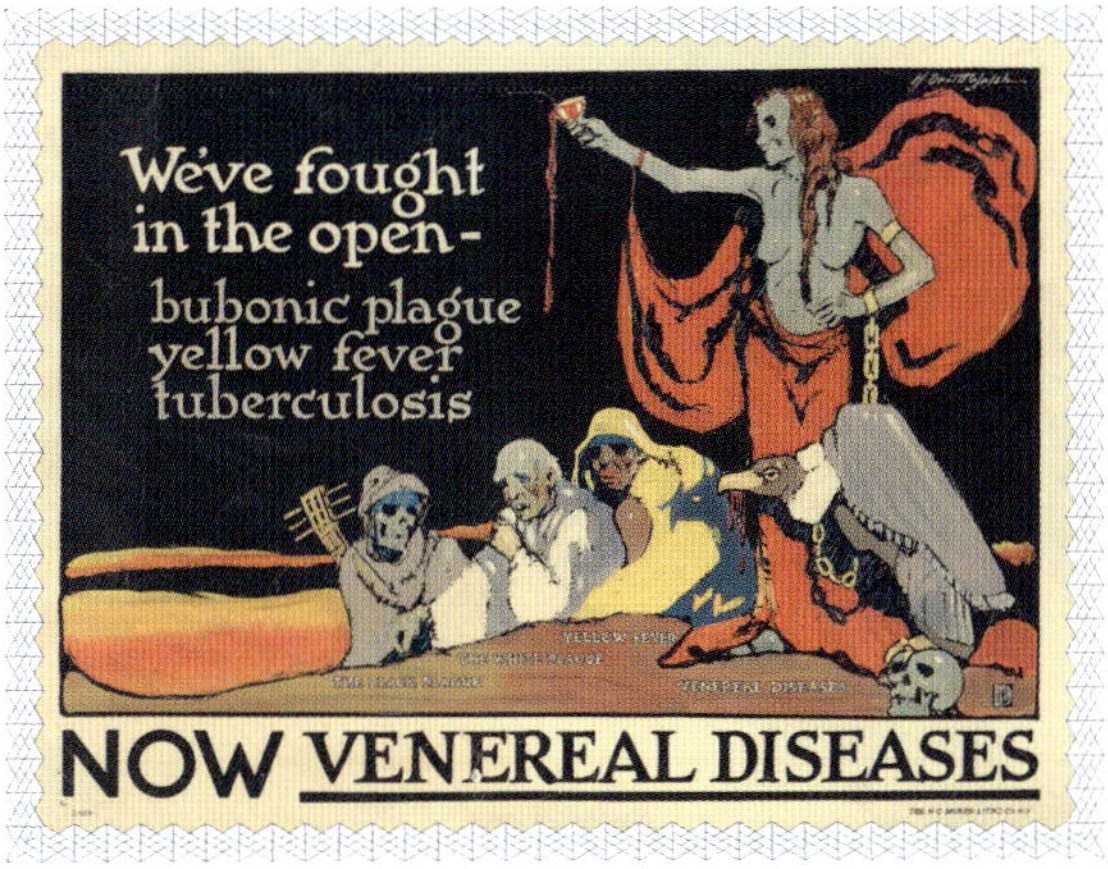


**左　性病について軍隊に注意喚起をするアメリカのポスター、1919年。**
第一次世界大戦中とその後、アメリカは純潔キャンペーンを積極的に行い、兵士たちを売春宿から遠ざけようとした。

**右　性病について軍隊に注意喚起をするアメリカのポスター、1918年。**
アメリカの反性病キャンペーンのイメージでは、「尻軽女」を病気の媒介者として悪者扱いしたものが多かった。ここでは、髑髏に囲まれた半裸の女性が死になぞらえられている。

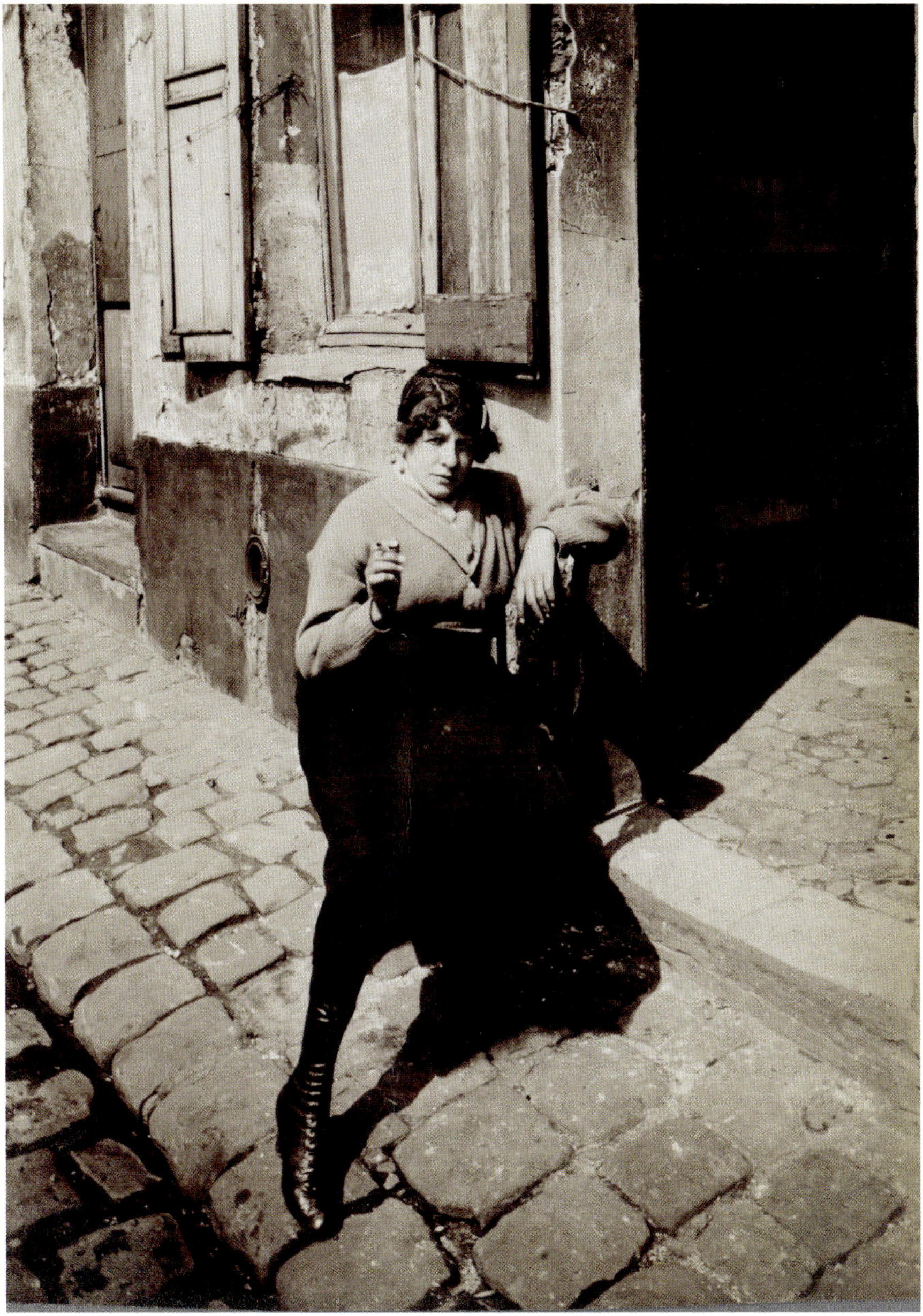

**「店番をする公娼、ラ・ヴィレット」、1921年(左)と「女、兵士、売春宿、ヴェルサイユ」、1921年(右)、ウジェーヌ・アジェ撮影。**
両世界大戦中、フランスは登録と強制的な健康診断を通じてセックスワーカーたちをきびしく規制することで、軍隊内の性病を抑制しようとした。

マルセイユのセックスワーカーたち、1918〜19年。
売春宿の外に座るセックスワーカーや、彼女たちを訪れる兵士たちの姿をとらえた絵葉書。

定期的な生殖器検査を義務づける命令を出した。各基地の司令官は、兵士たちのセクシャルヘルスの責任を負い、検査と治療について詳細な記録をつけることが求められた。どの軍事基地も出入り口は一カ所に限られ、厳重に警備された。症状が見られる、あるいは最近セックスをしたことが判明した兵士には、性交後の化学的予防措置が取られた。これは、衛生兵の前で裸になり、ペニスを擦られ、膀胱がいっぱいになるまで尿道に消毒液を挿入されたあと、塩化水銀軟膏を塗布されるというものだった。このプロセスは、再犯を思いとどまらせるために、わざとこのように屈辱的かつ苦痛を伴うものにしてあったのだ。治療期間中は給与の支払いが停止され、性病の兆候があるにもかかわらず報告しなかった兵士は軍法会議にかけられることもあった。イギリスでは、性病に罹ったことが発覚した兵士は給与の支払いを停止されたうえ、家族宛にその行為を知らせる手紙が送られた。この慣習は、ある少佐が自分の入院理由を妻に伝えられたことを苦にして自殺したのを機に廃止された。それ以降、近親者たちは、自分の愛する人が入院したとだけ告げられるようになり、理由は「未診断」とされた[9]。このような管理体制の背景には、「ふしだら」で「不道徳」な女がいかに危険かを警告する広範なプロパガンダ・プログラムがあった。

　フランスのセックスワーカーに病気の媒介者、はたまたスパイかもしれないというレッテルを貼って非難する訓示、ポスター、チラシなどが軍隊中にばら撒かれた。『*Fit to Fight*（フィット・トゥ・ファイト）』（一九一八年）のような映画では、「尻軽女」の恐ろしい顛末が描かれ、キリスト教青年会（ＹＭＣＡ）のような団体は不健全な欲求から兵士たちの気をそらすためにさまざまなレクリエーション活動を提供した。フランスでは、認可の家《メゾン・ド・トレランス》にアメリカ兵が立ち入ることはいっさい禁止された。一方、アメリカ本国では、「評判のよくない者」を逮捕・拘束し、「衛生官が適切と考える期間」勾留する権限が守備隊駐屯地の置かれた都市の自治体に与えられた[10]。何百人もの女性が検挙され、戦争が終わるまでアメリカ各地の性病センターに収容された。
またアメリカ政府は、フランスの公娼制度を廃止させようと、同盟国にかなりの圧力をかけた。しかしフランスのクレマンソー首相は、そのような変更を断固として拒否した。その結果、イギリスにとって緊迫した状況が生まれた。自国の兵士たちに売春宿には行ってほしくないが、かといって売春宿を閉鎖すればフランスの機嫌を損ねかねないと危惧したのだ。アメリカの反悪徳団体からの圧力の高まりに、イギリスは一九一八年、ついに自軍の兵たちにフランスの売春宿に近づかないよう命じた。しかし、これはたいした抑止力にはならなかった。兵たちは、戦争が終わってようやく帰国できるようになるまで、メゾン・ド・トレランスに長い列をつくっては財布を空にしつづけた。このような光景について、機関銃隊に所属していたイギリス兵のジョージ・コパードは、戦争回顧録の中で次のように述べている。

「一五〇人をはるかに超える兵士たちが、『マドモワゼル・フロム・アルマンティエール』などの陽気な歌を歌いながら、開店時間を待っていた。午後六時ちょうど、売春宿の入り口の赤いランプがともった。兵士たちのあいだに歓声が沸き上がったかと思うと、彼らは入り口へどっと押し寄せていった」[11]

国内の道徳主義者から「悪徳」を奨励していると思われることを恐れつづけたイギリス軍は、戦争もあと数カ月で終わるという時期になってようやく、兵士たちに基本的な予防薬を支給するようになった。このとき支給されたのが過マンガン酸カリウム入りのチューブだったが、それもなかなか手に入るものではなかった。ニュージーランドなどのほかの国々も、表向きには悪徳を非難しつつも、性病の流行をなんとか抑え込

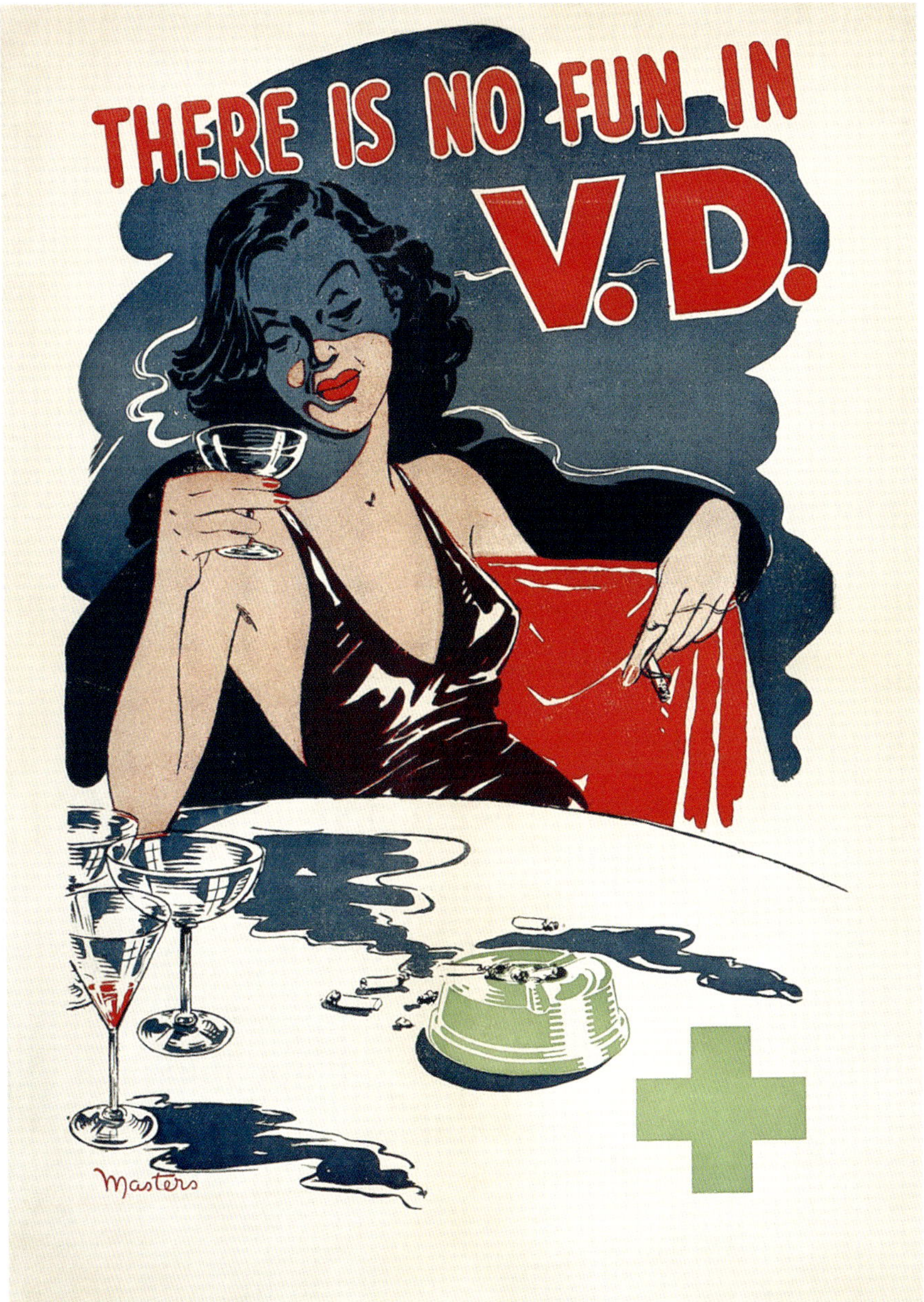


**アメリカの反性病ポスター、1945年頃。**
このポスターは、飲酒および不特定多数とのセックスが性感染症につながることを示唆し、それらの危険性について警鐘を鳴らしている。

みたい一心で、密かに兵士たちに予防キットを支給しはじめた。

　第一次世界大戦中に、性病によって失われた労役時間は相当なものだった。そのため、第二次世界大戦が勃発したときに、軍隊のセクシャルヘルスを蔑ろにする者はいなかった。アメリカの陸軍省でさえ、禁欲を無理強いしようとしたところでうまくいかないことに気づき、代わりに全兵士にコンドームを支給したり、おもに「尻軽女《ファースト・ウーマン》」や「浮気女《グッドタイム・ガール》」などと偏見を植えつける、安全な性行為キャンペーンを展開したりした。アメリカの従軍兵たちには、月に六個のコンドームと、「プロキット（予防キット）」――軟膏、石鹸を染み込ませた布、セックス直後に使用するための清拭ティッシュが入っていた――が支給された[12]。コンドームの生産量は増加し、その製造企業は、自社製品に〈ラムセス〉、〈シャイフ〉、〈サクソン〉といったエキゾチックな響きの名前をつけた。

　連合軍の兵士たちは安全なセックスについて学び、予防キットを支給されたが、それでも売春宿にはやはり行ってはならないとされた。イギリス軍はインド、ナイロビ、スリランカにある売春宿を閉鎖して対処しようとしたものの、効果はほとんど見られなかった。ドイツ軍はふたたび、占領したすべての国での売春を統制するようになり、登録と検査の義務化といった厳格な制度を導入した。取引的性交は公認の売春宿でのみ許可され、そのうち最高級の店はドイツ軍将校専用とされた。ドイツ兵へ性的奉仕を熱心にお膳立てすることは、結婚と性的忠誠心を推進するナチスのプロパガンダとは矛盾しているように思われた。しかし、親衛隊指導者のハインリヒ・ヒムラーは、このような疑心を「上品というものの誤った理解であり、キリスト教的考えのきわめて根強い名残の典型である」として一蹴した[13]。ヒムラーにとって、国家公認の売春宿は、性病を抑制するだけでなく、ドイツ人が現地の人種的に劣った女性とセックスをすることを防ぐためのものでもあったのだ。チェコスロバキア侵攻後の一九三九年四月一九日、ヒムラーは「東部生まれ」の女と

**アメリカの反性病ポスター、1940年代。**
第二次世界大戦中、アメリカは性病について兵士たちに教育を施そうとした。しかし、そのために展開されたキャンペーンでは、軍隊内に蔓延する性病の原因は依然として「尻軽女」のせいだとされた。

の性行為を違法とした[14]。代わりにポーランド、のちにロシアにいる自軍の兵士たちに売春宿を与えることで、人種的に劣る人間と関係を持つことを防いだ。これら公認売春宿でも、やはり働いているのは地元の女性たちだったのだが、この明らかな矛盾も、女性たちを意に反して強制的に働かせることも、ヒムラーは気にならなかったらしい。

ナチスは売春を必要不可欠な軍需品とみなしていたようだが、その一方でセックスワーカーたちを「反社会的人間」に分類した。多くの売春婦たちは検挙され、ベルリンから北に約九〇キロのところに位置したラーフェンスブリュック女子収容所などの強制収容所に送られたあと、非ユダヤ人の模範囚に「褒美を与える」ために建てられた収容所内の売春宿で働かされた。マウトハウゼン、アウシュヴィッツ、ブーヘンヴァルト、ノイエンガンメ、ダッハウ、ミッテルバウ＝ドーラ、ザクセンハウゼンといった強制収容所に、こうした売春宿がつくられた[15]。

収容所送りの運命を逃れた人々も、ヨーロッパ各地で売り買いされ、結局は東部戦線にあるドイツの売春宿で働いた。いったんドイツ当局にセックスワーカーとして正式に登録されてしまうと、ほぼなんの権利も持てずに、ナチスの支配下にあるど

左　マウトハウゼン強制収容所の「売春宿」、1942～44年頃。
これらの売春宿は、非ユダヤ人の模範囚への「褒美」としてつくられた。そこで強制労働させられた女性たちについては、ほとんど何も知られていない。

右　マウトハウゼン付属収容所であるグーゼンの「売春宿」を訪問するハインリヒ・ヒムラー、1941年頃。
1942年、マウトハウゼン強制収容所内に初めて売春宿がつくられた。しかしその後、ほかの多くの強制収容所にも導入された。

こかしらで働かざるをえなかった。フランス、オランダ、ボヘミア、モルドバ出身の登録されたセックスワーカーたちは、東部の軍用売春宿に船で送られた。一九四〇年九月、アーリア人種であるドイツ人とのセックスを禁止する法律に違反したポーランド人の女性は罰として売春をしなければならないとする法令が、国家代理官のアルトゥール・グライザーによって可決されると、さらに多くの女性たちが性奴隷になることを強いられた[16]。

ナチスのセックスワーカーたちに対する扱いは信じがたいほど残酷だったが、彼女たちの苦悩は戦争とともに終わったわけではなかった。売春宿で働かされていた女性たちは、その汚名をぬぐい去ることができず、終戦後も社会から疎まれつづけた。生き延びた人々は恥さらし扱いされ、性奴隷や軍用売春宿の実態について研究者たちがようやく明るみに出せるようになったのも、一九九〇年代になってからだった。フランスでは、第二次世界大戦のあいだに、セックスワーカーや売春宿に対する世論が劇的に変化していた。ナチスはパリを占領したとき、〈シャバネ〉、〈スフィンクス〉、〈ワン・トゥー・トゥー〉、〈ラ・フルール・ブランシュ〉などの多くの売春宿を、ドイツ軍将校

**左　強制的に性奴隷にさせられた中国人女性を監視する将校、1948年頃。**
これらの女性たちは「慰安婦」と呼ばれ、第二次世界大戦前から戦中にかけて、大日本帝国陸軍によって占領地で性奴隷として働かされていた。

**右　軍隊の「慰安婦」としてマレーシアのペナンから日本軍によって強制的に連れてこられた中国人とマレー人の少女たち、1939～45年頃。**
2015年、中国の「慰安婦」に関する専門記念館が南京にオープンした。

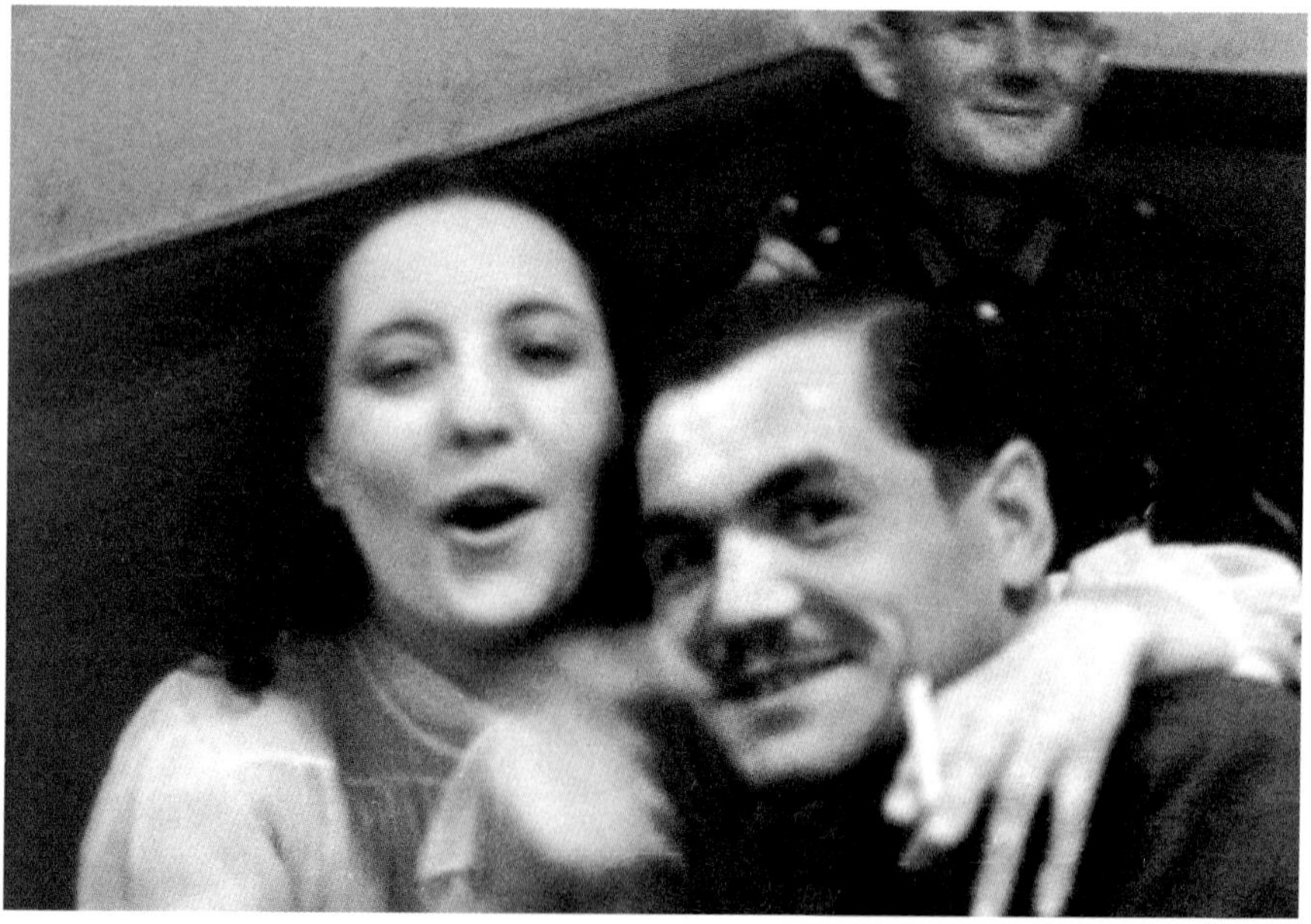

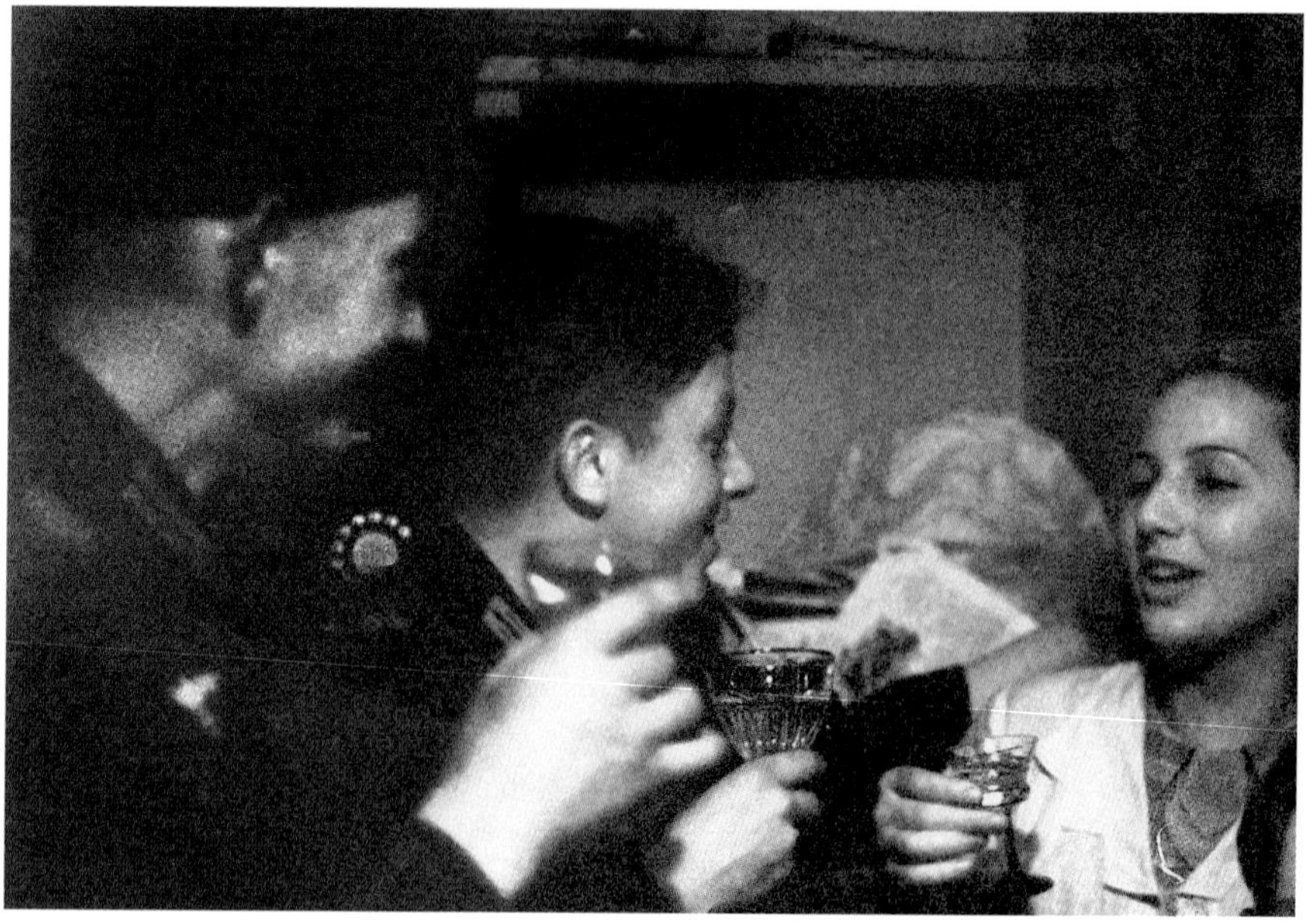

**フランスのブレストに建てられたフロイデンホイザー(喜びの家)、1940年頃。**
ドイツ軍は、セックスワークとセックスワーカーたちの健康を残忍なほどにきびしく管理することで、軍隊内の性病を抑制しようとした。

フランスのブレストに建てられたフロイデンホイザー（喜びの家）、1940年頃。
元シナゴーグ内につくられた売春宿の掲示（下）には、コンドームの使用が必須であると書かれている。

**ナポリの売春宿の室内、1945年頃。**
イタリアでは、1958年にメルリン法が可決されたことで売春宿が違法となり、そこで働いていた女性たちは路上や民家に追いやられることになった。

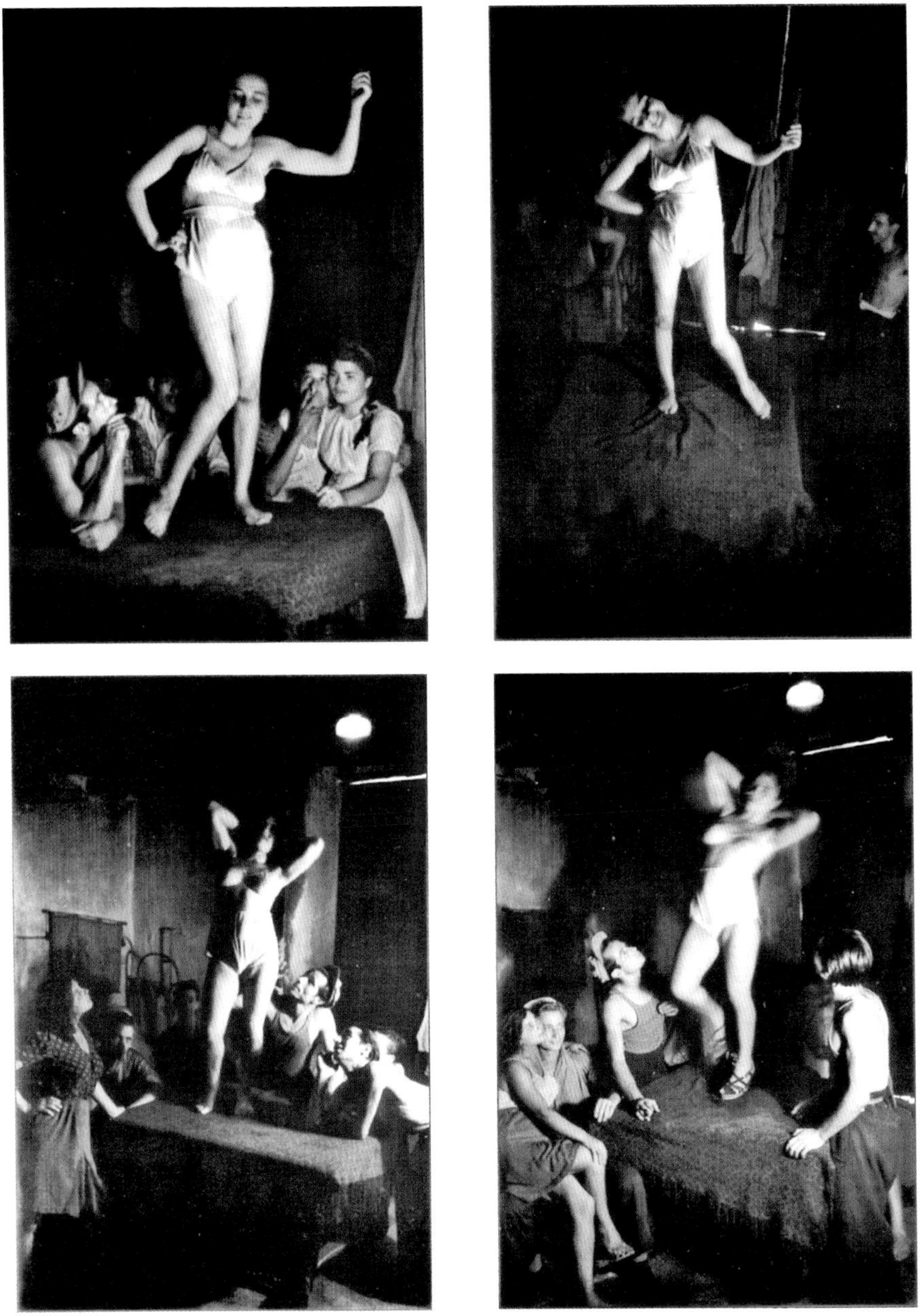

**ナポリの売春宿の室内、1945年頃。**
あるアメリカ人外科医の報告によると、「ナポリからやってきた何百という売春婦が、衛兵をすり抜け、われわれの野営地に乗り込んできた」という。

**ファム・トンデュ(剃毛された女たち)、1945年頃。**
1945年のドイツ降伏後、フランス全土でナチスに協力したと思われる者への報復の渦が巻き起こった。軍用売春宿で働いていたセックスワーカーたちは、その露骨な標的となった。多くの元売春婦たちは頭髪を剃られ、鉤十字をペイントされて、町中を歩かされた。

専用の店として徴用した。ドイツの庇護のもと、これらの店は大繁盛した。しかし、ひとたび戦争が終わると、フランスではナチスに協力した疑いのある者への残忍な報復の渦が巻き起こった。野蛮な追放《エピュラシオン・ソヴァージュ》としてのちに知られるようになった期間〔一九四四〜四五年頃〕に、約六〇〇〇人が殺されたと言われている。

ドイツ人と関係を持った女性は、「水平的協力」のそしりを受けた。ナチス党員と話しているところを見られただけでも告発されたが、さらにセックスワーカーは自警団の露骨な標的となった。戦時中に売春宿で働いていた女性たちは、頭髪を剃られ、裸にされたうえにタールを塗られ、町中を歩かされた。多くの売春婦たちは体に鉤十字をペイントされたり、額に赤い口紅でひどい落書きをされたりした。彼女たちは「剃毛された女たち《ファム・トンデュ》」と呼ばれるようになった。フランス政府が半年の猶予を与えたのちに売春宿を閉鎖することにしたのは、終戦からわずか一年後のことだった。セックスワークから身を引く女性たちに対する支援対策はほとんどなされなかったため、大半はそれまでよりもさらにわずかな権利しか与えられずに、犯罪者扱いされながら働きつづけた。これらの女性たちがどうなったか、現存するデータはほとんどない。ただ記録から消え失せているのである。

戦時中の売春政策は国によって多種多様だったものの、性行為を売る女性たちを非難し、ひどい汚名をなすりつけた点ではどれも同じだった。反悪徳の方針は「ふしだらな女」に忌み避けるべき病気の媒介者という役割をあてがい、一方の「予防という独裁政治」は彼女たちを統制すべき病気の媒介者とみなした。いずれにしても、責めを負うべきは「ワインと女」であるという見方に変わりはなく、その代償を支払わされたのは女性たちだった。

# おわりに

## 反撃

わたしたちはもう、決してセックスで公衆に奉仕したりしない。
——ウラ、セックスワーカーの活動家、一九七五年

一九七五年六月二日月曜日の朝、一〇〇人を超えるセックスワーカーたちがリヨンのサン＝ニジエ教会に入っていった。ウラとだけしかわかっていない人物の主導のもと、フランスの最高権威者に訴えが聞き入れられ、セックスワーカーに対する警察の懲罰的方針が改められるまで、彼女たちはそこを立ち退こうとしなかった。金曜までに、その数は二〇〇人以上にふくれ上がり、フランス各地のセックスワーカーたちもリヨンの同志たちに共鳴して立ち上がった。マルセイユ、パリ、グルノーブル、サン＝テティエンヌでは教会が占拠され、ニースではセックスワーカーたちがストライキを行った。パリでは、セックスワーカーの代表団が、警察に彼女たちへの横暴な行為をやめるよう求める嘆願書を、『フランス＝ソワール』紙に掲載した。実際、警察の横暴さはひどいものだったのだ。

これより三年前、リヨンの風紀犯罪取締班に所属する数名の幹部警察官が、「警察の保護」と引き換えにセックスワーカーや売春宿の経営者から金銭を巻き上げていたことが、ある匿名の内部告発者によって暴露された[1]。その後のスキャンダルは、リヨンを震撼させた。告発された警察官たちはすぐに起訴され、刑務

所に収容された。リヨン当局は、これ以上警察が売春から利益を得ることはないと市民たちに示すために、市から悪徳を一掃することを誓った。一九七二年、リヨンでは、売春の客引きで約六二九〇人が罰金に科され、四三人の売春斡旋人が刑務所に拘置され、セックスワーカーに部屋を貸していたとして風俗街にある四一棟のホテルが閉鎖された[2]。こうした売春宿はフランスの法律でそもそも違法とされていたのだが、このスキャンダルが起こるまでは、目立ったことをしないかぎりは警察も黙認する姿勢を取っていた。しかし、警察の腐敗が発覚したことで、すべては一変した。

働く場所を失ったリヨンのセックスワーカーたちの多くは、罰金を科されたり、「淫蕩扇動罪」で起訴されたりする恐れがあるにもかかわらず、路上で客引きをするほかなくなった。売春で罰金を科された人々は、その罰金を支払うためにセックスを売りつづけるしか選択肢はほぼなく、その結果、さらに罰金を科されるリスクが高まるだけだった。このような扱いに憤慨した約四〇人のセックスワーカーたちは、一九七二年八月二四日、大きな風俗街近くのジャコバン広場に集い、翌日に行う抗議デモの計画を立てようとした。しかし、警察はこれを速やかに追い払った。翌日、勇敢にも抗議デモを決行しようとやってきた数名を待ち受けていたのは、さらに多くの警察官たちだった。警察は彼女たちを知事との会合に連れていくと言ったが、実際に連れていったのは中央警察署で、そこで彼女たちは何時間も拘留された。

警察がセックスワークをきびしく取り締まるようになるにつれ、セックスワーカーたちへの暴力が増加した。一九七四年の三月から八月のあいだだけでも、リヨンで三人のセックスワーカーが惨殺された。犯人が逮捕されることはなく、新しく設立された〈リヨン売春婦擁護団体〉は、適切に犯罪捜査を行っていないとして警察を非難した。一九七四年に同団体が作成した最初の声明文はじつに理路整然としていた。「一九七一年以降、六、七人の売春婦が殺害されている……いずれも拷問を伴う凄惨な殺人だった。警察はいまだ犯人を見つけていない」[3]
リヨン市でフランス刑法R三七条がふたたび有効化されたのが、最後の引き金となった。これはつまり、同じ違反で何度も罰金を支払ってきた者は、刑務所送りになりうることを意味した。路上に出るしかなく、既に何度も罰金を科せられているリヨンのセックスワーカーたちは、自分たちにとってこの法律が何を意味するのか、充分すぎるほどわかっていた。サン＝ニジエ教会を占拠したとき、彼女たちがまず最初にしたのが、「子どもたちは母親が刑務所に入ることを望んでいない」[4]と書いた横断幕を教会の尖塔から吊るすことだったのも当然といえる。
女性たちは一〇日間にわたり教会に立てこもった。そのあいだ、地元の業者から飲食物の差し入れや、さまざまな組合、フェミニスト団体、同性愛者の権利活動家から応援の電報が届いた。教区司祭のアントナン・ブダルは、彼女たちを追いだそうとはしなかった。世界中のメディアが押し寄せ、ストライキ中のセックスワーカーたちから話を聞こうと大

**セックスワーカーたちによるサン＝ニジエ教会占拠、1975年。**
100人以上の女性たちが10日間にわたり教会を占拠した。このできごとを記念して、6月2日は「国際セックスワーカーの日」として世界中のセックスワーカーたちのあいだで祝われている。

騒ぎした。結局、政府は彼女たちのもとへ代表者を送ることなく、警察に命じて強制的に教会から立ち退かせた。

セックスワーカーたちの要求は受け入れられなかったものの、サン＝ニジエ教会の占拠は国際的ニュースとなり、セックスワーカーの権利を求める闘争が勢いづく重要なきっかけとなった。いまでは、六月二日は「国際セックスワーカーの日」として世界中のセックスワーカーたちのあいだで祝われている。セックスワーカーによる集団行動が世界を舞台に展開されて広い支持を得たのは、これが初めてだった。とはいえ、セックスワーカーが自分たちの権利を要求し、警察の横暴に抗議し、政治に変革をもたらすために一致団結したのは、これが初めてではなかった。

一九六六年八月、サンフランシスコのテンダーロイン地区にあった〈コンプトンズ・カフェテリア〉で暴動が起こった。以前よりカ

左　〈ストーンウォール・イン〉、ニューヨークのグリニッジ・ヴィレッジ地区。
1969年のストーンウォールの反乱は、LGBTQの権利を求める闘争において非常に重要な事件となった。

右　マーシャ・P・ジョンソンとシルヴィア・リヴェラ、1969年頃。
セックスワーカーだったジョンソンとリヴェラは、ともにLGBTQの権利を求める活動家としても活躍した。

フェテリアの店主は、店がドラァグクイーンやトランスジェンダーのセックスワーカーたちの溜まり場となるのを阻止しようと、頻繁に警察に通報しては、彼女たちのような常連客を売春と「女装」の罪で逮捕させていた。ひとたび拘留されると、彼女たちは性的・身体的暴行を受けたり、男囚の監房に入れられたり、頭を丸刈りにされたりと、警察からのひどい虐待を受けた[5]。あるとき店側がトランスジェンダーの客――その大半はセックスワーカーだった――を対象にサービス料を導入したことから、トランスジェンダーの集団が店の外でピケを張るようになった。警察がやってきて、抗議者を逮捕しようとしたところ、デモが暴徒化した。

カフェテリアの窓ガラスは粉々に砕け、テーブルや椅子はひっくり返り、投げつけられた皿が宙を舞った。それからドラァグクイーンやセックスワーカーたちは、ぞくぞくと通りに出てきた。警察の増援部隊が現れると、彼らの車両の窓ガラスも割られた。通りの売店まで全焼する始末だった。数十人もの暴徒たちが逮捕され、護送車の中に引きずり込まれた。そのあいだも、彼女たちは蹴ったり叫んだりと抵抗を続けた。

それから三年後、一九六九年にニューヨークで勃発した有名なストーンウォールの反乱でも、セックスワーカーたちは重要な役割を果たした。〈ストーンウォール・イン〉は、LGBTQの人々が深夜の溜まり場にしていたバーレストランで、よく警察の手入れを受けていた。一九六九年六月二八日未明にも、警察はふたたび強制捜査に踏み込んだ。だが、このときは常連客が反撃に出た。その夜、〈ストーンウォール・イン〉に「最初のレンガ」を投げたのが、有色人種のセックスワーカーでトランス女性のマーシャ・P・ジョンソンとシルヴィア・リヴェラだったとされている。ふたりはこれを否定しているが、このできごとが、それから六日間にわたる抗議行動と警察との衝突を引き起こし、ゲイ、レズビアン、トランスジェンダー、クィアの人々がこれ以上警察から残忍な扱いを受けることを頑として拒否するきっかけとなったのだった。ストーンウォールの反乱は、LGBTQの権利を求めるグローバルな闘いにおいて、きわめて重要な一件だったといまでは考えられている。二〇一九年には、ジョンソンとリヴェラの功績を称え、ニューヨークのグリニッジ・ヴィレッジに記念碑が建てられることが発表された。

セックスワーカーたちが一致団結へと蠢いている気配は、ストーンウォールの反乱やサン＝ニジエ教会の占拠よりもずっと以前から感じられていた[6]。一九一七年一月、五〇年後に〈コンプトンズ・カフェテリア〉の暴動が起こる場所から半マイル〔約八〇〇メートル〕も離れていないところで、およそ三〇〇人のセックスワーカーが、売春を市から撲滅するキャンペーンを展開していたポール・スミス牧師と闘うべく、サンフランシスコ市内をセントラル・メソジスト教会までデモ行進した。レジー・ギャンブルという名の有名な売春宿の女将《マダム》に率いられた女性たちは、「眉をペンシルで描き、ルージュの口紅を引いて派手に飾り立てた、闇社会からやってきた屈強な三〇〇人」とメディアに書きたてられた[7]。スミスは、ギャンブルから「数人の」女性たちが自分と話したがっていると聞かされていた。しかし、まさかこれほどの大群で押し寄せてくるとは思ってもいなかった。女性たちが話しだすより先に、自分は味方だと訴えることで、スミスは彼女たちの怒りをなんとか鎮めようとした。「ご理解いただきたいのは、この撲滅運動は、あなたがた女性に対するものではなく、あなたがたを被害者にしている制度に向けたものだということです……つまりは男の問題なのです」[8]と、彼は訴えた。しかし、集まった女性たちは納得しなかった。

ギャンブルは立ち上がると、ほかに選択肢がほとんどないせいで「闇社会で生計を立てるしかない、サンフランシスコの何百何千という女たち」について熱弁を振るいはじめた。彼女はスミス牧師をキリスト教の偽善者でしかなく、「わたしらみたいな女に教会周辺をうろつかれたくないと思っている」のだと非難し、売春ではなく貧困撲滅キャンペーンをすべきだときっぱりと言い放った。そして、もしも売春婦たちの生活手段をめでたく奪うことに成功したら、彼女たちを自分の家で保護するくらいの覚悟がスミスやほかの売春廃止論者たちにはあるのかと問いつめた。すると、ひとりの女性が立ち上がり、スミスに面と向かってこう言った。「お互いに腹を割りましょう。わたしらに生活を改めさせるつもり？　それとも社会を改革するつもり？　わたしらのことはもうほっといて。いまさらどうにかしようなんて遅すぎる。学校に通う少年少女とか、売春が蔓延する原因になっている社会状況に目を向けたらどうなの」[9]

大勢を前に劣勢に立たされたスミスは、女性たちに売春をやめるにはいくら金が必要かと尋ねることにした。彼が週に一〇ドルではどうかと提案すると、女性たちは二〇ドルか二五ドルは必要だと答えた。スミスは、それは非現実的だと言い、セックスワークではなく家事をしてはどうかと尋ねた。これに対し、ひとりの女性が「誰が台所で働きたいもんですか！」と怒鳴り返した。これにみながどっと笑い声をあげたところで、スミスはいきなり会合は終わりだと告げた。その日、何を言われてもスミスの考えは変わらなかった。事実、彼は同じ日の午後に反悪徳集会を主

**東京の電話ボックス内のピンクチラシ、2002年。**
インターネットが普及する以前は、タルトカード――セックスワーカーのサービス内容を宣伝するカード――が世界中の街の電話ボックス内に貼られているのをよく見かけた。売春を直接示すような表現は避けられ、代わりにセックスをそれとなく仄めかす表現が用いられることが多かった。

導したのだった。しかし、この行動は、セックスワーカー——たちの声と要求がアメリカの報道機関に記録された最初期のものとなった。

「考慮される」権利は、歴史を通じて繰り返し訴えられてきた要求であり、いまでもセックスワーカーの権利を求める戦いの骨子となっている。セックスワークの歴史において大きく欠けているのは、セックスワーカーたち自身の声だ。彼女たちはいつもそこにいたが、耳を傾けられたり、記録に残されたりすることはほとんどなかった。目を向けられることもほとんどなかった。彼女たちは説き伏せられ、貶められ、議論の槍玉に上げられてきた。セックスワークの歴史とは、規制と搾取、そして権力者たちがセックスワーカーのために己で制定した権利に目をつぶってきた歴史だ。人々は長いあいだ、セックスを羞恥とする語り口によって、セックスワーカーたちは暮らしを立てる必要のある人間ではなく、被害者、あるいは管理される必要のある存在、あるいは刺激の対象であるといった筋書きのほうへと目を向けさせられてきたのだ。

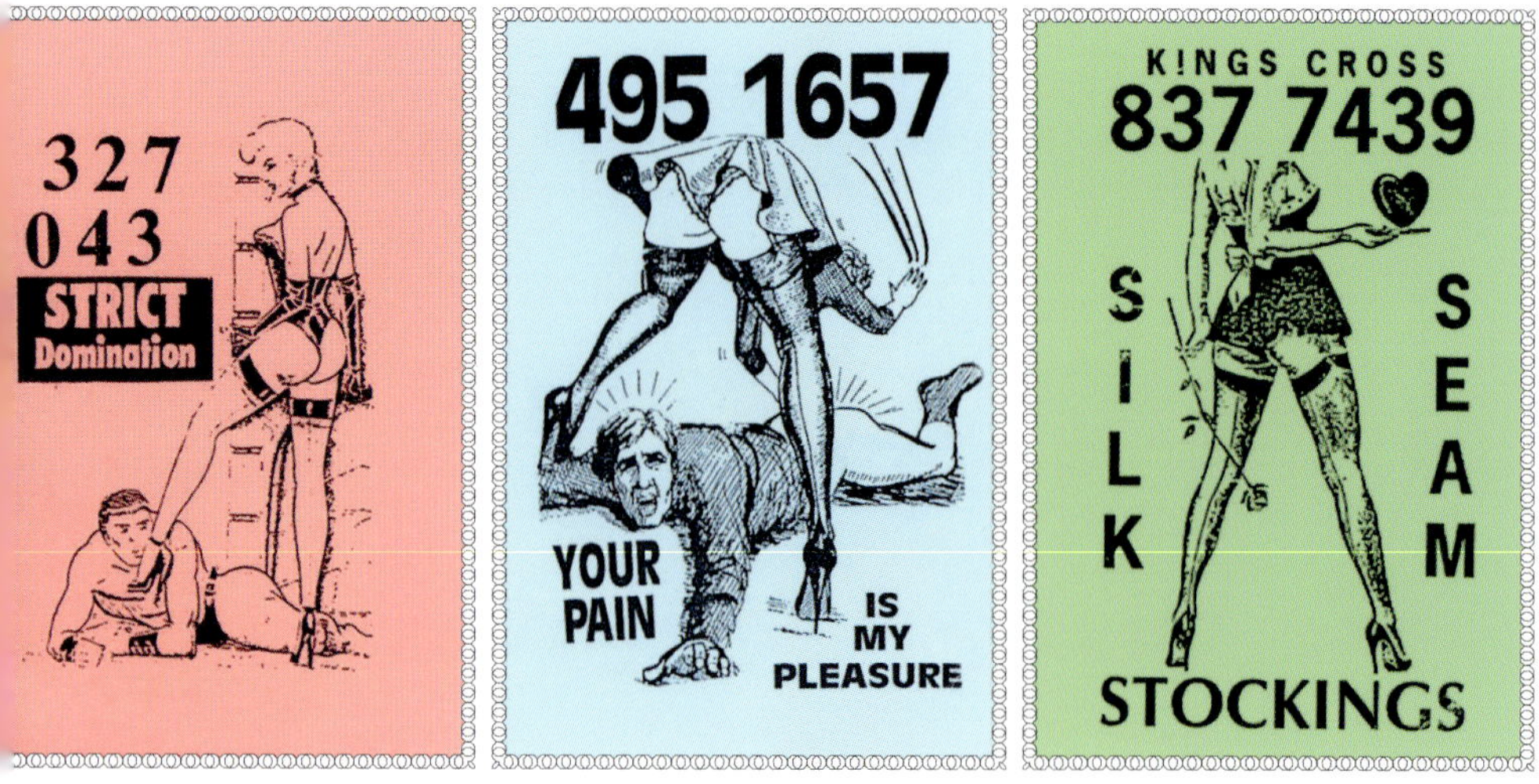


**イギリスのタルトカード、1990年頃。**
タルトカードは、1960年代にロンドンのソーホーなどの地域で手書きのポストカードとして誕生した。1980年代から90年代に印刷カードへと進化し、たいていは鮮やかな色紙で安価なコピーがつくられた。

二〇世紀後半になって、セックスワーカーの権利運動が勃興した。活動家たちは、道徳を押しつける人々や救済者ぶろうとする人々のそうした語り口を力ずくで奪い取り、代わりに人権や労働法に焦点を当てさせようと懸命に戦った。一九七三年五月には、元セックスワーカーのマルゴ・セントジェームズによって、セックスワーカーの権利運動を唯一の目的とするアメリカ初の団体として、〈COYOTE（コヨーテ）〉が設立された。翌月には、スウェーデンのセックスワーカーたちによって〈ポージング・ガールズ・アンド・トレード・モデルズ・ユニオン〉が結成された。その三カ月後、ローマのセックスワーカーたちが結集し、セックスワークの非犯罪化のために戦う〈売春婦保護党〉（PPP）を設立した。一九七五年にロンドンでは、リヨンでの政治的動きに触発されて、〈イギリス売春婦団体〉が結成された。一九八〇年代までには、ヨーロッパ、北南米、アジア、アフリカ、オーストラリアなどの各地でセックスワーカーの権利団体が設立された。一九八五年には、北アメリカとヨーロッパのセックスワーカー権利団体の代表たちによって、〈国際売春婦権利委員会〉（ICPR）が結成された。同年、ICPRはアムステルダムで第一回世界娼婦会議を開催し、売春婦の権利に関する世界憲章を起草した。この憲章はセックスワークの完全な非犯罪化を標榜し、強制された売春と自発的な売春との区別を定めた。そして権利運動の自由並びに、差別、強制的健康診断、ゾーニング政策の撤廃に加えて、「言論、旅行、移住、労働、結婚、母親になることの自由並びに、失業保険、健康保険、住宅を得る権利などを含む人権および市民的自由」を求めた。この憲章はただ、セックスワーカーたちが「ほかの誰でもなく、自分自身によって無制限に決定できる条件のもとでサービスを提供する」権利を要求しているにすぎない[10]。当時、この憲章はマスコミに嘲笑されたが、世界中のセックスワーカーの権利の礎となった。

本書で見てきたように、人間の歴史において、セックスの売買を廃止したり規制したりしようとする試みがうまくいった例はひとつもない。しかし、そうした試みは一度ならず何度も繰り返されてきた。セックスを提供する側とされる側のいずれかが違法とされると、セックスワークは闇社会に潜らざるをえなくなる。そこでは法的保護もなく、搾取や虐待の機会が生みだされるのだ。セックスワーカーの権利団体のほとんどが、「合法化」ではなく、セックスの売買に関する法律や刑罰を廃止するという意味での、完全な非犯罪化を求めているのはこのためである[11]。合法化とは、セックスワークが法のもとにあることを意味するが、これは政府指令の特定の条件下のみに限られる。本書では、ゾーニング、認可、服装の指定、健康診断の義務化など、これらの条件の多くについて取り上げた。

もうひとつ、急進的なフェミニストグループの多くが支持する合法化制度がある。スウェーデン、ノルウェー、アイスランド、フランス、北アイルランドで採用されている、いわゆる「北欧モデル」だ。このモデルでは、性的サービスを買うことを犯罪とするが、売ることは犯罪とされない。これは「需要を断つ」ことで、最終的にすべてのセックスワークをなくすという考え方である。しかし、北欧モデルもうまくいっていない。なぜなら、買う側が違法となれば、セックスワーカーは闇社会で働かざるをえなくなり、結局は警察がその業界を規制することになるからだ。北欧モデルを採用している国々の調査結果を見てみると、「需要を断つ」法律は、顧客からの虐待だけでなく、警察からのいやがらせが増えたり、受けられる支援サービスが減ったりと、セックスワーカーをきわめて大きな危険に晒しているだけだとの報告が多い。

セックスワークの非犯罪化は、それだけでこの世からセックスワーカーに対する偏見や差別をなくせるほどの政治的万能薬ではない。だが、そのための第一歩ではある。一九九五年、オーストラリアのニューサウスウェールズ州ではセックスワークが非犯罪化され、現在にいたっている。二〇〇三年には、ニュージーランドでもセックスワークが非犯罪化された。二〇〇六年にオタゴ大学が実施した調査によると、ニュージー

**ラスベガスで行われたセックスワーカーの権利抗議デモ、2019年。**
2018年に成立したふたつの法令によって、多くのセックスワーカーたちがネット上に広告を出せなくなったことが、この抗議デモのきっかけとなった。

ランドのセックスワーカーの六〇パーセント以上が、ある特定の客を拒否してもよいのだと感じられるようになったといい、また非犯罪化のあと、自分には権利があると感じられるようになったと回答した人は九五パーセントにのぼった[12]。二〇一四年には、あるニュージーランドのセックスワーカーが、セクハラを受けたとして売春宿の経営者を人権裁判所に訴えて勝訴している。

売春は資本主義と商業の産物である。それは道徳的な失敗ではなく、まずもって女性を不利な立場に置く市場原理の必然的な結果なのだ。人間は誰しも、何かしらを売っている。ただセックスワーカーは、工場や農場で労働を売るのではなく、性行為を売っているからという理由で、歴史を通じて罰せられ、忌み嫌われ、疎外され、無視されてきた。何千年とかかったが、ようやくセックスワーカーたちは自分自身のために発言する場を持つことができた。こんにちのセックスワーカーの権利運動が求めているものも、既に一〇〇年以上前にサンフランシスコのセントラル・メソジスト教会までデモ行進した人々が求めたものと変わらない。つまり、逮捕や救済の対象となることにおびえる必要なく、自分の労働条件を自分で決める権利、ハラスメントや虐待を受けずに働く権利、そしてもちろん、目を向けられる権利だ。

# 訳者あとがき

現代の「セックスワーク」という語には、それらがほかの仕事（ワーク）と差別なく、物質的対価を得るためのれっきとした「労働」であるという意味が込められています。

著者も本書内で述べていますが、どの仕事も何かしらを売ってその対価を得ています。セックスワークもまた、性に関連するサービス、パフォーマンス、イメージなどを売って対価を得ています。しかし、人間社会は長らく性に対して社会風紀を乱すもの、社会規範に反するものという倫理観を持っており、よってそれは恥ずべきもの、善良ならざるもの、受け入れがたいものとされてきました。こうした考えが根強くあるかぎり、社会全体がセックスワークをほかの職業と等しく労働として認識していくのはなかなか難しいといえます。性はなぜ、このような倫理観を前提とするようになったのでしょうか？

本書は、古代から現代にいたるまで、人々が歴史を通じて性に関する事柄をどのように見てきたかを解説しながら、世界中のセックスワークとそれに従事する人々が置かれてきた立場を丁寧に追っていきます。

まず興味深いのは、第一章で指摘されているように、古代世界では、「神に祈りを届ける神聖な行為」としてセックスが売買され、それに身を捧ぐ人々は「崇められる存在」だった可能性があるということです。もしこれが本当ならば、そこから人間に生来備わる性的衝動に伴う行為を恥ずべきものとみなす文化的バイアスが生まれたタイミングが、どこかであったことになります。その背景が解き明かされ、古代の宗教的・性的慣習を現代のわたしたちが理解できるようになるとき、いまに続くセックスワークやセックスワーカーへの偏見の呪縛も解かれるかもしれません。

こうした文化的バイアスを背負い、セックスワーカーは時代によって「不道徳なことをする悪い人」、「貧困などの理由でやむをえず不道徳なことを強いられた、かわいそうな人」といったレッテルを貼られてきました。人々はこれらのレッテルありきで、セックスワーカーたちをどう規制すべきか、あるいはどう救済すべきかと試行錯誤を繰り返してきました。しかし、どちらの見方も、セックスワーカーたちを集合体としてしか見ておらず、彼らの多様な生き方や考え方の一側面だけを切り取ったにすぎません。そこには、セックスワーカーたちがさまざまな背景・価値観を持つ個性豊かな人間であり、自分の生き方を自分で決定する権利および労働者としての権利を有しているという視点が欠けています。外部からどう干渉すべきかよりも、彼らの主体性に目を向け、耳を傾け、真の姿をとらえようとすることのほうが重要ではないか、と著者は訴えます。

本書では、セックスワーカーたちの主体性に重きを置いたアプローチとして、セックスワークの完全な非犯罪化という考え方が提唱されています。たしかに、自分の従事している仕事がまったくもって犯罪ではないと保証されれば、自分は堂々と働いていいのだと、より強い心持ちで権利を主張することができるようになるかもしれません。

とはいえ、著者も但し書きしているとおり、セックスワークの完全な非犯罪化もまた「万能薬」ではありません。セックスワークには性病などの公衆衛生の問題、本質的にほかの職業よりも搾取されやすい、傷つけられやすいという問題があるのは事実であり、実際に貧困や人身売買などで本人の意思がまったく無視されるケースも少なくありません。セックスワークの非犯罪化も、今後さらなる検討が必要だといえます。

日本では、一九五六年に売春防止法が制定され、セックスを売買することは違法となりました。そこから性風俗産業は、法を犯さぬようセックスを伴わないサービス内容や業態に変え、さまざまに分岐して現在にいたっています。そこで働く人々は、保護更生を必要としている人、自分の仕事に誇りを持ち、その道の一流を目指して努力している人、平均をはるかに超える収入を手にして豊かな暮らしをしている人、密かに売春に手を染める人など、じつにさまざまです。彼らがみな「不道徳な人」なのか、「かわいそうな人」なのか、法規制が彼らにどんな影響を及ぼしているのか、こうして自国の身近な例に落とし込んで考えてみるとき、これまでとは違った気づきが生まれるかもしれません。

著者のケイト・リスターは、リーズ・トリニティ大学に文学、歴史、セクシュアリティ研究の講師として勤めながら、執筆、メディア出演、セックスワーカーの権利運動促進など、精力的な活動を行い、数々の賞を受賞しています。著者のホームページ（https://www.drkatelister.com）をぜひ一度訪れてみてください。そのポップでエネルギーに満ちたデザインは、セックスに対するポジティブな知見を広めたいという著者の意欲がとてもよく表れています。二〇一六年には、オンラインリサーチ・プロジェクト「Whores of Yore」を立ち上げ、学者、活動家、セックスワーカー、アーキビストなどが情報を共有する場を提供し、セクシュアリティ研究の発展に貢献しています。このプロジェクトのウェブサイトのトップページには、「Be Curious, Not Judgemental（判断を下さず、関心を持て）」というアメリカの詩人、ウォルト・ホイットマンの格言が掲げられています。本書を手に取られたみなさまにも、セックスワーカーたちの光と影をありのままに知っていただき、彼らの人間性やセックスワークを取り巻く諸問題に偏見のない関心を持っていただけることを願っています。

最後に、本書の邦訳版を完成させるまでにご尽力くださったみなさまに感謝申し上げます。

二〇二四年九月

風早さとみ

# 原　注


はじめに

1 Hallie Rubenhold, *The Five: The Untold Lives of the Women Killed by Jack the Ripper* (London: Doubleday, 2019)

（ハリー・ルーベンホールド、『切り裂きジャックに殺されたのは誰か』篠儀直子訳、青土社、2022 年）

2 Jeffrey Richards, *Sex, Dissidence and Damnation: Minority Groups in the Middle Ages* (London: Routledge, 1991)

3 John Lowman, 'Violence and the Outlaw Status of (Street) Prostitution in Canada',*Violence Against Women*, 6.9 (2000), pp. 987–1011

4 同上 .

5 Rudyard Kipling, 'On the City Wall', in *Soldiers Three, and Other Stories* (London: Macmillan, 1914), p. 137

（ラドヤード・キプリング、「オン・ザ・シティ・ウォール」『キプリング・インド傑作選』、橋本槙矩／高橋和久編訳、鳳書房、2008 年）

第１章　神々への奉仕

1 George Smith, *The Chaldean Account of Genesis* (London: Sampson Low, Marston, Searle and Rivington, 1876), p. 202

2 A. R. George, trans., *The Epic of Gilgamesh* (London: Penguin, 2002), p. 7–8

（『ギルガメシュ叙事詩』矢島文夫訳、筑摩書房、1998 年：37 頁）

3 同上 . p. 8（同上：38 頁）

4 Martha T. Roth, 'Marriage, Divorce and the Prostitute in Ancient Mesopotamia', in Christopher A. Faraone and Laura K. McClure, *Prostitutes and Courtesans in the Ancient World* (Madison: University of Wisconsin Press, 2006), p. 33

5 Patrick Olivelle, *King, Governance and Law in Ancient India: Kautilya's Arthaśāstra* (New York; Oxford: Oxford University Press, 2012), pp. 158–60

6 A. R. George, trans., *The Epic of Gilgamesh* (London: Penguin, 2002), p. 8

（『ギルガメシュ叙事詩』矢島文夫訳、筑摩書房、1998 年：40-41 頁）

7 Ignace J. Gelb, *The Assyrian Dictionary of the Oriental Institute of the University of Chicago*, Vol. 6 (Chicago: Oriental Institute, Chicago, 1968), pp. 101–02; Julia Assante, 'The Kar.Kid/Arimtu, Prostitute or Single Woman? A Critical Review of the Evidence', *Ugarit-Forschungen*, 30 (1998), pp. 5–96, p. 60

8 Morris Silver, 'Temple/Sacred Prostitution in Ancient Mesopotamia Revisited. Religion in the Economy', *Ugarit-Forschungen*, 30 (2006), pp. 632–63, p. 640

9 Herodotus, *Delphi Complete Works of Herodotus* (Delphi Classics, 2013), Kindle location 1718

（ヘロドトス、『歴史　上』松平千秋訳、岩波書店、1971 年：171 頁）

10 Strabo, *Delphi Complete Works of Strabo* (Delphi Classics, 2016) Kindle location 20295

11 Herbert A. Strong and John Garstang, *The Syrian Goddess: Being a Translation of Lucian's* De Dea Syria*, with a Life of Lucian* (London: Dodo, 2010), pp. 40–42

（ルキアノス、「シリアの女神について」『ルキアノス選集』内田次信訳、国文社（叢書アレクサンドリア図書館８）、1999 年）

12 Justin, 'Epitome of the Philippic History of Pompeius Trogus', in John Selby Watson, ed., *Justin. Cornelius Nepos, and Eutropius, literally translated, with notes and a general index*, Books 11–20 (1886), pp. 90–171

13 Maria Costanza Torri, 'Abuse of Lower Castes in South India: The Institution of Devadasi', *Journal of International Women's Studies*, 11.2 (2009), pp. 31–48, p. 35

14 K. Jamanadas, *Devadasis* (Delhi: Kalpaz Publications, 2007), p. 300

第２章　ヒキガエルと雌オオカミ

1 Plutarch, 'De Pythiae Oraculis, section 14', in Frank Cole Babbitt, trans., *Moralia* (Cambridge: Harvard University Press; London: William Heinemann Ltd, 1936)

（プルタルコス、「ピュティアをめぐる対話篇」『モラリア 5』丸橋裕訳、京都大学学術出版会（西洋古典叢書 G 61）、2009 年：401 頁）

2 Pseudo-Lucian, 'Affairs of the Heart, chapter 15', in M. D. Macleod, trans., *Lucian* (Cambridge: Harvard University Press, 1967)

（ルキアノス、「異性愛と少年愛」『ルキアノス選集』内田次信訳、国文社（叢書アレクサンドリア図書館 8）、1999 年）

3 Machon, *The Fragments*, XVIII, 11, ed. A. S. F.

Gow (Cambridge: Cambridge University Press, 2004), pp. 450–55
4 Athenaeus, 'Deipnosophists, Book 13 (C)', in C. D. Yonge, trans., *The Deipnosophists, or, Banquet of the Learned of Athenaeus* (London: Henry G. Bohn, 1854), pp. 589–99
（アテナイオス、「第十三巻」『食卓の賢人たち 5』柳沼重剛訳、京都大学学術出版会（西洋古典叢書 G36）、2004 年：114 頁）
5 Pseudo-Plutarch, 'Lives of the Ten Orators', in William W. Goodwin, ed., *Plutarch's Morals* (Boston: Little, Brown, and Co., 1878), pp. 844–52
（プルタルコス、「十大弁論家列伝」『モラリア 10』伊藤照夫訳、京都大学学術出版会（西洋古典叢書 G79）、2013 年：82-88 頁）
6 Konstantinos A. Kapparis, *Apollodorus 'Against Neaira'* [D.59] (Berlin: Walter de Gruyter, 1999), p. 161
7 Demosthenes, 'Against Neaera, Sections 18–48', in Norman W. DeWitt, trans., *Demosthenes* (Cambridge: Harvard University Press; London: William Heinemann Ltd, 1949)
（デモステネス、「第五十九弁論　ネアイラ弾劾」『弁論集』栗原麻子・吉武純夫・木曽明子訳、京都大学学術出版会（西洋古典叢書 G118）、2022 年：3-77 頁）
8 Maurus Servius Honoratus, *Commentary on the Aeneid of Vergil*, Georgius Thilo, ed. (Leipzig: B. G. Teubner, 1881), line 273
9 Robin S. Karson and Kevin Consey, *Pompeii, As Source and Inspiration: Reflections in Eighteenthand Nineteenth-Century Art* (Michigan: University of Michigan Museum of Art, 1977), p. 10
10 Mary Beard, *Pompeii: The Life of a Roman Town* (London: Profile, 2008), p. 232
11 Andrew Wallace-Hadrill, 'Public Honour and Private Shame: The Urban Texture of Pompeii', in Tim J. Cornell and Kathryn Lomas, *Urban Society in Roman Italy* (London; New York: Routledge, 1995), pp. 51–54
12 Sarah Levin-Richardson, *The Brothel of Pompeii: Sex, Class and Gender at the Margins of Roman Society* (Cambridge: Cambridge University Press, 2019), p. 40
13 同上 .

## 第 3 章　金の卵を産んだガチョウ

1 'Memorials: 1385', in Henry Thomas Riley, ed., *Memorials of London and London Life in the 13th, 14th and 15th Centuries* (London: Longman, 1868), pp. 483–86
2 Ephraim J. Burford, *The Orrible Synne: A Look at London Lechery from Roman to Cromwellian Times* (London: Calder & Boyars, 1973), pp. 151–52
3 'Liber Albus, Vol. 1', in Henry Thomas Riley, ed., *Munimenta Gildhallae Londoniensis: Liber Albus, Liber Custumarum, et Liber Horn*, Rolls Series, Vol. 12, Pt. 1 (London: Longman, 1859), p. 283
4 John Carpenter, *Liber Albus: The White Book of the City of London,* Henry Thomas Riley, trans. (London: Richard Griffin, 1861), p. 247
5 Henry Thomas Riley, ed., *Memorials of London and London Life in the 13th, 14th and 15th Centuries* (London: Longman, 1868), pp. 226–29
6 Karen Jones, *Gender and Petty Crime in Late Medieval England: The Local Courts in Kent, 1460–1560* (Woodbridge: Boydell Press, 2006), p. 162
7 John Carpenter, *Liber Albus: The White Book of the City of London,* Henry Thomas Riley, trans. (London: Richard Griffin, 1861), p. 395.
8 'Memorials: 1385', in Henry Thomas Riley, ed., *Memorials of London and London Life in the 13th, 14th and 15th Centuries* (London: Longman, 1868), pp. 483–86
9 同上 .
10 John Stow, *A Survey of London, Written in the Year 1598*, William John Thoms, ed. (London: Whittaker and Co., 1842), p. 151
11 Ruth Mazo Karras, 'The Regulation of Brothels in Later Medieval England', *Signs,* 14.2 (1989), pp. 399–433, p. 427
12 同上 . , pp. 427–33
13 'Henry VIII: April 1546, 11–20', in James Gairdner and R. H. Brodie, eds., *Letters and Papers, Foreign and Domestic, Henry VIII, Volume 21 Part 1, January–August 1546* (London: His Majesty's Stationery Office, 1908), pp. 287–305
14 Hugh Latimer, *The Works of Hugh Latimer, Sometime Bishop of Worcester, Martyr, 1555,* George Elwes Corrie, ed. (Cambridge: Cambridge University Press, 1844–45), p. 133

## 第 4 章　真っ当な娼婦

1 St Augustine, *De ordine*, 2.12 (386 ce), as cited in Alain Corbin, 'Commercial Sexuality in Nine-

teenth-Century France: A System of Images and Regulations', *Representations*, 14 (1986), pp. 209–19, pp. 213–14

2 St Thomas Aquinas, 'Unbelief in General', in Fathers of the English Dominican Province, trans., *The Summa Theologiae of St Thomas Aquinas* (London: Burns, Oates & Washbourne Ltd., 1920–25), article 11
（トマス・アクィナス、「不信仰一般について」『神学大全 15（第 2-2 部　1-16 問題）』稲垣良典訳、創文社オンデマンド叢書、1982 年）

3 Giordano de Pisa, *Quaresimale Fiorentino, 1305–1306*, Carlo Delcorno, ed. (Florence: G. C. Sansoni, 1974), p. 210

4 Richard C. Trexler, 'La Prostitution Florentine Au Xve Siecle: Patronages et Clienteles', *Annales. Histoire, Sciences Sociales*, 36.6 (1981), pp. 983–1015; Michael Rocke, *Forbidden Friendships: Homosexuality and Male Culture in Renaissance Florence* (New York; Oxford: Oxford University Press, 1996), p. 31

5 'Il Ponte Delle Tette, Ovvero Storia Delle Carampane', *Veneto World*, 2020, <https://www.venetoworld.com/ il-territorio/curiosita-dal-veneto/il-ponte-delle-tetteovvero- storia-delle-carampane.html> (accessed 24 January 2020)

6 Janet Sethre, *The Souls of Venice* (Jefferson; London: McFarland, 2003), p. 155

7 Diane Owen Huges, 'Earrings for Circumcision: Distinction and Purification in the Italian Renaissance City', in Richard C. Trexler, ed., *Persons In Groups. Social Behavior As Identity Formation in Medieval and Renaissance Europe* (Binghamton: Medieval & Renaissance Texts & Studies, 1985), pp. 155–94, p. 162

8 Carol Lansing, 'Gender and Civic Authority: Sexual Control in a Medieval Italian Town', *Journal of Social History*, 31.1 (1997), pp. 33–59, p. 39

9 Paolo Mantegazza, James Bruce and Robert Meadows, *Anthropological Studies of Sexual Relations of Mankind* (New York: Falstaff Press, 1937), p. 271

10 John K. Brackett, 'The Florentine Onesta and the Control of Prostitution, 1403–1680', *The Sixteenth Century Journal*, 24.2 (1993), pp. 273–300, p. 277

11 William W. Sanger, *The History of Prostitution: Its Extent, Causes and Effects Throughout the World* (New York: Harper & Brothers, 1858), p. 117

12 John K. Brackett, 'The Florentine Onesta and the Control of Prostitution, 1403–1680', *The Sixteenth Century Journal*, 24.2 (1993), pp. 273–300, p. 281

13 Paula C. Clarke, 'The Business of Prostitution in Early Renaissance Venice', *Renaissance Quarterly*, 68.2 (2015), pp. 419–64, p. 426

14 Janet Sethre, *The Souls of Venice* (Jefferson; London: McFarland, 2003), p. 155.

15 Diane Yvonne Ghirardo, 'The Topography of Prostitution in Renaissance Ferrara', *Journal of the Society of Architectural Historians*, 60.4 (2001), pp. 402–3

16 John K. Brackett, 'The Florentine Onesta and the Control of Prostitution, 1403–1680', *The Sixteenth Century Journal*, 24.2 (1993), pp. 273–300, p. 285

17 同上 . , p. 275

18 同上 . , p. 286

19 Richard C. Trexler, 'La Prostitution Florentine Au Xve Siecle: Patronages et Clienteles', *Annales. Histoire, Sciences Sociales*, 36.6 (1981), pp. 983–1015, pp. 985–88

20 Brian S. Pullan, *Tolerance, Regulation and Rescue: Dishonoured Women and Abandoned Children in Italy, 1300–1800* (Manchester: Manchester University Press, 2016), p. 36

21 Nick Squires, 'Italian Regions Battle Over Who Invented Tiramisu', *Telegraph*, 2016 <https:// www. telegraph.co.uk/news/2016/05/17/italian-regionsbattle- over-who-invented-tiramisu-inlong-runnin/> (accessed 5 February 2020)

22 'Pasta Puttanesca: What's With the Name?', *Italy Magazine*, 2020 <https://www.italymagazine.com/ dual-language/pasta-puttanesca-whats-name> (accessed 5 February 2020)

23 Veronica Franco, *Poems and Selected Letters*, Ann Rosalind Jones and Margaret F. Rosenthal, eds. (Chicago: University of Chicago Press, 2007), p. 69

24 同上 . , p. 39

25 Kathryn Norberg, 'The Body of the Prostitute: Medieval to Modern', in Sarah Toulalan and Kate Fisher, eds., *The Routledge History of Sex and the Body: 1500 to the Present* (Abingdon; New York: Routledge, 2013), pp. 393–408

26 John Addington Symonds, *Renaissance in Italy*, Vol. 1 (London: Smith, Elder, 1909–11)

27 Madam Cresswell and Damaris Page, *The Poor-Whores Petition. To the most Splendid, Illustrious,*

*Serene and Eminent Lady of Pleasure, the Countess of Castlemayne, &c. The Humble Petition of the undone company of poore distressed whores, bawds, pimps, and panders, &c.* (London: 1668)

## 第５章　月夜の愉しみ

1 Jane Marie Law, *Puppets of Nostalgia: The Life, Death, and Rebirth of the Japanese Awaji Ningyō Tradition* (Princeton: Princeton University Press, 2016), p. 130

2 Cecilia Segawa Seigle, *Yoshiwara, The Glittering World of the Japanese Courtesan* (Honolulu: University of Hawaii Press, 1993), p. 6

3 同上 . , p. 9

4 同上 . , p. 11

5 Dominique Buisson, *Japan Unveiled: Understanding Japanese Body Culture* (London: Hachette Illustrated, 2003), p. 57

6 François Caron and Joost Schouten, *A True Description of the Mighty Kingdoms of Japan and Siam* (London: Robert Boulter, 1671), p. 74
（フランソア・カロン、『日本大王国志』幸田成友訳、平凡社、1967 年：164 頁）

7 Money L. Hickman, 'Views of the Floating World', *MFA Bulletin*, 76 (1978), pp. 4–33, p. 6

8 Cecilia Segawa Seigle, *Yoshiwara, The Glittering World of the Japanese Courtesan* (Honolulu: University of Hawaii Press, 1993), p. 82

9 同上 . , p. 34

## 第６章　モリー・ハウスと男娼

1 John Dunton, 'The He-Strumpets: A Satyr on the Sodomite Club, the Fourth Edition, Alter'd and much Enlarg'd', in *Athenianism*, Vol. 2
(London: Tho. Darrack, 1710), pp. 93–99

2 Rictor Norton, ed., 'Trial of Sodomites, 1707', *Homosexuality in Eighteenth-Century England: A Sourcebook*, 2003, updated 2008, <http:// www. rictornorton.co.uk/eighteen/tryal07.htm> (accessed 10 February 2020)

3 Rictor Norton, ed., 'Newspaper Reports for 1707', *Homosexuality in Eighteenth-Century England: A Sourcebook*, 2000, updated 2008 <http://www.rictornorton.co.uk/eighteen/1707news.htm> (accessed 10 February 2020)

4 John Dunton, 'The He-Strumpets: A Satyr on the Sodomite Club, the Fourth Edition, Alter'd and much Enlarg'd', in *Athenianism*, Vol. 2
(London: Tho. Darrack, 1710), pp. 93–99

5 Andrew Knapp and William Baldwin, *The Newgate Calendar: Comprising Interesting Memoirs of the Most Notorious Characters Who Have Been Convicted of Outrages on the Laws of England* (London: J. Robins and Co., 1824–28), p. 268

6 Clement Walker, *Relations and Observations Historical and Politick upon the Parliament Begun Anno Dom. 1640* (London: 1648), p. 221

7 Edward Ward, 'Of the Mollies Club', in *Satyrical Reflections on Clubs,* Vol. 5
(London: J. Phillips, 1710)

8 *Caledonian Mercury*, 15 August 1726

9 *The British Journal*, 3 December 1726

10 *The London Journal*, 17 December 1726

11 Rictor Norton, ed., 'The Trial of Margaret Clap, 1726', *Homosexuality in Eighteenth-Century England: A Sourcebook*, 2002, updated 2008, <http://www.rictornorton.co.uk/eighteen/clap.htm> (accessed 10 February 2020)

12 *The London Journal*, 17 December 1726

13 Rictor Norton, ed., 'The Trial of Thomas Wright, 1726', *Homosexuality in Eighteenth-Century England: A Sourcebook*, 1999, updated 2008 <http://www.rictornorton.co.uk/eighteen/ 1726wrig.htm> (accessed 10 February 2020)

14 同上 .

15 同上 .

16 同上 .

17 同上 .

18 *The London Journal*, 30 July 1726

19 Rictor Norton, ed., 'Newspaper Reports, 1726', *Homosexuality in Eighteenth-Century England: A Sourcebook*, 2000, updated 2002 and 2018, <http://www.rictornorton.co.uk/eighteen/1726news.htm> (accessed 10 February 2020)

20 'Letter to the Editor', *The Weekly Journal: or, The British Gazetteer*, 14 May 1726

21 George Smyth, *A Sermon To the Societies for Reformation of Manners, Preach'd at Salter'-Hall, On Monday, June 26, 1727* (London: Eman. Matthews, 1727), pp. 19–20, pp. 31–33.

22 Rictor Norton, 'Mother Clap's Molly House', *The Gay Subculture in Georgian England*, 2005, <http://rictornorton.co.uk/eighteen/mother.htm> (accessed 10 February 2020)

23 'Communities – Homosexuality – Central Criminal Court', *Oldbaileyonline.org*, 2020 <https://www.oldbaileyonline.org/static/Gay.jsp> (accessed 5 February 2020)

## 第７章　梅花の達人

1 *Sufferings of John Turner, Chief Mate of the Country Ship, Tay, Bound for China, Under the Command of William Greig...* (London: T. Tegg, 1809), p. 13

2 Dian Murray, 'One Woman's Rise to Power: Cheng I's Wife and the Pirates', *Historical Reflections / Reflexions Historiques,* 8.3 (1981), pp. 147–61, p. 151

3 同上 .

4 Rachel T. Hare-Mustin, 'China's Marriage Law: A Model for Family Responsibilities and Relationships', *Family Process*, 21.4 (1982), pp. 477–81

5 David Emil Mungello, *Drowning Girls in China: Female Infanticide in China Since 1650* (Lanham: Rowman & Littlefield, 2008), p. 9

6 Fang Fu Ruan, *Sex in China: Studies in Sexology in Chinese Culture* (New York: Springer, 1991), p. 70

7 同上 . , p. 71

8 Quoted in Fang Fu Ruan, *Sex in China: Studies in Sexology in Chinese Culture* (New York: Springer, 1991), p. 73

9 Paul A. Van Dyke, 'Floating Brothels and the Canton Flower Boats: 1750–1930', *Revista De Cultura*, 37 (2011), pp. 112–42, p. 112

10 Charles Frederick Noble, *A Voyage to the East Indies In 1747 And 1748, Containing an Account of the Islands of St. Helena and Java, of the City of Batavia, of the Government and Political Conduct of the Dutch, of the Empire of China, With a Particular Description of Canton, and of the Religious Ceremonies, Manners and Customs of the Inhabitants* (London: Becket, Dehondt, & Durham, 1762), pp. 278–79

11 同上 . , p. 281

12 同上 .

13 William Hickey, *Memoirs of William Hickey,* Alfred Spencer, ed. (London: Hurst & Blackett, 1948), p. 198

14 Charles Frederick Noble, *A Voyage to the East Indies In 1747 And 1748, Containing an Account of the Islands of St. Helena and Java, of the City of Batavia, of the Government and Political Conduct of the Dutch, of the Empire of China, With a Particular Description of Canton, and of the Religious Ceremonies, Manners and Customs of the Inhabitants* (London: Becket, Dehondt, & Durham, 1762), p. 281

15 Peter Dobell, *Travels in Kamtchatka and Siberia; with a Narrative of a Residence in China*, Vol. 2 (London: Henry Colburn and Richard Bentley, 1830), pp. 140–41

16 Isabel Nunes, 'The Singing and Dancing Girls of Macau. Aspects Prostitution in Macau', *Instituto Cultural do Governo da Regiao Administrativa Especial de Macau*, 1994 <http://www.icm.gov.mo/rc/viewer/20018/994> (accessed 30 July 2020)

17 Charles Downing, *The Fan-Qui in China, in 1836–37*, Vol. 1 (London: Henry Colburn, 1838), pp. 245–46

18 Fang Fu Ruan, *Sex in China: Studies in Sexology in Chinese Culture* (New York: Springer, 1991), p. 75

## 第８章　巨大な社会悪

1 Bridget O'Donnell, *Inspector Minahan Makes a Stand: The Missing Girls of England* (Leicester: Thorpe, 2015), p. 104

2 同上 .

3 同上 .

4 *United Kingdom General Registrar Office, Census 1961, England and Wales, Preliminary Report* (London: Her Majesty's Stationery Office, 1961), p. 75, table 6

5 'London, 1800–1913', *Oldbaileyonline.org*, 2020 <https:// www.oldbaileyonline.org/static/London-life19th.jsp> (accessed 7 March 2020)

6 'House of Commons Home Affairs Committee: Prostitution. Third Report Of Session 2016–17', *Publications Parliament UK*, 2016 <https://publications. parliament.uk/pa/cm201617/cmselect/cmhaff/26/26.pdf> (accessed 7 March 2020)

7 William Acton, *Prostitution, Considered in its Moral, Social, & Sanitary Aspects, in London and Other Large Cities: With Proposals for the Mitigation and Prevention of its Attendant Evils* (London: John Churchill, 1857), p. 7

8 Michael Ryan, *Prostitution in London: With a Comparative View of that of Paris and New York, as Illustrative of the Capitals and Large Towns of All Countries* (London: H. Bailliere, 1839), p. 90

9 Edward Cheshire, 'The Results of the Census of Great Britain In 1851, With a Description of the Machinery and Processes Employed to Obtain the Returns; Also an Appendix of Tables of Reference', *Journal of the Statistical Society of London*, 17.1 (1854), p. 55

10 Judith R. Walkowitz, *Prostitution and Victorian*

*Society: Women, Class and the State* (Cambridge; New York: Cambridge University Press, 1980), p. 49
11 William Sloggett, 'History and Operations of the Contagious Diseases Acts in the Home Ports', *Admiralty Papers*, PRO 1/6418 (1873)
12 Alexandre Jean Baptiste Parent-Duchatelet, *De la prostitution dans la ville de Paris consideree sous le rapport de l'hygiene publique, de la morale et de l'administration*, Vol. 2, Chapter XVI (Paris : J. B. Bailliere 1836)
13 Portsmouth, Plymouth, Woolwich, Chatham, Sheerness, Aldershot, Colchester, Shorncliffe, The Curragh, Cork, and Queenstown 14 Claire Kennan, 'Mistaken Identity: Elizabeth Burley and the Contagious Diseases Acts', *The National Archives Blog*, 2019 <https://blog.nationalarchives. gov.uk/mistaken-identity-elizabeth-burley-and-thecontagious- diseases-acts/> (accessed 2 March 2020)
15 Quoted in *The Times*, 15 January 1880
16 Josephine E. Butler, *Josephine E. Butler: An Autobiographical Memoir*, George W. Johnson and Lucy A. Johnson, eds. (Bristol: J. W. Arrowsmith, 1909), p. 27
17 Josephine Butler, *The Constitution Violated* (Edinburgh: Edmondson & Douglas, 1871), pp. 37–38
18 'The Home Secretary and the Case of Elizabeth Burley', *Derby Daily Telegraph*, 1881, p. 2
19 同上 .
20 同上 .

## 第９章　汚れた鳩と監獄の鳥

1 Charles R. Mack and Ilona S. Mack, ed., *Like A Sponge Thrown Into Water: Francis Lieber's European Travel Journal of 1844–1845*
(Columbia: University of South Carolina Press, 2002), p. 7
2 A. Roger Ekirch, 'Bound for America: A Profile of British Convicts Transported to the Colonies, 1718–1775', *The William an Mary Quarterly*, 42.2 (1985), pp. 184–200, p. 188
3 同上 . , p. 185
4 同上 .
5 Daniel Defoe, *Moll Flanders* (London: W. Chetwood, 1722)
（ダニエル・デフォー、『モル・フランダーズ 下』伊澤龍雄訳、岩波文庫、1968 年：253 頁）
6 Jennifer Lodine-Chaffey, 'From Newgate to the New World: A Study of London's Transported Female Convicts 1718–1775', *ScholarWorks at University of Montana* (2006), p. 80
7 同上 .
8 *Virginia Gazette*, 30 May 1751, p. 3; Benjamin Franklin, *The Papers of Benjamin Franklin*, Leonard W. Labaree et al., eds., Vol. 4 (New Haven: Yale University Press, 1961), pp. 131–33
9 Edward Jewett Wheeler and Frank Crane, 'Organized Vice as a Vested Interest', *Current Opinion*, 52 (1912), p. 292
10 Alexy Simmons, 'Red Light Ladies in the American West: Entrepreneurs and Companions', *Australian Journal of Historical Archaeology*, 7 (1989), pp. 63–69
11 Judith Kelleher Schafer, *Brothels, Depravity, and Abandoned Women* (Baton Rouge: Louisiana State University Press, 2009), p. 1
12 George Anthony Peffer, 'Forbidden Families: Emigration Experiences of Chinese Women under the Page Law, 1875–1882', *Journal of American Ethnic History*, 6.1 (1986), pp. 28–46, p. 28
13 Mary E. Odem, *Delinquent Daughters: Protecting and Policing Adolescent Female Sexuality In the United States, 1885–1920* (Chapel Hill; London: University of North Carolina Press, 1995), p. 10
14 同上 . , p. 122
15 Pamela D. Arceneaux, *Guidebooks to Sin: The Blue Books of Storyville, New Orleans* (New Orleans: Historic New Orleans Collection, 2017), p. 106
16 Brian Wallis, *The Mysterious Monsieur Bellocq* (New York: International Center of Photography, 2004), p. 10
17 *Blue Book* (New Orleans: *c*. 1905)
18 Billy Struve, *Blue Book* (New Orleans: 1905)
19 Jelly Roll Morton, *Mamie Desmond's Blues* (Washington: U.S Archive of Folk Song, 1938)
20 Alan Lomax, *Mister Jelly Roll: The Fortunes of Jelly Roll Morton, New Orleans Creole and Inventor of Jazz* (New York: Duell, Sloan and Pearce, 1950), p. 21
21 Thomas David Brothers, *Louis Armstrong in His Own Words* (Oxford: Oxford University Press, 1999), p. 30

## 第 10 章　メゾン・ド・トレランス

1 Alphonse Boudard, *Madame de Saint-Suplice* (Paris: Gallimard, 1998)
2 Henri Calet, *La Belle Lurette* (Paris: Gallimard,

1979), p. 168
3 *Le Crapouillot*, May 1939, pp. 12–13, as cited in Luc Sante, *The Other Paris: An Illustrated Journey Through a City's Poor and Bohemian Past* (London: Faber & Faber, 2017)
4 Sylvain Bonmariage, *Gagneuses! Chronique de l'amour venal* (Paris: La clé d'or, 1951)
5 William Acton, *Prostitution*, Peter Frye, ed. (London: MacGibben & Kie, 1968), pp. 97–107
6 Anonymous, *The Pretty Women of Paris* (Ware: Wordsworth Editions, 1996), pp. 66, 106, 133, 73, 121, 61
7 'Rapport: Au sujet du cafes de la Cigarette, 12 December 1879, BM2 24, APP', quoted in Andrew Israel Ross, 'Serving Sex: Playing With Prostitution in the *Brasseries A Femmes* of Late Nineteenth-Century Paris', *Journal of the History of Sexuality*, 24.2 (2015), pp. 288–313
8 Charles Castle, *La Belle Otero: The Last Great Courtesan* (London: Michael Joseph, 1981), p. 66

第 11 章　予防という独裁政治

1 Lord Kitchener, 'Lord Kitchener's Advice: The True Character of a British Soldier', *King's Own Royal Regiment Museum Lancaster*, 2016, <http://www.kingsownmuseum.com/ko0418-12.htm> (accessed 8 May 2020)
2 Quoted in K. Craig Gibson, 'Sex and Soldiering in France and Flanders: The British Expeditionary Force Along the Western Front, 1914–1919', *International History Review*, 23.3 (2001), pp. 535–79
3 Mary Louise Roberts, *What Soldiers Do: Sex and the American GI In World War II* (Chicago: University of Chicago Press, 2013), p. 160
4 Thomas John Mitchell and Georgie May Smith, *History of The Great War Based on Official Documents: Medical Services: Casualties and Medical Statistics of the Great War* (London: Her Majesty's Stationary Office, 1931), p. 74
5 Maren Roger and Emmanuel Debruyne, 'From Control to Terror: German Prostitution Policies in Eastern and Western European Territories During Both World Wars', *Gender & History*, 28.3 (2016), pp. 687–708, p. 690
6 同上 . , p. 692
7 同上 . , p. 693
8 Quoted in Carl Henry Chrislock, *Watchdog of Loyalty: The Minnesota Commission of Public Safety During World War I* (St. Paul: Minnesota Historical Society Press, 1991), p. 237
9 Clare Makepeace, 'Punters and Their Prostitutes: British Soldiers, Masculinity and *Maisons Tolerees* in the First World War', in John H. Arnold and Sean Brady, eds., *What is Masculinity? Genders and Sexualities in History* (London: Palgrave Macmillan, 2011), p. 419
10 Albert S. Bowen, *The Medical Department of the United States Army in the World War. Vol. 4, Activities Concerning Mobilization Camps and Ports of Embarkation* (Washington: Government Printing Office, 1928), p. 411
11 George Coppard, *With a Machine Gun to Cambrai: The Tale of a Young Tommy in Kitchener's Army 1914–1918* (London: Her Majesty's Printing Office, 1969), p. 56
12 John Boyd Coates, Ebbe Curtis Hoff, Leonard Dudley Heaton and Phebe Margaret Hoff, *Preventive Medicine in World War II* (Washington: Office of the Surgeon General, 1960), p. 197
13 Maren Roger and Emmanuel Debruyne, 'From Control to Terror: German Prostitution Policies in Eastern and Western European Territories During Both World Wars', *Gender & History*, 28.3 (2016), pp. 687–708, p. 699
14 同上 .
15 Christa Schulz, *Frauen in Konzentrationslagern: Bergen-Belsen, Ravensbruck* (Bremen: Edition Temmen, 1994); Robert Sommer, *Das KZ-Bordell: sexuelle Zwangsarbeit in nationalsozialistischen Konzentrationslagern* (Paderborn: Ferdinand Schoningh, 2010)
16 Maren Roger and Emmanuel Debruyne, 'From Control to Terror: German Prostitution Policies in Eastern and Western European Territories During Both World Wars', *Gender & History*, 28.3 (2016), pp. 687–708, p. 72.

おわりに

1 Lilian Mathieu, 'An Unlikely Mobilization: The Occupation of Saint-Nizier Church by the Prostitutes of Lyon', *Revue Francaise De Sociologie*, 42.3 (2001), pp. 107–31
2 *Le Figaro*, 12 June 1975
3 C. Jaget, ed., *Prostitutes, Our Life* (Bristol: Falling Wall Press, 1980) p. 36
4 Eurydice Aroney, 'The 1975 French Sex Workers' Revolt: A Narrative of Influence', *Sexualities*, 23.1–2 (2018), pp. 64–80, p. 69
5 Susan Stryker, *Transgender History: The Roots of*

*Todays' Revolution* (Berkeley: Seal Press, 2008), p. 67

6 セックスワーカーによる組織的な抗議行動の最初期の例として、1886 年にテキサス州エルパソの売春宿の従業員たちが、自分たちに課せられることになった新たな税に抗議すべく、市議会までデモ行進をしたことが記録されている。1926 年には、中国でも集団抗議行動が見られた。広州の風俗地区で働くセックスワーカーたちは、地区の役所に出向き、それぞれ 1.4 元を支払って認可証の写真を撮り直しせよとの警察の新たな命令に抗議するためにストライキを行った。ストライキによって税収が減ったために、この新しい命令はすぐに撤廃された（Elizabeth J. Remick, Regulating Prostitution in China: Gender and Local Statebuilding, 1900–1937 (Stanford: Stanford University Press, 2014), p. 97 を参照のこと）。1942 年 6 月には、ハワイのホノルルでセックスワーカーたちがストライキを決行し、警察本部の建物の外で約 3 週間にわたってピケを張った。結果、憲兵とホノルル警察は、セックスワーカーに売春宿以外で生活労働すること、および人前に姿を見せることを認めた（Beth Bailey and David Farber, 'Hotel Street: Prostitution and the Politics of War', Radical History Review, 52, (1992), pp. 54–77. を参照のこと）

8 同上 .

9 同上 .

10 'World Charter for Prostitutes' Rights, 1985', (Amsterdam: International Committee for Prostitutes' Rights (ICPR), 1985) <https://walnet.org/ csis/groups/icpr_charter.html> (accessed 4 October 2020)

11 セックスワークの完全な非犯罪化を支持するそのほかの団体には、〈アムネスティ・インターナショナル〉、〈世界保健機関〉、〈国連合同エイズ計画〉（UNAIDS）、〈国際労働機関〉、〈女性の人身売買に反対をする世界同盟〉、〈セックスワーク・プロジェクトの世界ネットワーク〉、〈HIV と法律に関する世界委員会〉、〈ヒューマン・ライツ・ウォッチ〉、〈オープン・ソサエティ財団〉、〈反奴隷制インターナショナル〉などがある。

12 Prostitution Law Review Committee, *The Impact of the Prostitution Reform Act on the Health and Safety Practices of Sex Workers* (Otago: University of Otago, 2006)

# 参考文献


Arceneaux, Pamela D., *Guidebooks To Sin: The Blue Books Of Storyville, New Orleans* (New Orleans: Historic New Orleans Collection, 2017)

Archer, Caroline, *Tart Cards* (New York: Mark Batty, 2003)

Aroney, Eurydice, 'The 1975 French Sex Workers' Revolt: A Narrative of Influence', *Sexualities*, 23.1–2 (2018), pp. 64–80

Assante, Julia, 'The Kar.Kid/Arimtu, Prostitute or Single Woman? A Critical Review of the Evidence', *Ugarit- Forschungen*, 30 (1998), pp. 5–96

Bailey, Beth and David Farber, 'Hotel Street: Prostitution and the Politics of War', *Radical History Review*, 52, (1992), pp. 54–77

Blair, Cynthia M., *I've Got To Make My Livin': Black Women's Sex Work In Turn-of-the-Century Chicago* (Chicago: University of Chicago Press, 2010)

Brackett, John K., 'The Florentine Onesta and the Control of Prostitution, 1403–1680', *The Sixteenth Century Journal*, 24.2 (1993), pp. 273–300

Budin, Stephanie Lynn, *The Myth Of Sacred Prostitution in Antiquity* (Cambridge: Cambridge University Press, 2008)

Caslin, Samantha and Julia Laite, *Wolfenden's Women: Prostitution in Post-War Britain* (London: Palgrave Macmillan, 2020)

Chateauvert, Melinda, *Sex Workers Unite! A History of the Movement From Stonewall To Slutwalk* (Boston: Beacon Press, 2013)

Cruickshank, Dan, *The Secret History of Georgian London* (London: Random House, 2009)

Drinot, Paulo, *The Sexual Question: A History of Prostitution in Peru, 1850s–1950s* (Cambridge; New York: Cambridge University Press, 2020)

Faraone, Christopher A. and Laura K. McClure, *Prostitutes and Courtesans in the Ancient World* (Madison: University of Wisconsin Press, 2006)

Friedlander, Lee and John Szarkowski, *E.J. Bellocq: Storyville Portraits; Photographs From the New Orleans Red-Light District* (New York: Museum of Modern Art, 1970)

Ghirardo, Diane Yvonne, 'The Topography of Prostitution in Renaissance Ferrara', *Journal of the Society of Architectural Historians*, 60.4 (2001), pp. 402–3

Gibson, Craig, 'Sex and Soldiering in France and Flanders: The British Expeditionary Force Along the Western Front, 1914–1919', *International History Review*, 23.3 (2001), pp. 535–79

Henderson, Tony, *Disorderly Women in Eighteenth-Century London: Prostitution and Control in the Metropolis, 1730–1830*
(London: Longman, 1999)

Henriot, Christian, *Prostitution and Sexuality in Shanghai: A Social History, 1849–1949* (Cambridge: Cambridge University Press, 2001)

Karras, Ruth Mazo, *Common Women: Prostitution and Sexuality in Medieval England* (New York: Oxford University Press, 1996)

Kinnell, Hilary, *Violence and Sex Work in Britain* (Cullompton; Portland: Willan, 2006)

Laite, Julia, *Common Prostitutes and Ordinary Citizens: Commercial Sex in London, 1885–1960* (London: Palgrave Macmillan, 2012)

Lerner, Gerda, 'The Origin of Prostitution in Ancient Mesopotamia', *Signs*, 11.2 (1986), pp. 236–54

Levin-Richardson, Sarah, *The Brothel of Pompeii: Sex, Class and Gender at the Margins of Roman Society* (Cambridge: Cambridge University Press, 2019)

Makepeace, Clare, 'Punters and Their Prostitutes: British Soldiers, Masculinity and Maisons Tolerees in the First World War', in John H. Arnold and Sean Brady, eds., *What is Masculinity? Genders and Sexualities in History* (London: Palgrave Macmillan, 2011), p. 419

Mathieu, Lilian, 'An Unlikely Mobilization: The Occupation of Saint-Nizier Church by the Prostitutes of Lyon', *Revue Francaise De Sociologie*, 42.3 (2001), pp. 107–31

Murphy, Catherine, 'Sex Workers' Rights Are Human Rights', *Amnesty International* (2015)

Murray, Dian, 'One Woman's Rise to Power: Cheng I's Wife and the Pirates', *Historical Reflections / Reflexions Historiques*, 8.3 (1981), pp. 147–61

Norton, Rictor, *Mother Clap's Molly House: Gay Subculture in England, 1700–1830* (London: GMP, 1992)

Remick, Elizabeth J., *Regulating Prostitution in China: Gender and Local Statebuilding, 1900–1937* (Stanford: Stanford University Press, 2014)

Roberts, Mary Louise, *What Soldiers Do: Sex and*

*the American GI In World War II* (Chicago: University of Chicago Press, 2013)

Rodriguez Garcia, Magaly, Lex Heerma van Voss and Elise van Nederveen Meerkerk, *Selling Sex in the City: A Global History of Prostitution, 1600s–2000s* (Leiden; Boston: Brill, 2017)

Roger, Maren, and Emmanuel Debruyne, 'From Control to Terror: German Prostitution Policies in Eastern and Western European Territories During Both World Wars', *Gender & History*, 28.3 (2016), pp. 687–708

Rose, Al, *Storyville, New Orleans* (Tuscaloosa: University of Alabama Press, 1974)

Ross, Andrew Israel, 'Serving Sex: Playing With Prostitution in the Brasseries A Femmes of Late Nineteenth-Century Paris', *Journal of the History of Sexuality*, 24.2 (2015), pp. 288–313

Rubenhold, Hallie, *The Five: The Untold Lives of the Women Killed by Jack the Ripper* (London: Doubleday, 2019)

Sanders, Teela, Jane Pitcher and Maggie O'Neill, *Prostitution: Sex Work, Policy and Politics* (Los Angeles; London: SAGE, 2009)

Seigle, Cecilia Segawa, *Yoshiwara, The Glittering World of the Japanese Courtesan* (Honolulu: University of Hawaii Press, 1993)

Simmons, Alexy, 'Red Light Ladies in the American West: Entrepreneurs and Companions', *Australian Journal of Historical Archaeology*, 7 (1989), pp. 63–69

Smith, Molly, and Juno Mac, *Revolting Prostitutes: The Fight For Sex Workers' Rights* (London; Brooklyn: Verso, 2018)

Stryker, Susan, *Transgender History: The Roots of Todays' Revolution* (Berkeley: Seal Press, 2008)

Torri, Maria Costanza, 'Abuse of Lower Castes in South India: The Institution of Devadasi', *Journal of International Women's Studies*, 11.2 (2009), pp. 31–48

Van Dyke, Paul A., 'Floating Brothels and the Canton Flower Boats: 1750–1930', *Revista De Cultura*, 37 (2011), pp. 112–42

Walkowitz, Judith R., *Prostitution and Victorian Society: Women, Class and the State* (Cambridge; New York: Cambridge University Press, 1980)

# 図　版

l =左、c =中央、r =右、a =上、b =下　を示す

4 Stefano Bianchetti/Corbis via Getty Images, 6l adoc-photos/Corbis via Getty Images, 6r MeijiShowa/Alamy Stock Photo, 8l Sepia Times/Universal Images Group via Getty Images, 9r Margaret Bourke-White/The LIFE Picture Collection via Getty Images, 11 Bettmann/Getty, 16 Lawrence Alma-Tadema, The Women of Amphissa, 1887, Oil on canvas. Acquired by the Clark, 1978. The Clark Art Institute, 1978.12., 16 Fine Art Images/Heritage Images/Getty Images, 19l, 19c The Israel Museum, Jerusalem, 19r Private Collection, 18 The Metropolitan Museum of Art, New York, 19a CM Dixon/Heritage Images/Getty Images, 22b Matteo Omied/Alamy Stock Photo, 22c CM Dixon/Heritage Images/Getty Images, 22d www.BibleLandPictures.com/Alamy Stock Photo, 22e DeAgostini/Getty Images, 22f www.BibleLandPictures.com/Alamy Stock Photo, 22g DEA / A. DAGLI ORTI/De Agostini via Getty Images, 22h Bridgeman Images, 22i CM Dixon/Print Collector/Getty Images, 23 Lawrence Alma-Tadema, The Women of Amphissa, 1887, Oil on canvas. Acquired by the Clark, 1978. The Clark Art Institute, 1978.12., 24, Edwin Long, The Babylonian Marriage Market, 1875, 26 Granger/Shutterstock, 28 Private Collection, 30 The J Paul Getty Museum, Los Angeles, 32 c Marie-Lan Nguyen/Wikimedia Commons/ CC-BY 2.5, 34 incamerastock / Alamy Stock Photo, 35l The J Paul Getty Museum, Los Angeles, 35c SSPL/Getty Images, 35r Chronicle/Alamy Stock Photo, 37al The Metropolitan Museum of Art, New York, 37ar Antikensammlung, Berlin, 37cl cThe Trustees of the British Museum, 37cr The Metropolitan Museum of Art, New York, 37bl cThe Trustees of the British Museum, 37br The J Paul Getty Museum, Los Angeles, 36al Marie-Lan Nguyen, 36ar cThe Trustees of the British Museum, 36cl Private Collection, 36cr The J Paul Getty Museum, Los Angeles, 36bl Gianni Dagli Orti/Shutterstock, 36br Azoor Photo Collection/Alamy Stock Photo, 39–40 The Metropolitan Museum of Art, New York, 43 Fine Art Images/Heritage Images/Getty Images, 42 Matteo Omied/Alamy Stock Photo, 44, 46–47 Bibliotheque Nationale de France, Paris, 49l Casa del Centenario, Pompeii, 49r Lupanar Brothel, Pompeii, 48l National Archaeological Museum, Naples, 48r Terme Suburbane, Pompeii, 52 Fotografica Foglia/Electa/Mondadori Portfolio via Getty Images, 54 Acquired by Henry Walters with the Massarenti Collection, 1902, The Walters Art Museum, Baltimore, 56 c The Trustees of the British Museum, 59l Album/Alamy Stock Photo, 59c Dea/A. Dagli orti/Getty, 59r Fine Art Images/Heritage Images via Getty Images, 60l Des cleres et nobles femmes, De claris mulieribus, Giovanni Boccaccio, c. 1400, 60c Spencer Collection, The New York Public Library, New York, 60r Departement des Manuscrits. Francais 5054, Bibliotheque Nationale de France, 62al c The Trustees of the British Museum, 62ar, 62bl Rikjsmuseum, Amsterdam, 62br cThe Trustees of the British Museum, 65l Medievalists.net, 65c, 65cr Bibliotheque Nationale de France, Paris, 64l Hulton Archive/Getty Images, 64c Fine Art Images/Heritage Images/Getty Images, 64r Bibliotheque nationale de France. Bibliotheque de l'Arsenal, 67l Fine Art Images/Heritage Images/Getty Images, 67r Peter Horree/Alamy Stock Photo, 66l Acquired by Henry Walters with the Massarenti Collection, 1902, The Walters Art Museum, Baltimore, 66r Imagno/Getty Images, 70 Art Images/Heritage Images/Getty Images, 72 Asar Studios/Alamy Stock Photo, 75l Rikjsmuseum, Amsterdam, 75r Bibliotheque Nationale de France, Paris, 74l Estate of Randolph Gunter, 1962, The Metropolitan Museum of Art, New York, 74c Bibliotheque Nationale de France, Paris, 74r Rikjsmuseum, Amsterdam, 77–78 The Walters Art Museum, Baltimore, 80a Irene Lewisohn Bequest, 1973, The Metropolitan Museum of Art, New York, 80b, 80c, 82

Album/Alamy Stock Photo, 85l Salome, Moretto da Brescia, 1537, 85c Peter Horree/Alamy Stock Photo, 85r Alfredo Dagli Orti/ Shutterstock, 84l Heritage Image Partnership Ltd/Alamy Stock Photo, 84c Rubens Alarcon/ Alamy Stock Photo, 84r The Picture Art Collection/Alamy Stock Photo, 87 Rikjsmuseum, Amsterdam, 91al National Gallery of Art, Washington D.C., 91ac Olympia Mancini, Pierre Mignard, c. 1673, 91ar Photo 12/ Alamy Stock Photo, 91cl The Picture Art Collection/Alamy Stock Photo, 91c The J Paul Getty Museum, Los Angeles, 91cr The Picture Art Collection/ Alamy Stock Photo, 91bl cPhilip Mould Ltd, London/Bridgeman Images, 91bc IanDagnall Computing/Alamy Stock Photo, 91br The Philadelphia Museum of Art, Philadelphia, 92 Wellcome Library, London, 94 DeAgostini/Getty Images, 98 The Metropolitan Museum of Art, New York, 96al Samuel M. Nickerson Fund, The Art Institute Chicago, 96ac Honululu Museum of Art, 96ar J Marshall, Tribaleye Images/ Alamy Stock Photo, 96cl, 96c DeAgostini/ Getty Images, 96cr Sepia Times/Universal Images Group via Getty Images, 96bl, 96bc Fine Art Images/Heritage Images/Getty Images, 96br Dea/A. Dagli Orti/Getty Images, 100–101 from the Shagan collection, 102–103 The Metropolitan Museum of Art, New York, 104–105 J. E. De Becker, The Nightless City: or The History of the Yoshiwara Yūkwaku, 1905, 106–109 The Metropolitan Museum of Art, New York, 110–111 Miyagawa Isshō, Spring Pastimes, 1750, 113a CPA Media Pte Ltd/Alamy Stock Photo, 113b AB Historic/Alamy Stock Photo, 115 MeijiShowa/Alamy Stock Photo, 116, 118-119 J. E. De Becker, The Nightless City: or The History of the Yoshiwara Yūkwaku, 1905, 120 Philip Dawe, The Macaroni, a Real Character at the Late Masquerade, 1773, 122 Yale Center for British Art, Paul Mellon Collection, 126 cThe Trustees of the British Museum, 128–129 The Picture Art Collection/Alamy Stock Photo, 130a Harris's List of Covent Garden Ladies, 1773, 110b Guildhall Library & Art Gallery/Heritage Images/Getty Images, 132–133 cThe Trustees of the British Museum, 134l Wellcome Library, London, 134c Courtesy of The Lewis Walpole Library, Yale University, 134r The History Collection/Alamy Stock Photo, 135l Historic Collection/ Alamy Stock Photo, 135c Philip Dawe, The Macaroni, a Real Character at the Late Masquerade, 1773, 135r cThe Trustees of the British Museum, 137 Alpha Stock/Alamy Stock Photo, 139 Wellcome Library, London, 138 cThe Trustees of the British Museum, 142–143 Wellcome Library, London, 145 Reproduced by courtesy of the Essex Record Office, 146 Private Collection, 148 Eileen Tweedy/Shutterstock, 151 Courtesy of the Peabody Essex Museum, 150 c British Library Board. All Rights Reserved/Bridgeman Images, 152 Zip Lexing/Alamy Stock Photo, 155–157 Private Collection, 159 Wellcome Library, London, 160l Chronicle/Alamy Stock Photo, 160r Division of Rare and Manuscript Collections, Cornell University Library, 161l CPA Media Pte Ltd/Alamy Stock Photo, 161r Henry Mayhew, London Labour and the London Poor, Vol. 4, 1861, 162l CPA Media Pte Ltd/Alamy Stock Photo, 162r Pictures from History/ Bridgeman Images, 163l Chronicle/Alamy Stock Photo, 163r Private Collection, 164 Bridgeman Images, 166 Minneapolis Institute of Art, Minneapolis, 168–169 Chronicle/Alamy Stock Photo, 171–172 Look and Learn/Peter Jackson Collection/Bridgeman Images, 173 Jean Giraudeau, The Syphilitic Diseases with Comparative Examination of their Various Healing Methods, 1841, 175l, 175c Wellcome Library, London, 175r Nizhny Novgorod Fair Government, 174l Wellcome Library, London, 174c Look and Learn/Peter Jackson Collection/Bridgeman Images, 174r Wellcome Library, London, 178–179 Painters/ Alamy Stock Photo, 180l, 180cl Charles Washington Shirley Deakin, The Contagious Diseases Acts, 1871, 180cr Report for the Ladies' National Association for the Repeal of the Contagious Diseases Acts, 1871, 180r Wellcome Library, London, 181l History collection 2016/Alamy Stock Photo, 181r Notice of a public meeting issued by Josephine Butler during the Pontefract by-election, 1872, 182–183 Chronicle/ Alamy Stock Photo, 185 Heritage Image Partnership Ltd/Alamy Stock Photo, 186 Museum purchase with funds provided by Wellesley College Friends of Art/Bridgeman Images, 188 Bettmann/Getty Images, 190 Metropolitan Museum of Art, New York, 192a H Coll 298.35, George G. Cantwell Photographs, UW 12871, University of Washington Special Collections, 192b PH Coll 306.19, Larss and Duclos Photographs, UW 34431, University of Washington Special Collections, 193 University of Kentucky Archives, 194 Rumsey Collection, 197 Library of

Congress Prints and Photographs, Washington D.C., 200–201 The Historic New Orleans Collection, 1950.57.17, 202 The Historic New Orleans Collection, HQ146.N6 W55, 204–205 Image by E.J. Bellocq cLee Friedlander, courtesy Fraenkel Gallery, San Francisco, 207l Library of Congress Prints and Photographs, Washington D.C., 207r The Historic New Orleans Collection, 1969.19.6, 206l Hulton Archive/Getty Images, 206r The Historic New Orleans Collection, MSS 520, 92-48-L.205, 208–209 The Historic New Orleans Collection, 1969.19.4, 210al The Historic New Orleans Collection, 1969.19.9, 210ar The Historic New Orleans Collection, 1969.19.7, 210bl The Historic New Orleans Collection, 1969.19.9, 210br The Historic New Orleans Collection, 1969.19.9, 212 cArchives Charmet/Bridgeman Images, 214 Courtesy Nicole Canet, Galerie Au Bonheur du Jour, Paris, 217al, 217acl Private Collection, 217acr adoc-photos/Corbis via Getty Images, 217al, 188 (bottom row) Private Collection, 216, 218–223 Paris Musees/ Musee Carnavalet – Histoire de Paris, 228 Alexandre Jean Baptiste Parent-Duchatelet, Distribution of Prostitutes in each of the Forty-eight Quarters of Paris, 1836, 226 Ville de Paris/Bibliotheque Marguerite Durand, 227 Ville de Paris / BHVP, 231 Paris Musees/Musee Carnavalet – Histoire de Paris, 232 Collection Bourgeron/ Bridgeman Images, 233al PVDE / Bridgeman Images, 233ar Bridgeman Images, 202b Bourgeron/Bridgeman Images, 234–235 Imagno/Getty Images, 237 Private Collection, 239 Ville de Paris/Bibliotheque Forney, 238 PR Archive/Alamy Stock Photo, 240, 241, 244 Paris Musees/ Musee Carnavalet – Histoire de Paris, 242l Henry Guttmann Collection/Hulton Archive/Getty Images, 242c, 242r Apic/Getty Images, 243l Universal History Archive/ UIG/Shutterstock, 243c Metropolitan Museum of Art, New York, 243r Chronicle/ Alamy Stock Photo, 246 cEstate Brassai - RMN-Grand Palais, 248 Wellcome Library, London, 250 cCorbis via Getty Images, 252 Chronicle/Alamy Stock Photo, 253l The King's Own Royal Regiment Museum, Lancaster, 253r Austrian Archives/ Imagno/Getty Images, 254 adoc-photos/Getty Images, 255 Private Collection, 256–257 The Miriam and Ira D. Wallach Division of Art, Prints and Photographs, New York Public Library, 258 Private Collection, 261 Wellcome Library, London, 263 David Pollack/Corbis via Getty Images, 265l Jack Birns/The LIFE Picture Collection via Getty Images), 265r c IWM SE 5226, 264 Sammlung KZ Mauthausen (Bild 192), 266–267 Bundesarchiv, Koblenz, 269 Private Collection, 268a FLHC 93/Alamy Stock Photo, 268b The History Collection/Alamy Stock Photo, 270al cHulton-Deutsch Collection/CORBIS/Corbis via Getty Images, 270ar Bettmann/Getty Images, 270cl, 270cr cHulton-Deutsch Collection/CORBIS/ Corbis via Getty Images, 270bl Ralph Morse/The LIFE Picture Collection via Getty Images, 270br Three Lions/Getty Images, 272 AFP via Getty Images, 275 Alain Voloch/Gamma-Rapho via Getty Images, 276l Jerry Engel/New York Post Archives /cNYP Holdings, Inc. via Getty Images, 276r Leonard Fink Photographs, The LGBT Community Center National History Archive, 279 Sutton Hibbert/Shutterstock, 280 Dangerous Minds, 283 John Locher/AP/ Shutterstock Endpapers The Print Collector/Getty Images, Cover Adoc-photos/Corbis via Getty Images

著者
**ケイト・リスター**　Kate Lister
リーズ・トリニティ大学芸術コミュニケーション学部講師。セックスワークの歴史を研究し、歴史的セクシュアリティ研究のための学際的デジタルアーカイブであるオンライン研究プロジェクト「Whores of Yore」をキュレーションしている。inewsやWellcome Trustに寄稿している。Sexual Freedom Publicist of the Year Award（性的自由の出版賞）を受賞。
著書に『*The Curious History of Sex*』がある。
Whores of Yore
https://www.thewhoresofyore.com/

訳者
**風早さとみ**（かざはや・さとみ）
明治学院大学大学院文学研究科修了。大学の非常勤講師等を経て、書籍翻訳に携わるようになる。これまでの訳書に『場所からたどるアメリカと奴隷制の歴史』『ステータス・ゲームの心理学』『スカートと女性の歴史』（原書房）などがある。

カバー図版：
Jean-Léon Gérôme, *A Roman Slave Market*, 1884
incamerastock / Alamy Stock Photo

Harlots, Whores & Hackabouts
by Kate Lister
Published by arrangement with Thames & Hudson Ltd, London,

For image copyright information, see p. XIV
Designed by Anil Aykan and Sara Ozvaldic at Barbrook
This edition first published in Japan in 2024 by Hara Shobo, Tokyo

Japanese translation published by arrangement with Thames and Hudson Ltd
through The English Agency (Japan) Ltd.

［図説《ずせつ》］世界《せかい》の性《せい》と売買《ばいばい》の歴史《れきし》
バビロニアの神聖娼婦《しんせいしょうふ》から江戸吉原《えどよしわら》、第二次大戦下《だいにじたいせんか》まで

2024年 12月1日 第1刷

著者 ケイト・リスター
訳者 風早《かざはや》さとみ

装 幀 和田悠里
発行者 成瀬雅人
発行所 株式会社原書房
〒160-0022 東京都新宿区新宿 1-25-13
電話・代表 03(3354)0685
http://www.harashobo.co.jp/
振替・00150-6-151594
印刷 シナノ印刷株式会社
製本 東京美術紙工協業組合

ISBN 978-4-562-07481-5
printed in Japan